Gitta Edelmann

CANTERBURY SYMPHONY

Gitta Edelmann

CANTERBURY SYMPHONY

Ein Krimi aus Kent und Schottland

DRYAS

Das für dieses Buch eingesetzte Papier ist ein Produkt
aus nachhaltiger Forstwirtschaft.

1. Auflage 2019

Herausgeber: Dryas Verlag, Frankfurt am Main,
gegr. in Mannheim.

Herstellung: Dryas Verlag, Frankfurt am Main
Lektorat: Kristina Frenzel, Berlin
Korrektorat: Birgit Rentz, Itzehoe
Umschlaggestaltung: © Guter Punkt, München (www.guter-punkt.de)
unter Verwendung von Motiven von gettyimages und iStock
Grafiken: © paulrommer – thinkstock
Satz: Dryas Verlag, Frankfurt am Main
Gesetzt aus der Palatino Linotype
Druck: GGP Media GmbH, Pössneck

Bibliografische Information der Deutschen Bibliothek:
Die Deutsche Bibliothek verzeichnet diese Publikation in der Deutschen Nationalbibliografie, detaillierte bibliografische Daten sind im Internet über http://dnb.ddb.de abrufbar

ISBN 978-3-940258-91-5
www.dryas.de

Für Anne, Fenna,
Regine und Ulrike

A friend in need
is a friend indeed!

Kapitel 1

»Hi Ella, alles okay? Wie ist das schottische Wetter? Pass auf dich auf!«

Ella Martin runzelte die Stirn. Sie sah Alex förmlich vor sich, wie er mit noch feuchtem Haar am Frühstückstisch saß und aus dem blau-weiß gepunkteten Becher seinen Kaffee trank. Wahrscheinlich hatte er zuerst lange sein Handy angestarrt, bevor er ihr diese WhatsApp geschrieben hatte.

Ihr letztes gemeinsames Frühstück war Wochen her, und in den Tagen vor ihrer Abfahrt nach Edinburgh war das Verhältnis zwischen ihnen doch sehr gespannt gewesen. Erstaunlich, dass er sich überhaupt meldete. Sicher hatte es ihm weder gefallen, dass sie nach dem abgeschlossenen Fall in London nicht einfach zurück in seine Arme gesunken war, noch, dass sie so plötzlich nach Schottland hatte fahren wollen. Alleine.

Sie griff nach ihrem Teebecher und nahm einen kräftigen Schluck, dann tippte sie: »Alles bestens, sogar das Wetter.«

Warum sollte etwas nicht okay sein? Und war es nicht typisch, dass er ihr extra schrieb, sie solle auf sich aufpassen? Im Grunde wollte er damit doch bestimmt nur sagen: »Halte dich von Morden fern!« Und natürlich würde sie das tun!

»Nur weil ich mehrmals zufällig Mordfälle aufgeklärt habe, heißt das ja nicht, dass ich daraus ein Hobby machen will«, murmelte sie und schickte die WhatsApp ab.

Inzwischen war ihr Laptop hochgefahren und sie öffnete den Maileingang. Ihre Schwester Sylvia hatte Fotos von einem Ausflug mit ihren Kindern geschickt, vom Verlag kam ein Vorschlag für das Cover ihres neuesten Romans. Nun ja, natürlich musste es für einen Liebesroman romantisch sein, aber die dichten hellrosa Rosen im Vordergrund waren doch ein wenig zu üppig. Sie schickte eine kurze Nachricht an ihre Lektorin und klickte zwei Newsletter weg. Dann öffnete sie die Mail von Mary Ann.

Ihrer Freundin aus Canterbury ging es weiterhin gut – oder wie sie mit mehreren Smileys schrieb: »den Umständen entsprechend«. Noch immer wisse sie nicht, ob es ein Mädchen oder ein Junge werden würde, aber das wolle sie auch gar nicht. So sei es doch eine wirkliche Überraschung. Mary Anns Mann Brian schien die Ungewissheit nicht ganz so spannend zu finden wie sie. »Aber schließlich kriege ich das Kind!«

Ella lächelte. Zwischen den Zeilen war klar zu lesen, wie glücklich Brian und Mary Ann darüber waren, Eltern zu werden.

»Und – hast du schon ein Geheimnis gelöst, ein Verbrechen aufgeklärt oder einen Mörder gefangen?«, fragte Mary Ann zum Schluss, bevor sie ihre Mail mit xxx, drei Küsschen, beendete.

Ella schüttelte den Kopf. Warum taten alle so, als wäre sie nur darauf aus, der Polizei ins Handwerk zu pfuschen? Sie war hierhergefahren, um Canny einen Gefallen zu tun und Abstand von Alex zu gewinnen. Und natürlich war sie neugierig auf Schottland gewesen.

Nun saß sie also in Portree in ihrem gemütlichen Zimmer der »Bed & Breakfast«-Pension am Fenster und konnte, wenn sie den Kopf hob, hinaus auf den Hafen mit seinen kleinen, bunten Häusern und unzähligen Booten blicken.

»Liebste Mary Ann«, schrieb sie schließlich, »bisher ist hier einfach alles wunderbar und ich genieße Land und Leute, auch wenn ich sie manchmal nicht verstehe. An den schottischen Akzent muss ich mich erst noch gewöhnen. Ich bin gestern Abend nach einer herrlichen, malerischen Zugfahrt in Kyle of Lochalsh angekommen und hatte sogar Glück, dass dort kurz darauf der Bus nach Portree abfuhr. Bis ich hier war, war es zwar schon dunkel, aber heute Morgen ...« Sie fügte noch ein paar Sätze über Wetter und Landschaft hinzu und trank nebenher ihren Tee.

Wie gut, dass sie einen Wasserkocher im Zimmer hatte, denn sie musste noch eine weitere halbe Stunde überbrücken, bis Mrs MacLeod um acht Uhr das Frühstück servieren würde. Verflixt, warum war sie heute so früh aufgewacht? Immerhin konnte sich Mary Ann über eine lange, ausführliche Mail freuen.

»Eigentlich«, schrieb Ella weiter, »wäre ich gerne noch ein paar Tage länger in Edinburgh geblieben. Die Stadt scheint wunderschön zu sein, alt und neu und großstädtisch und voll wilder Natur, alles gleichzeitig. Allein schon der Bahnhof – kennst du eine andere Stadt, die ihren Bahnhof nach einem Roman benannt hat? Ich habe vor, auf der Rückreise ein wenig mehr davon zu sehen. Robert und Trisha, Cannys Freunde, bei denen ich die ersten beiden Nächte bleiben konnte, haben mich eingeladen wiederzukommen. Wann genau ich nach Canterbury zurückkehre, steht also ein wenig in den Sternen, aber ich werde dich auf dem Laufenden halten. Verbrechen bin ich noch keinen begegnet, aber ein kleines Geheimnis habe ich sehr wohl aufklären können. Ich weiß jetzt nämlich, warum Canny ›Canny‹ genannt wird und nicht ›John Brown‹, wie es in seinem Pass steht.«

Ella hielt inne und lächelte. Die kurze Zeit in der schottischen Hauptstadt hatte sie ziemlich angestrengt, weil sie den einzigen ganzen Tag, den sie dort hatte verbringen können, von morgens bis abends zu Fuß unterwegs gewesen war, um möglichst viel zu entdecken. Natürlich hatte sie nur einen Bruchteil dessen gesehen, was sie eigentlich gerne besichtigt hätte. Keine Frage, sie musste zurückkehren.

Sie klickte ihr Mailprogramm klein und öffnete den Bilderordner, in dem sie ihre zahlreichen Edinburgh-Fotos gespeichert hatte. Hier: der Bahnhof. War das wirklich erst drei Tage her?

Kapitel 2

Waverley Station, benannt nach einem Roman von Sir Walter Scott. Genau das richtige Umfeld für eine Autorin und vielleicht sogar das perfekte Setting für ihren nächsten Liebesroman? Ella war zwar eigentlich aus anderen Gründen hier, aber ein bisschen Recherche lief ja immer nebenbei.

Sie schulterte ihren himmelblauen Tramperrucksack und stieg hinter dem alten Mann, der seit London geschlafen hatte, aus dem Zug. Einen Moment lang blieb sie auf dem Bahnsteig stehen und rückte den Rucksack noch einmal gerade. Nach der langen Bahnfahrt war es schön, sich endlich wieder bewegen zu können.

Ihre Uhr zeigte halb drei. Wo war der Ausgang? Hm, es gab wohl mehrere. Sie entschloss sich für die Richtung Princes Street, denn Robert Munroe hatte am Telefon gesagt, sie könne zum Westende der Princes Street gehen und dort um die Ecke in der Lothian Road einen der Busse nach Morningside nehmen, Linie 11 oder 16 oder ... Verflixt, wo hatte sie sich das aufgeschrieben?

Und dann war sie endlich in der Princes Street. Es war

windig, aber zwischen weißen Wattewolken kam mit einem Mal die Sonne hervor. Unwillkürlich kniff Ella kurz die Augen zusammen und sah sich dann noch einmal genauer um.

Oh wie schön! Vor ihr die belebte Straße, links das Grün der Princes Street Gardens, und dort oben lag Edinburgh Castle. Sie lächelte. Es war eine gute Entscheidung gewesen, nach Schottland zu fahren. Sie fühlte sich jetzt schon viel besser.

»Ah, du musst Cannys Detektivin sein. Hast du uns gut gefunden?« Robert Munroes Frau, die Ella bereits beim ersten Klingeln die Tür geöffnet hatte, trat zur Seite und ließ sie eintreten. »Ich bin Trisha«, fügte sie hinzu.

»Ella – vielen Dank, dass ihr mich eingeladen habt!« Ella ließ den Rucksack von ihren Schultern gleiten, stellte ihn an die Wand und reichte Trisha die Hand.

»Och, kein Problem. Du kannst gerne bleiben, so lange du willst. Unsere Kinder sind aus dem Haus, aber die Zimmer sind hiergeblieben.« Trisha lachte. »Ich zeige dir gleich, wo du schlafen wirst, und natürlich die Küche. Bedien dich einfach, fühl dich wie zu Hause!«

Ella nahm ihren Rucksack wieder auf und folgte ihrer Gastgeberin die Treppe hinauf zu einem hellen Zimmer mit weißen Möbeln und großen orangefarbenen Chrysanthemen auf dem Bettüberwurf.

»Verstehst du mich überhaupt?«, fragte Trisha. »Es soll ja Leute geben, die mit dem schottischen Akzent Schwierigkeiten haben.«

Ella lächelte und nickte. »Ich muss mich etwas konzentrieren, aber es geht ganz gut. Canny fand ich am Anfang viel unverständlicher.«

»Rob und Canny haben ihre Kindheit ja auch in Glasgow verbracht«, sagte Trisha, als ob das alles erklärte. »Und du bist also aus Canterbury?«

Ella stellte ihr Gepäck ab und wandte sich ihrer Gastgeberin zu. »Nicht direkt«, sagte sie. »Eigentlich komme ich aus Deutschland ...«

»Ah, großartig!« Trisha strahlte. »Ich mag die Deutschen. Freue mich schon wieder auf das nächste Spiel Deutschland gegen England. Fußball«, ergänzte sie.

Ella sah sie überrascht an.

»Wenn Schottland nicht spielt, sind wir immer für die Deutschen«, erklärte Trisha. »Willst du dich ein bisschen ausruhen? Ach, und das Bad ist nebenan. Rob kommt um fünf, und dann können wir auch schon bald essen. Ich hoffe, du magst Lachs.«

Ella nickte, und Trisha eilte die Treppe hinunter.

Tatsächlich tönte sogar früher als erwartet ein fröhliches »Ella, tea's ready!« durch das Haus.

»Rob kam heute extra pünktlich. Ich sehe schon, wir brauchen öfter einen Gast«, sagte Trisha und zwinkerte Ella zu, als diese die geräumige Küche betrat.

Der Mann am Tisch grinste und stand auf. »Robert Munroe«, stellte er sich vor. »Rob für Freunde – und Freunde von Freunden.«

Wie herzlich die Munroes waren – Canny hatte nicht übertrieben, als er Ella vorgeschlagen hatte, bei seinem alten Schulfreund und dessen Frau in Edinburgh zu übernachten. Trisha und Rob schienen wirklich erfreut über ihren Besuch zu sein.

Bei frischem Lachs mit gerösteten Kartoffeln und Salat gaben sie Ella allerlei Besichtigungstipps, bis die lachend sagte: »Um das alles zu sehen, müsste ich ja ein paar Wochen hierbleiben! Aber man erwartet mich auf der Isle of Skye.«

»Na, das geht nun wirklich nicht!« Trisha schüttelte den Kopf. »Jetzt sag bloß, du willst morgen schon weiter, ohne Edinburgh gesehen zu haben!«

»Übermorgen. Das Ticket ist fest gebucht.«

»Vielleicht kannst du ja noch einmal herkommen, wenn du deinen Fall gelöst hast«, schlug Rob vor.

»Möglich«, antwortete Ella. »Ich weiß allerdings nicht, wie lange das dauern wird. Cannys Tante ...«

»Auntie Flora.« Rob nickte und sagte mit einem Seitenblick zu Trisha: »Das ist die, die immer auf uns aufgepasst hat, als wir Kinder waren. Wenn sie gar nicht mit uns fertigwurde, hat sie Toffee gekocht und uns damit bestochen.« Dann wandte er sich wieder Ella zu. »Entschuldigung, ich wollte nicht unterbrechen.«

»Also«, fuhr Ella fort, »sie lebt ja wohl in einem privaten Altenheim und glaubt, dort wird gestohlen. Daher wollte sie, dass Canny einen Privatdetektiv zu ihr schickt. Er kennt aber keinen und weiß auch nicht, wie viel er seiner Tante glauben kann, weil sie ja doch nicht mehr so jung ist, und die Leiterin des Heims meinte ... Da hat er mich gefragt. Ich bin ja eigentlich keine Detektivin, aber ich habe zufällig bei ein paar Fällen mitgeholfen, Alex, also der Polizei …« Verflixt, was stotterte sie da? Sie atmete tief durch und begann von vorn. »Ich bin Autorin«, erklärte sie, »und kam vor einiger Zeit zur Recherche nach Canterbury. Und dann wurde Aileen aus meinem Chor tot aufgefunden, und der Detective Inspector ... Nun ja, ich hatte auch danach noch mit ein paar Kriminalfällen zu tun, und deshalb dachte Canny wohl, ich könnte mal nach seiner Tante sehen.« Hm, viel klarer war das wohl auch nicht.

»Oh!« Trisha ließ die Gabel sinken. »Das hat er uns gar nicht erzählt. Er hat nur angefragt, ob wir einer befreundeten Detektivin, die er engagiert hat, ein paar Nächte Unterschlupf bieten würden. Autorin, sagst du?«

»Tut mir leid, wenn ich euch enttäusche.«

»Ach was.« Rob schüttelte den Kopf.

»Was schreibst du denn?«, wollte Trisha wissen. »Krimis?«

Ella lachte. »Nein, Liebesromane.«

»Och, ich lese viel lieber Krimis. Kannst du nicht auch mal einen Kriminalroman schreiben?«

»Wer weiß, vielleicht eines Tages.« Ella lächelte.

»Und woher kennst du Canny?«, erkundigte sich Rob.

»Aus dem White Swan – ich treffe mich mit Freunden immer in seinem Pub, und wenn es nicht zu voll ist, halten wir auch schon mal ein kleines Schwätzchen.«

»Guter Pub?«, fragte Rob zwischen zwei Bissen.

Ella nickte.

»Siehst du, Trisha? Ich habe immer gesagt, er braucht keinen Bürojob, sondern einen eigenen Pub. Nur schade, dass der so weit im Süden liegt.« Nun wandte er sich an

Ella: »Wenn du Lust hast, können wir dir nachher unseren Stamm-Pub zeigen.«

»Sehr gerne.«

»The Canny Man's« stand in roter Schrift auf dem Wirtshausschild. Ellas Gastgeber steuerten zielbewusst auf das zweistöckige Eckgebäude aus grauem Stein zu. Ein poliertes Messingschild erklärte schon an der Tür die Regeln:

»No smoking.
No credit cards.
No mobile phones.
No cameras.
No backpackers.«

Gut also, dass Ella sich statt des Rucksacks nur ein kleines Handtäschchen umgehängt hatte.

Das Innere des Pubs erwies sich als verwinkelt und voller alter Gemälde und Gegenstände, die Wände und Decken schmückten. Darunter befanden sich Skistöcke, Mandolinen, Militäruniformen, Schwerter, ein Boot und eine als Hexe verkleidete Schaufensterpuppe.

»Früher wurde hier nie abgestaubt«, sagte Rob grinsend. »Da war die Atmosphäre noch spezieller mit all den staubigen Spinnweben. Aber irgendwann hat dann das Gesundheitsamt gemeckert. Oder war es, weil der Brandschutz …? Na, egal. Was wollt ihr?«

Trisha und Ella entschieden sich für Cider, und Rob ging zur Bar, um die Getränke zu holen.

Als er mit den Gläsern zum Tisch in der kleinen Nische kam, an den sie sich gesetzt hatten, fragte Ella: »The

Canny Man's – ist das der Grund für Cannys Spitznamen?«

Rob grinste und nickte. »Ursprünglich hieß der Pub mal ›The Volunteer Arms‹. Aber der Besitzer Anfang des 20. Jahrhunderts wurde ›The Canny Man‹ genannt, und der Name blieb haften. ›Canny‹ heißt so viel wie ›vorsichtig‹, und das war der gute Mann wohl. Er starb auf jeden Fall erst, als er fast 90 war. Und unser John Brown ...«

Ella nickte, um zu zeigen, dass sie Cannys bürgerlichen Namen kannte.

»... war auch immer sehr vorsichtig. Besonders mit den Mädchen!« Rob lachte und stieß mit Ella und Trisha an. »Cheers!«

Nach den ersten Schlucken lehnte sich Ella entspannt zurück. Ein Rätsel hatte sie also bereits gelöst – wie Canny zu seinem Namen gekommen war. So viel schwieriger konnte es eigentlich nicht sein herauszufinden, ob im Altenheim seiner Tante Flora gestohlen wurde.

Kapitel 3

Ella schnupperte. Ja, es roch jetzt tatsächlich nach gebratenem Speck. Mrs MacLeod war wohl dabei, das Frühstück zuzubereiten. Ella warf einen Blick auf die Uhr: Es war schon kurz vor acht, nun war die Zeit doch sehr schnell vergangen. Sie schaute noch einmal aus dem Fenster. Es sah nicht so aus, als würde sie in nächster Zeit ihre Regenjacke brauchen. Sie schlüpfte in ihre Sneakers und packte das Handy, ihre Kamera und den Stadtplan, den sie in ihrem Zimmer vorgefunden hatte, zu ihrem Portemonnaie in den kleinen Rucksack, der viel praktischer war als eine Handtasche.

Mit ihrer Lederjacke und einem großen bunten Tuch über dem Arm stieg sie die Treppe hinunter. Sie wollte gleich nach dem Frühstück hinausgehen und die Stadt erkunden, bevor sie um zehn Uhr von Flora Urquhart in Scorrybreac House erwartet wurde.

»Morning!«, grüßte Mrs MacLeod, als Ella die Küche betrat, und schlug Eier in die Pfanne. Mit dem Kinn wies sie auf den großen Tisch, auf dem bereits eine dicke Teekanne auf einem Stövchen stand. »Einen kleinen Moment noch. Sie wollten keinen Räucherhering?«

»Nein, danke. Und auch keinen Black Pudding.« Ella hatte eine dieser typischen Blutwurstscheiben bereits bei Rob und Trisha probiert und festgestellt, dass sie nicht ihr Ding waren, schon gar nicht zum Frühstück.

Kaum hatte sie sich auf der Bank hinter dem Tisch niedergelassen und sich eine Tasse Tee eingegossen, als ein junges Pärchen erschien und fröhlich grüßte. Die beiden setzten sich zu Ella, und schnell war ein Gespräch im Gange, bei dem sich herausstellte, dass Amy und Jim aus Kanada kamen und auf Skye wandernd ihre Hochzeitsreise verbrachten. Sie waren bereits seit über einer Woche in Portree und überschlugen sich fast, Ella alle möglichen Sehenswürdigkeiten der Insel anzupreisen, die sie schon entdeckt hatten.

Als Mrs MacLeod die Teller mit gebratenen Eiern, Speck, Tomaten und Pilzen an den Tisch brachte, waren Amy und Jim gerade dabei, Ella vom blaugrünen Wasser der Fairy Pools am Fuß der Black-Cuillin-Berge vorzuschwärmen.

»Du solltest aber morgens möglichst früh dort hinfahren«, empfahl Amy, »bevor die Touristenbusse eintrudeln.«

»Och, jetzt geht es doch noch.« Mrs MacLeod stellte ihnen einen Korb mit frischem Toast hin. »Sie müssten mal im August herkommen – oder vielleicht auch besser nicht.« Sie lächelte und wünschte ihren Gästen einen guten Appetit, dann verließ sie den Frühstücksraum.

»Und wie sind deine Pläne für den Tag? Du siehst nicht unbedingt so aus, als ob du heute noch einen Berg bezwingen wolltest«, bemerkte Amy nach dem Essen mit einem Blick auf Ellas doch recht leichte Sneakers.

»Oh nein, ich bin nur hier, um die Tante eines Freundes zu besuchen.«

»Ach so.« Amy wandte sich wieder ihrem Mann zu, der neben sich auf dem Tisch eine Wanderkarte ausgebreitet hatte.

Er deutete auf eine Stelle und sah sie fragend an. Sie nickte, und er faltete die Karte wieder zusammen. Die beiden standen auf, wünschten Ella einen schönen Tag und machten sich auf ihren Weg.

Ella schmierte sich noch eine halbe Scheibe Toast mit Zitronenmarmelade und trank in Ruhe ihren Tee aus. Dann brach auch sie auf.

Es schien ein wenig diesig, aber die Luft war frisch und schmeckte auf Ellas Lippen leicht salzig. Sie hatte noch eine gute Stunde Zeit, also spazierte sie zunächst zum Hafen, beobachtete ein Fischerboot, das anlegte, las das Plakat für eine Bootsfahrt, bei der man Wale, Delfine und Seeadler beobachten konnte, entdeckte zwei Meeresfrüchte-Restaurants und einen »Fish & Chips«-Shop und erfreute sich an den Möwen und anderen Seevögeln, die jetzt bei Niedrigwasser zwischen dem Tang in Ufernähe nach Nahrung suchten.

War das dort mit dem gebogenen Schnabel vielleicht ein Brachvogel? Schade, dass sie sich so schlecht auskannte.

Sie setzte sich eine Weile auf eine Bank und sah hinaus aufs Wasser der kleinen Bucht, in der überraschend viele Segelboote ankerten. Es fiel ihr hier erstaunlich leicht, ihre Gedanken im Jetzt zu lassen, statt über die Zukunft nachzugrübeln.

Als es ihr schließlich trotz des Wolltuchs zu kühl wurde, machte sie sich langsam in Richtung Martin Crescent auf. Diesen Straßennamen zu behalten, hatte ihr glücklicherweise keine Probleme bereitet. Scorrybreac House war da schon schwieriger. Überhaupt, all diese gälischen Namen, die man hier auf den zweisprachigen Schildern fand – wie sprach man diese Ansammlung von Buchstaben wohl aus, ohne sich die Zunge zu brechen? Port Righ ging ja noch – die gälische Form von Portree würde wohl genauso ausgesprochen wie die englische. Aber An t-Eilean Sgitheanach, der gälische Name der Isle of Skye? Sie musste Mrs MacLeod fragen. Oder nein, das war doch ein wunderbares Thema, um mit Cannys Tante ins Gespräch zu kommen!

Überpünktlich, fünf Minuten vor zehn, stand Ella vor dem rosa gestrichenen Gebäude, das wie ein ganz gewöhnliches Wohnhaus aussah und kein bisschen, wie sie sich ein Altenheim vorgestellt hatte. Ein poliertes Messingschild zeigte den Namen Scorrybreac House. Als Ella den Klingelknopf darunter drückte, erklang im Haus ein Glockenspiel mit einer Melodie, die ihr bekannt vorkam. Die Titelmelodie einer Fernsehserie? Die Tür öffnete sich, und eine sorgfältig frisierte Frau um die fünfzig in einem grauen Kostüm lächelte Ella an.

»Ah, guten Morgen! Sie sind sicher Ms Martin. Seit Tagen redet die gute Flora schon über Ihren Besuch. Ich bin Lydia Swanston, ich leite unsere Wohngemeinschaft hier.« Sie trat ein wenig zur Seite, um Ella ins Haus zu lassen, und schloss dann die Tür. »Folgen Sie mir! Flora ist im Gelben Salon.«

Aha, Wohngemeinschaft – Gelber Salon. Dies war wohl kein Altenheim wie andere.

Auf dem Weg zum Gelben Salon kamen ihnen zwei Frauen entgegen. Die Blonde war um die vierzig, trug einen Kittel und das Häubchen einer Krankenschwester, die andere, deutlich jünger, eine an den Knien leicht zerrissene schwarze Jeans und ein schwarzes Shirt. Passend dazu waren die Augen dick mit Kajal umrandet. Die Haare boten dagegen einen auffälligen Kontrast: Sie waren türkisblau gefärbt. Beide Frauen grüßten kurz und gingen dann die Treppe hinauf.

»Schwester Brenda und unsere Physiotherapeutin«, erklärte Mrs Swanston, bevor sie eine weiß gestrichene Flügeltür öffnete und für Ella aufhielt. Sie deutete in den Raum. »Und das ist Flora.«

Ella trat ein. In einem altmodischen weinroten Ohrensessel am linken Fenster saß eine weißhaarige alte Dame. Sie hielt ein Buch in der Hand, das sie sofort zuschlug, als sie Ella erblickte. Mrs Swanston schloss leise von außen die Tür und ließ die beiden alleine.

»Sie müssen Ms Martin sein. Kommen Sie doch zu mir, Mädchen, wir haben viel zu besprechen!« Flora streckte ungeduldig die rechte Hand nach Ella aus.

Ella ging zu ihr, um sie zu begrüßen. »Ja, ich bin Ella Martin. Was kann ich für Sie tun, Mrs Urquhart?«

»Setzen Sie sich, setzen Sie sich!«, sagte die alte Dame mit gedämpfter Stimme. »Ich bin ja so froh, dass Sie endlich da sind, es ist schon wieder etwas passiert.«

Ella holte sich einen Stuhl vom großen Tisch in der Mitte des Zimmers an den Ohrensessel heran und nahm

Platz. Trotz der weißen Löckchen, der zahlreichen Falten in ihrem Gesicht und der Gehschiene am rechten Bein wirkte Cannys Tante keineswegs hilfsbedürftig. Tatsächlich schien sie vor Energie zu strotzen. Sie sah sich um, als wollte sie sich versichern, dass niemand ihrem Gespräch zuhören konnte. Dann lehnte sie sich näher an Ella heran.

»Vorletzte Nacht ist Reginald gestorben«, wisperte sie. »Und ich habe den Verdacht, dass das nicht mit rechten Dingen zugegangen ist.«

Ellas Herz begann auf einmal schneller zu klopfen. »Wie meinen Sie das?«

»Nun, wie soll ich das wohl meinen? Ich glaube, jemand hat ihn ermordet!«

Kapitel 4

Das ist aber schön, dass Sie unsere liebe Flora besuchen.« Mrs Swanston reichte Ella eine Untertasse mit einer zarten Porzellantasse darauf, die neben einem Goldrand ein Muster aus roten Blütenranken aufwies.

»Danke.« Ella nahm ihren Tee entgegen und beobachtete die Leiterin von Scorrybreac House, die nach einem Schuss Milch auch zwei Stücke Zucker in ihre Tasse gab.

»Ja, ich weiß«, sagte Mrs Swanston und zog ein zerknirschtes Gesicht. »Ich bin eine ganz Süße.«

Ella lächelte.

»Nun, ich möchte Ihnen danken, dass Sie sich ein wenig um Flora kümmern. Wir haben uns in letzter Zeit wirklich Sorgen um sie gemacht. Und es hat eine ziemliche Unruhe in unsere Wohngemeinschaft gebracht, als sie anfing zu behaupten, dass man sie bestehlen würde.«

»Dann ist das nicht wahr? Also, ich meine, dass sie bestohlen wurde.«

»Das erscheint mir persönlich sehr unwahrscheinlich. Tatsächlich haben sich die meisten Gegenstände, die angeblich gestohlen wurden, inzwischen wieder angefunden.« Mrs Swanston lächelte. »Es sieht eher danach aus, dass Flora die Sachen einfach verlegt hatte. Sie ist schließlich fast achtzig, und in dem Alter vergessen die Leutchen manchmal das eine oder andere.«

Ella nickte zustimmend, obwohl sie mit ihrer Freundin Agatha, die nun auch auf die achtzig zuging, ganz andere Erfahrungen machte. Aber Menschen waren verschieden.

»Das habe ich ihrem Neffen, Mr Brown, ja auch schon am Telefon erklärt«, fuhr Mrs Swanston fort.

Sie hielt Ella ein Schälchen mit Gebäck hin. Schade, kein Shortbread, die Kekse sahen eher nach Ginger Nuts aus. Ingwer mochte Ella nicht, und so lehnte sie dankend ab.

»Mr Brown« – es war seltsam, Canny so zu nennen – »meinte, seine Tante sei vielleicht einsam, weil sie sich durch den Bänderriss ja nicht so gut bewegen kann.«

»Das glaube ich nicht«, erwiderte Mrs Swanston sofort. »Wir bieten hier im Haus schließlich jede Menge Aktivitäten, und wenn Flora wirklich einmal in die Stadt gehen möchte, findet sich immer jemand, der sie begleitet – Finola oder Schwester Brenda zum Beispiel. Und es gibt da auch noch einen jungen Mann, der uns manchmal behilflich ist.«

»Das klingt ja wunderbar«, lobte Ella. »Was für ein schönes Zuhause Sie den alten Leuten geben! Es scheint alles so gut durchdacht und persönlich, gar nicht wie ein Altenheim.«

»Deshalb sprechen wir auch lieber von einer Wohngemeinschaft. Entstanden ist das Ganze, als meine Mutter nicht mehr alleine wohnen konnte. Sie wollte Portree nicht verlassen und kam auf die Idee, sich Mitbewohnerinnen zu suchen und zusammen mit ihnen in ein größeres Haus zu ziehen.«

»Und Sie haben dann die Organisation übernommen?«

»Ja, die Vorstellungen meiner Mutter fand ich unterstützenswert. Ich komme selbst aus dem Hotelfach, und da lag es nahe, hierher zurückzukehren und Scorrybreac House nach den Vorstellungen meiner Mutter und meinen zu formen.«

»Und wie viele Mitbewohner gibt es hier?«, erkundigte sich Ella.

»Wir haben acht Zimmer, im Augenblick sind aber nur sechs belegt. Eines ist ohnehin ein Gästezimmer für kurze Aufenthalte, und eines«, Mrs Swanston schluckte, »eines ist leider gerade frei geworden. Unser Freund Reginald ist von uns gegangen.« Sie bekreuzigte sich und machte ein so trauriges Gesicht, dass jedem sofort klar werden musste, dass Reginald nicht einfach ausgezogen war, sondern nicht mehr unter den Lebenden weilte.

Ella nickte. »Das hat Flora mir erzählt.«

»Sein Heimgang hat uns natürlich alle sehr mitgenommen. Umso glücklicher bin ich, dass Mr Brown Sie hierhergeschickt hat. Das wird Flora guttun. Wie lange werden Sie bleiben?«

»Ich bin mir nicht sicher. Wenn ich schon hier bin, möchte ich gerne auch noch etwas mehr von der Insel sehen.«

»Ja, ja, machen Sie das unbedingt!«

»Dann werde ich jetzt gehen. Ich komme gegen vier wieder, das habe ich Flora versprochen. Vielen Dank für den Tee!« Ella erhob sich.

Mrs Swanston stand ebenfalls auf. »Wenn Sie irgendwelche Fragen oder Probleme haben sollten, kommen Sie einfach zu mir!«

»Gerne. Vielen Dank, dass Sie sich die Zeit für mich genommen haben!«

Mrs Swanston lächelte und begleitete Ella zu Tür.

»Ist Ihre Mutter ...?«, setzte Ella an, und Mrs Swanstons Lächeln verschwand.

»Sie hat uns im letzten Winter verlassen.« Wieder bekreuzigte sie sich.

»Oh, mein herzliches Beileid.«

»Irgendwann müssen wir alle Abschied nehmen.«

Ella drückte Mrs Swanston fest die Hand und trat danach auf den Flur. »Ich finde allein hinaus.«

Das schien Mrs Swanston zu schätzen, denn sie schloss leise die Tür zu ihrem Büro, ohne sich weiter um Ella zu kümmern. Die blieb ein Weilchen stehen und lauschte. Es war alles still im Haus. Wahrscheinlich war dies die ruhigste WG der Welt. Plötzlich ertönte ein helles Lachen, und das Öffnen einer Tür war zu hören. Das Lachen wurde lauter. Eine brummige Männerstimme schien etwas zu sagen, was Ella jedoch nicht verstehen konnte.

»Archie, Archie, wenn Sie so weitermachen, muss ich Sie am Ende doch heiraten!«, ertönte eine Frauenstimme.

Eine Tür wurde geschlossen, und die junge Frau mit den türkisblauen Haaren eilte die Treppe herunter. Sie nickte Ella zu und verschwand nach kurzem Klopfen in Mrs Swanstons Büro.

Kapitel 5

Ella atmete wieder tief durch, als sie aus dem Haus trat. Ja, die Luft hier war herrlich. Und sie machte Appetit. Obwohl das üppige Frühstück noch keine vier Stunden her war, fühlte sich ihr Magen ein wenig leer an. Hatte sie nicht an dem Platz, wo gestern ihr Bus angekommen war, eine Bäckerei gesehen? Sie machte sich auf den Weg.

Als sie den Somerled Square erreichte, entdeckte sie tatsächlich auf der gegenüberliegenden Seite das aus Steinen unterschiedlicher Größe gemauerte Haus, an das sie sich erinnert hatte: Mackenzie's Bakery. Überhaupt schien dieser Platz das Zentrum von Portree zu sein. Hier stand die Kirche, es gab eine Bank, ein Hotel, Restaurants und – die Polizeiwache. Ella lächelte. Die würde sie wohl kaum brauchen, aber es war immer gut zu wissen, wo man notfalls Freunde und Helfer finden konnte.

Sie betrat die Bäckerei, wartete, bis das Paar vor ihr alle möglichen Pies ausgewählt hatte, und entschied sich, nicht nur ein Scone mit Sultaninen mitzunehmen, sondern gleich zwei, denn die sahen wirklich lecker aus. Die Holzbank mit drei großen geschnitzten Figuren – je eine in der Mitte und an den Enden – vor der Bäckerei wurde gerade frei. Ella setzte sich, holte eines der Scones aus der Tüte und biss hinein.

Von hier aus hatte sie einen guten Überblick über den Platz, auf dem nun ein Kleinbus hielt. Als sich die Türen öffneten, quoll eine lebhafte Menge asiatischer Touristen heraus. Einige von ihnen studierten Reiseführer oder Karten, die anderen hatten bereits ihre Kameras gezückt und fotografierten wild drauflos. Der Busfahrer war ebenfalls ausgestiegen, rief seinen Fahrgästen etwas zu und deutete auf seine Armbanduhr. Dann schloss er den Bus ab und marschierte davon. Langsam zerstreute sich auch die Gruppe der Touristen.

Ella sah in ihre Papiertüte. Hm, vielleicht sollte sie das zweite Scone auch gleich noch essen? Damit war dann das Mittagessen schon erledigt.

Es wurde ein wenig frischer, und sie zog ihr Tuch enger um den Hals. Kauend beobachtete sie einen jungen Mann, der aus einem gelb gestrichenen Haus trat. Trotz seiner dunklen Hautfarbe und seiner schwarzen Haare wirkte er nicht wie ein Tourist. Er blieb stehen und hob grüßend die Hand. Eine schwarz gekleidete junge Frau mit blauen Haaren eilte auf ihn zu. Das war doch die Krankengymnastin aus Scorrybreac House! Sie begrüßte den jungen Mann mit Küsschen links, Küsschen rechts. Dann drehten beide Ella den Rücken zu und gingen zusammen die Straße hinunter.

Ella sah ihnen nach, bis sie verschwunden waren. Schließlich erhob sie sich und schlenderte auf das gelbe Haus zu, aus dem der junge Mann gekommen war, um die Aufschrift auf dem Schild über dem Eingang zu lesen. Ein

Hostel – war er also doch ein Tourist? Nun, es konnte ihr egal sein.

Der Wind hatte weiter aufgefrischt, und sie beschloss, zurück in ihre Pension zu gehen und sich eine wärmere Jacke anzuziehen, bevor sie noch einmal spazieren ging. Doch nachdem sie ihr Zimmer betreten hatte, klappte sie unwillkürlich ihren Laptop auf und schaltete ihn ein. Während sie die Jacke wechselte, fuhr er hoch. Sie runzelte die Stirn. Die Macht der Gewohnheit war stark, eigentlich hatte sie jetzt nicht arbeiten wollen. Nun, sie konnte sich aber schon einmal ein paar Notizen machen und aufschreiben, was Flora ihr erzählt hatte.

Also zog sie ihre Jacke wieder aus, warf sie aufs Bett und setzte sich an den kleinen Schreibtisch. Sie starrte einen Moment auf den Bildschirm, der ein Foto von Canterbury Cathedral als Hintergrundbild zeigte. Obwohl sie sich keineswegs als gute Fotografin empfand, war es wirklich gelungen. Wie sonnig es an dem Tag gewesen war! Alex und sie hatten … Sie schob den Gedanken beiseite, öffnete schnell eine Datei und notierte:

- Vor ca. sechs Wochen: Flora vermisst ihre Armbanduhr, ein Geschenk ihres verstorbenen Mannes. Die Uhr taucht ein paar Tage später in einer Sofaritze im Gelben Salon wieder auf, obwohl Flora behauptet, sie habe nie auf diesem Sofa gesessen, da »ihr Platz« einer der Sessel ist.
- Etwa eine Woche später: Flora vermisst 200 £ in bar. Hatte sie in ihrer Wäscheschublade aufbewahrt. Geld findet sich nicht wieder an. Diebstahl oder doch ein Irrtum?
- Ein paar Tage danach: Flora vermisst ein Paar Ohrringe mit

echten Perlen. Macht einen ziemlichen Aufstand und verlangt die Polizei. Mrs Swanston wiegelt ab. Die Putzhilfe entdeckt die Ohrringe drei Tage später unter Floras Bett. Sie behauptet allerdings, sie wären vorher nicht dort gewesen, denn sonst hätte sie sie beim Saubermachen finden müssen. Ausrede? Schlecht geputzt?

- Am selben Abend vermisst Peggy (Mitbewohnerin) ein goldenes Armband, das sie schon lange nicht mehr getragen hat. Flora und Peggy melden den Diebstahl Mrs Swanston. Bei nochmaligem Suchen stellt sich jedoch heraus, dass das Armband statt im Schmuckkasten ganz hinten in Peggys Nachttischschublade liegt.

Ella hielt inne. Wenn sie das alles so aufschrieb, gab es tatsächlich immer natürliche Erklärungen für die angeblichen Diebstähle. Dennoch war ihr Flora recht klar im Kopf erschienen, als sie ihr davon erzählt hatte. Sie fuhr fort:

- Flora vermisst einen Seidenschal, und ihre Schäferin (Dresdner Porzellan) ist ebenfalls verschwunden. Sie bittet Canny um einen Detektiv, da Mrs Swanston nicht bereit ist, der Sache nachzugehen.
- Wieder verschwindet Geld, dieses Mal 20 £ aus Floras Portemonnaie.
- Reginald sucht nach einem Buch (Erstausgabe Robert Burns' Gedichte), das nicht zu finden ist.

Gut, Schal, Schäferin und Buch waren nicht wieder aufgetaucht. Allerdings konnte man einen Schal leicht irgendwo liegen lassen, ohne es zu merken. Und das Buch? Vielleicht hatte Reginald es verliehen und vergessen, an wen. Oder es war falsch weggeräumt worden und steckte zum Beispiel in dem Bücherregal, das Ella im Gelben Salon gesehen hatte. Die Schäferin? Vielleicht war sie von ihrem Sims gefallen, etwa beim Abstauben, und zerbrochen, und der oder die Schuldige hatte – aus welchen Gründen auch immer – Flora nicht Bescheid gesagt. Andererseits war die Häufung der verlegten, vergessenen oder tatsächlich verschwundenen Gegenstände schon auffällig.

Und dann war da noch Floras letzter und beunruhigendster Punkt: Reginalds Tod. Was sollte Ella davon halten, dass Flora das plötzliche Ableben ihres Mitbewohners als möglichen Mordfall betrachtete? Nach kurzem Zögern schrieb sie:

– Reginald stirbt in der Nacht. Todesursache unklar.

Noch einmal las Ella die Liste durch und speicherte sie, dann schloss sie die Datei und fuhr den Laptop herunter. An Floras Mordversion konnte sie nicht so recht glauben, immerhin war der alte Herr schon sechsundachtzig gewesen. Aber sicher ließ sich herausfinden, ob in Scorrybreac House wirklich jemand klaute.

Kapitel 6

»Kommen Sie, kommen Sie, meine Liebe! Ich möchte Sie allen vorstellen.« Flora winkte mit beiden Händen, als Ella am Nachmittag den Gelben Salon betrat. Sie thronte wieder in dem Ohrensessel, der ihr Stammplatz zu sein schien.

Auf dem geblümten Sofa saß eine große hagere Frau, deren kurzes graues Haar noch einige Reste von Schwarz aufwies, in einem weiteren Sessel ein glatzköpfiger Mann mit einem gepflegten, gestutzten Vollbart.

»Ihr Lieben, das ist Ms Martin«, erklärte Flora. »Ms Martin, dies sind Margaret Roberts und Archibald Bond.«

Margaret Roberts nickte freundlich, und Archibald Bond erhob sich, um Ella die Hand zu schütteln.

Ella lächelte beiden zu. »Sagen Sie doch bitte einfach Ella zu mir!«

»Aber gerne. Ich bin Margaret.«

»Archibald.«

Ungeduldig deutete Flora auf das Sofa, und Ella setzte sich neben Margaret.

»Ella ist eine Freundin meines Neffen«, erklärte Flora. »Sie ist hier, um ... Urlaub zu machen.«

Hatten die anderen ihr kurzes Zögern wahrgenommen?

Wenn ja, ließen sie sich nichts anmerken. Am Vormittag hatten Flora und Ella längere Zeit darüber gesprochen, wie sie Ellas Anwesenheit in Portree erklären sollten. Nun hatte sich Flora also für die Urlaubsversion entschieden.

»Ich bin zum ersten Mal in Schottland«, erklärte Ella. »Aber ich bin sehr beeindruckt.«

»Und dann sind Sie gleich in den schönsten Teil des Landes geraten.« Archibald nickte zufrieden. »Die Isle of Skye ist wirklich etwas Besonderes.«

»Und wie nett, dass Sie dabei auch die Tante Ihres Freundes besuchen.« Margaret sah Ella forschend an. Merkte sie, dass hinter Ellas Anwesenheit mehr steckte? Kannte sie Canny etwa und konnte sich nicht so recht vorstellen, dass Ella eine Freundin von ihm war?

»Ach, ich finde es immer schön, jemanden vor Ort zu kennen, wenn ich verreise«, plauderte Ella. »Ich komme mir dann nicht so furchtbar touristisch vor.«

»Und was haben Sie für Ihren Aufenthalt hier geplant?«, fragte Archibald. »Wollen Sie wandern? Oder besuchen Sie unsere Sehenswürdigkeiten? Dunvegan Castle? Ich kann Ihnen gerne ein paar Tipps geben.«

»Das wäre schön. Ich bin noch völlig offen, was ich tun werde.«

Die Tür öffnete sich, und Mrs Swanston trat ein, ein Tablett mit Geschirr und einer großen Teekanne in den Händen. »Danke, Peggy«, sagte sie zu der Frau, die ihr die Tür aufhielt und ihr dann ins Zimmer folgte.

Auch sie musste dem Alter nach eine Bewohnerin von Scorrybreac House sein. Sie kam auf Ella zu, ach was, sie schritt.

»Willkommen in Schottland!«, sagte sie und reichte Ella graziös die Hand. »Die liebe Flora hat mir schon erzählt, dass Sie kommen. Ich bin Peggy, Peggy Finch.«

Ella erhob sich unwillkürlich, um ihr die Hand zu drücken. Dann setzte sie sich schnell wieder, um nicht von oben auf die alte Dame herabzublicken. Peggy Finch war ein kleines, zierliches Persönchen mit blond getöntem Pagenkopf und sorgfältig aufgetragenem Make-up. Sie war in eine Art Gewand in warmen Grüntönen gekleidet.

»Ah, der Frühling ist da«, stellte Archibald mit einem Blick auf sie fest. Er lächelte und zwinkerte ihr zu.

»Und hier ist Ihr Tee, meine Liebe«, sagte Mrs Swanston und platzierte das letzte Gedeck auf den Tisch. »Ich habe Ihnen auch ein paar Sandwiches gemacht, die hole ich jetzt noch.«

»Vielen Dank, Lydia! Das ist wunderbar. Setzen wir uns rüber?« Flora erhob sich ein wenig mühsam, winkte aber ab, als Ella ihr helfen wollte.

Noch bevor alle ihre Plätze eingenommen hatten – Archibald war höflich stehen geblieben, bis die Damen saßen –, war Mrs Swanston zurück. Sie stellte einen Teller mit Shortbread und einen mit kleinen, dreieckigen Sandwiches auf den Tisch.

»Gurke und Lachs«, erklärte sie. »Ich hoffe, es schmeckt Ihnen.«

»Bei dir schmeckt es immer, liebste Lydia«, schmeichelte Archibald.

Mrs Swanston schüttelte abwehrend den Kopf, aber Ella merkte ihr an, dass sie sich über das Kompliment freute.

Während des Tees bemühte sich Ella, die anderen besser kennenzulernen. Bei Peggy war das ganz einfach, sie war hocherfreut, Ella von ihrer Zeit beim Scottish Ballet zu erzählen. Kein Wunder, dass sie sich so leicht und elegant bewegte.

Margaret blieb weiterhin sehr zurückhaltend, doch ihre dunklen Augen blickten aufmerksam in die Runde. Sie hatte zusammen mit Joan Swanston, der Mutter der Leiterin von Scorrybreac House, die Wohngemeinschaft gegründet, erfuhr Ella. Natürlich nicht von Margaret, die sich damit begnügte zu nicken, als Peggy die Geschichte erzählte.

»Joan hat dann noch Reg und Gordon gefunden, und wir anderen kamen ein bisschen später dazu. Die Letzte, die hier einzog, war Sue. Allerdings erst, als Joan schon von uns gegangen war.«

Ella versuchte, die Namen im Kopf zu sortieren, die Flora ihr bereits am Morgen genannt hatte. Sue musste Zuzanna Nowak sein, die aus Polen stammte. Gordon MacNeil war ein ehemaliger Biologieprofessor, und bei Reg handelte es sich sicher um Reginald Brewster – den Mann, der vor zwei Nächten verstorben war.

»Wir sollten die junge Dame nicht mit unseren alten Geschichten langweilen«, warf Archibald schließlich ein.

»Oh, ich langweile mich keinesfalls«, sagte Ella sofort. »Ich finde es ganz wunderbar, wenn ich so interessante Menschen wie Sie treffe. Das ist doch viel schöner, als immer nur alleine in meinem Zimmer zu sitzen oder durch die Gegend zu laufen.«

Hm, das hätte sie auch etwas weniger flapsig ausdrücken können. Immerhin schien sich niemand an ihren Worten zu stören.

»Wir freuen uns auch, wenn wir Abwechslung haben«, gab Peggy zu. »Sie sind uns sehr willkommen hier. Kommen Sie nach Scorrybreac House, wann immer Sie Zeit haben!«

Ella fing einen Blick von Flora auf, die mit Peggys Worten sehr zufrieden schien. Nun ja, so war für Ella natürlich der Weg frei, um im Haus nachforschen zu können.

Archibald räusperte sich. »Ich würde mich natürlich auch sehr freuen, mit Ihnen zu plaudern. Wenn Sie zum Beispiel die Geschichte unseres Landes interessiert ...«

»Archie!« Margaret schüttelte den Kopf.

»Was denn?«, fragte er.

»Jetzt willst du alte Geschichten erzählen.«

Archibald zuckte die Achseln. »Jeder, wie er kann«, sagte er.

Kapitel 7

»Na, das ging doch schon mal wunderbar. Alle mögen Sie«, sagte Flora und klatschte in die Hände. »Wie machen wir nun weiter?«

Sie hatten sich in Floras Zimmer zurückgezogen, um »etwas Privates« zu besprechen, wie Flora nach dem Tee verkündet hatte. Auch hier stand ein weinroter Ohrensessel, in dem sie Platz nahm.

»Ich bin, ehrlich gesagt, nicht ganz sicher«, gab Ella zu und setzte sich ihr gegenüber auf einen ledergepolsterten Lehnstuhl. »Offiziell weiß ich ja von den Diebstählen gar nichts.«

»Aber von dem Mord an Reg!«

Ella atmete tief durch. »Flora, seien Sie ein bisschen vorsichtig mit Ihrer Behauptung, dass Ihr Mitbewohner umgebracht wurde! Sein Tod kann doch eine ganz natürliche Ursache gehabt haben, gerade in seinem Alter. Vielleicht war er ja auch krank.«

»Reg hatte Diabetes, aber sonst war er völlig gesund und kräftig.«

»Na, sehen Sie, Diabetes ist doch eine ernsthafte Erkrankung! Da könnte leicht ...«

»Nonsense!«, erklärte Flora. »Reg hatte die Krankheit ja nicht erst seit gestern und alles völlig im Griff. Aber natürlich kann jemand relativ problemlos das Insulin manipuliert haben. Liest man ja immer wieder.« Sie machte eine Handbewegung hin zu einem halbhohen Bücherregal.

Ella betrachtete die Namen auf den Buchrücken: Val McDermid, Ian Rankin, Ann Cleeves, Reginald Hill – die anderen kannte sie nicht. Flora war also Krimileserin.

»Wir müssen aber zwischen Fiktion und richtigem Leben unterscheiden«, sagte Ella. »Leider gibt es auch plötzliche Todesfälle, die keine Morde sind.« Einen Moment lang durchzuckte sie die Erinnerung an den tödlichen Verkehrsunfall ihrer Mutter.

Flora runzelte die Stirn und schwieg.

»Wenn aber tatsächlich jemand seine Hand im Spiel hatte«, ruderte Ella ein wenig zurück, »muss derjenige ja ein Motiv gehabt haben. Haben Sie darüber schon einmal nachgedacht?«

»Natürlich. Was glauben Sie? Dass ich verkalkt bin? Es reicht doch schon, dass Lydia mich für gaga hält.« Nun wirkte Flora verärgert.

»Nein, nein, das denke ich keinesfalls.«

»Das ist auch besser so. Sonst muss ich Ihnen den Auftrag entziehen und mir einen anderen Detektiv suchen.«

Damit, dass sie ihren ersten wirklichen Fall so schnell wieder los sein würde, hatte Ella nicht gerechnet.

»Na, Mädchen, nun schauen Sie nicht so bedröppelt! Noch sind wir im Geschäft.« Flora lehnte sich zu ihr. »Ist ja auch richtig von Ihnen, dass Sie kritisch denken. Ich vermute, jemand hat Reg zum Schweigen gebracht, weil er herausgefunden hatte, wer hier klaut.«

»Ah«, machte Ella.

Insgeheim bezweifelte sie allerdings, dass ein Dieb, der lauter Kleinigkeiten stahl, so leicht zum Mörder wurde. Es war doch plausibler, dass er das Weite suchen würde, wenn er unter Verdacht geriet. Nur falls er in flagranti überrascht wurde, bestand die Möglichkeit, dass er zuschlug. Natürlich konnte auch das tödlich ausgehen, aber dann war es ja eher Totschlag und kein heimtückischer Mord. Nun, zugegeben, dem Opfer war das wahrscheinlich egal.

»Sie müssen also nur die Diebstähle aufklären, dann werden Sie den Mörder schon finden.« Zufrieden lehnte sich Flora in ihrem Sessel zurück.

Ella nickte stumm und nahm sich vor, später Canny anzurufen und um Rat zu fragen, wie sie sich weiter verhalten sollte. »Gut«, sagte sie schließlich. »Dann zeigen Sie mir doch mal, von wo all die Gegenstände verschwunden sind!«

Flora erhob sich. »Na endlich! Ich dachte schon, Sie fangen überhaupt nicht mehr an zu ermitteln.«

Das Portemonnaie, aus dem das Geld abhandengekommen war, hatte sich in Floras Handtasche auf der alten, schweren Eichenkommode befunden, die direkt neben der Zimmertür stand. Zu dieser Kommode gehörte auch die Wäscheschublade, in der Flora ihr Bargeld bis zum Diebstahl unter einem Stapel zarter Stofftaschentücher aufbewahrt hatte.

»Oh, wie schön!« Ella bewunderte die Häkelspitzen.

»Alle selbst gemacht.« Flora lächelte. »Früher brauchte man so was noch und ich konnte mich nie davon trennen.«

»Das verstehe ich. Sie sind wirklich wunderbar gehäkelt. Mit so feinem Garn hab ich das noch nie versucht.«

Flora schob die Schublade wieder zu. »Die Ohrringe lagen auf meinem Nachttisch«, fuhr sie fort.

Von dort können sie ja leicht auf den Boden gefallen sein, dachte Ella. Als sie jedoch näher ans Bett herantrat, entdeckte sie ein kleines Porzellangefäß mit der Aufschrift »Rings and Things«. Sie nahm es in die Hand und sah Flora an.

»Ja, genau da hinein hab ich sie getan, damit sie nicht runterfallen können.«

Das war tatsächlich seltsam. Wie sollten die Ohrringe aus dem Schälchen unter das Bett geraten sein, wo man sie wiedergefunden hatte? Aber hatte Flora sie wirklich dort hinein- und nicht doch aus Versehen danebengelegt?

»Meine Armbanduhr deponiere ich beim Schlafengehen immer neben dem Wecker auf dem Nachttisch«, erzählte Flora weiter. »Und da hätte ich es bestimmt gemerkt, wenn ich sie abends nicht mehr angehabt hätte. Ich trage sie nicht immer den ganzen Tag, aber ich lege sie nie woanders hin. Meine kleine Schäferin war dort drüben.« Sie zeigte auf ein Regalbrett an der Wand, auf dem verschiedene Nippesfiguren standen.

Ella nickte.

»Und mein Seidenschal steckte im Ärmel meines Mantels unten im Garderobenschrank.«

»Dort werden wir wohl keine wirklichen Hinweise finden«, sagte Ella. »Im Hausflur hat ja jeder Zugang. Aber hier in Ihrem Zimmer möchte ich mich doch genauer umschauen.«

Flora ging zurück zu ihrem Ohrensessel und setzte sich. Sie wirkte sehr zufrieden, als Ella sich neben dem Nachttisch auf alle viere niederließ und unter ihr Bett schaute.

Kapitel 8

Ella rief die Taschenlampenfunktion ihres Handys auf und leuchtete ins Dunkel. Unter dem Bett war nichts besonders Interessantes zu sehen: ein paar kuschelige Wollpantoffeln, die Flora wahrscheinlich nur in der Abgeschiedenheit ihres Zimmers trug, und ein wenig Staub, wo Nachttisch und Bett zusammenstießen – eine sogenannte runde Ecke, wie sie beim Wischen entstand, wenn nicht sorgfältig geputzt wurde. Falls die Ohrringe dorthin gefallen waren, verwunderte es nicht mehr so sehr, dass sie erst drei Tage später gefunden worden waren. Und auch nicht, dass die Reinigungskraft behauptet hatte, sie hätten vorher nicht dort gelegen. Andererseits war der Spalt zwischen Bett und Nachttisch wirklich äußerst schmal.

»Darf ich die entsprechenden Ohrringe einmal sehen?«, fragte Ella und erhob sich wieder.

»Aber selbstverständlich!« Flora ging erneut zur Kommode und öffnete eine andere Schublade als zuvor. Sie holte ein kleines, aus hellem Holz geschnitztes Kästchen heraus und schlug den Deckel auf. Dann legte sie etwas auf ihre flache Hand und hielt diese Ella entgegen.

Ella sah mit einem Blick, dass die Ohrringe unmöglich durch den schmalen Spalt gefallen sein konnten. Allein die schimmernde Perle hätte niemals dort hindurchgepasst.

»Das ist wirklich seltsam«, gab sie zu. »Für mich sieht es fast so aus, als ob jemand Ihre Uhr und die Ohrringe versteckt hat, um einen Diebstahl vorzutäuschen.« Und um Sie als ein wenig verwirrt darzustellen, fügte sie in Gedanken hinzu. »Dazu würde auch der verschwundene Schal passen. Vielleicht taucht der ja ebenfalls wieder auf.« Flora wollte etwas erwidern, doch Ella fuhr fort: »Was zu dieser Theorie allerdings überhaupt nicht passt, ist das verschwundene Geld. Schließlich wurde das nicht wiedergefunden.«

»Sie glauben mir also zumindest, dass das Geld wirklich gestohlen wurde?«, fragte Flora und legte die Ohrringe sorgfältig zurück in das Kästchen. Sie schob die Schublade zu und ging zu ihrem Sessel, wo sie Platz nahm. »Das ist mehr, als ich von Lydia sagen kann. Aber wie erklären Sie sich das mit den verschwundenen und wieder aufgetauchten Schmuckstücken? Hätte ein Dieb die nicht behalten und versucht, sie zu Geld zu machen?«

»Die Frage ist, ob diese beiden Sachverhalte überhaupt etwas miteinander zu tun haben. Oder gibt es zum einen den Dieb und zum anderen jemanden, der Sie einfach nur ärgern will? Also nicht nur Sie persönlich, sondern auch andere Bewohner hier. Da war ja noch Peggys Armband. Darüber würde ich mich gerne mal mit ihr unterhalten.«

Flora seufzte. »Das werden wir wohl nicht umgehen können. Aber bitte lassen Sie Ihre Tarnung nicht auffliegen!« Sie überlegte kurz und sah auf ihre Armbanduhr.

»Jetzt müsste Peggy gleich ihren täglichen Spaziergang machen. Vielleicht schaffen Sie es, sie abzupassen und unter vier Augen zu sprechen?«

»Das kriege ich hin. Und wir sehen uns morgen wieder?«

Flora nickte. »Außer, wenn Sie den Fall vorher lösen. Dann rufen Sie bitte sofort an – egal ob Tag oder Nacht! Und jetzt beeilen Sie sich, sonst geht Peggy ohne Sie!«

Ella hatte Glück. Peggy stand, bereits in warmer Jacke und roter Baskenmütze, mit Mrs Swanston an der offenen Bürotür und unterhielt sich mit ihr über das Wetter. Ella nahm ihre Jacke von der Garderobe und zog sie an.

»Ah, Sie verlassen uns wieder?«, stellte Mrs Swanston das Offensichtliche fest.

»Ja, ich möchte noch ein bisschen spazieren gehen. Haben Sie vielleicht einen guten Tipp?« Ella sah von Mrs Swanston zu Peggy. Sie hatte sie richtig eingeschätzt.

»Ich wollte auch gerade ein wenig raus«, sagte Peggy sofort. »Wenn Sie mögen, können wir zusammen gehen.«

»Oh, sehr gerne.«

Also verließen Peggy und Ella gemeinsam das Haus. Obwohl die ehemalige Ballerina so klein war, machte sie ganz schön große und vor allem schnelle Schritte.

»Ich wollte einfach nur zum Lump hinauf«, erklärte sie. »Das ist der Hügel oberhalb des Hafens.«

Ella nickte und versuchte, ihren Schritt dem der alten Dame anzupassen.

Vorbei an der Royal Bank of Scotland gingen sie Richtung Krankenhaus, wie Ella dem Hinweisschild

»Ospadal – Hospital« entnahm. Durch ein Törchen kamen sie auf einen Weg, der auf den Lump führte. Schon nach kurzer Zeit erreichten sie einen aus großen, grauen Steinen gemauerten Turm.

Peggy blieb stehen und zeigte darauf. »Der Apothecary's Tower zeigte früher den Schiffen an, dass es hier in Portree medizinische Hilfe gab. Man kann innen auch hochsteigen; wenn Sie das wollen, warte ich auf Sie.«

»Nein, nein«, wehrte Ella ab. »Ich finde den Blick auf den Hafen gerade von hier aus sehr schön.« Sie machte ein paar Fotos mit dem Handy und überlegte fieberhaft, wie sie das Gespräch auf Peggys verschwundenes und wiedergefundenes Armband bringen konnte.

»Ja, die Aussicht ist wundervoll. Ich komme oft hierher. Aber lassen Sie uns weitergehen! Wir können uns ja gleich im Amphitheater ein Weilchen ausruhen und ein Schwätzchen halten.« Energisch schritt Peggy aus und führte Ella schließlich zu einem flachen Platz. »Kommen Sie, wir setzen uns dort drüben ein wenig in die Sonne, bevor sie wieder verschwindet!«, schlug sie vor. »Sie sollten mal im August herkommen, dann finden hier oben die Highland Games statt. Das heißt, natürlich nur, wenn Sie sich für schottische Musik und Sport interessieren, speziell für kräftige Männer im Kilt, die Baumstämme werfen.« Sie kicherte.

»Warum nicht?«

»Oder wird Ihr Freund dann eifersüchtig?«

Ella schüttelte den Kopf. »Ich bin Single«, stellte sie klar.

Peggy hob die Augenbrauen. »Aber noch nicht lange, vermute ich.«

Ella schaute sie überrascht an.

»In Ihrer Aura sehe ich Wut und Trauer. Und Verwirrtheit. Diese Mischung weist eigentlich immer auf eine unglückliche Liebesgeschichte hin«, plauderte Peggy. »Es ist gut, dass Sie hierhergekommen sind.«

Das war die Gelegenheit!

Ella räusperte sich. »Sie haben recht, Peggy. Ich bin nicht nur hier, um Urlaub zu machen, sondern auch, um Abstand von jemandem zu gewinnen. Und gleichzeitig – vielleicht haben Sie es sich schon gedacht – möchte ich nach Flora sehen. Bitte sagen Sie ihr das nicht, aber ihr Neffe macht sich große Sorgen. Nur kann er leider derzeit nicht aus Canterbury weg.«

»Ist es wegen der Diebstähle?«

Ella nickte langsam. »Das ist wirklich eine seltsame Geschichte: gestohlenes Geld, Schmuckstücke, die verschwinden und wieder auftauchen. Ich habe mit Mrs Swanston gesprochen ...«

»Ach, vergessen Sie die gute Lydia! Sie ist ja wirklich ein lieber Mensch, aber ihre Vorstellungskraft ist begrenzt. Und sie hat die Tendenz, alle Probleme auf das Alter zu schieben. Dabei ist sie auch nicht mehr allzu viele Jahre vom Seniorenticket entfernt.«

»Was halten Sie selbst denn davon? Flora hat mir erzählt, dass Ihnen auch ein Schmuckstück abhandengekommen war.«

»Ja«, sagte Peggy, ohne zu zögern. »Mein goldenes Armband – ein Geschenk von Vassilij, mit dem ich die Coppélia getanzt habe.« Sie blickte in die Ferne, und ein Lächeln umspielte ihren Mund.

Zwar war es Ella nicht gegeben, die Aura eines Menschen zu lesen, doch dass Peggy und Vassilij mehr als ein Pas de deux verbunden hatte, spürte sie deutlich.

»Als Flora mir von ihren gestohlenen Ohrringen erzählt hat, wollte ich mich vergewissern, dass mein eigener Schmuck vollständig ist«, fuhr Peggy fort. »Doch das war er nicht! Das Armband war verschwunden, aber Lydia wollte die Polizei nicht holen, bevor wir nicht noch einmal alles durchsucht hatten.«

»Das verstehe ich.«

»Ja? Flora verstand das überhaupt nicht. Sie hat einen ziemlichen Aufstand gemacht, weil sie meinte, wir würden mit unserer Sucherei alle Spuren verwischen.« Peggy sah Ella abwartend an.

»Mhm, ja, aber das Armband hat sich dann doch angefunden.«

»Ja, ganz hinten in meiner Nachttischschublade. Nur – ich habe es gewiss nicht dort hineingelegt, das können Sie mir glauben!«

»Und wer könnte es dann gewesen sein?«

»Was weiß ich?« Peggy wedelte mit den Händen. »Vielleicht wurde der Dieb in meinem Zimmer gestört und musste das Armband schnell verschwinden lassen, damit man es nicht bei ihm findet. Vielleicht war es auch gar kein Dieb ...« Sie blickte nachdenklich in die Ferne.

»Haben Sie einen Verdacht?«

»Ehrlich gesagt vermutete ich zunächst, es könnte Reg gewesen sein. Wir standen uns recht nahe, und manchmal war er ziemlich eifersüchtig auf meine Vergangenheit. Nun, Mädchen, schauen Sie nicht so überrascht!« Peggy erhob sich. »Ich hätte ihn fragen sollen. Jetzt ist es zu spät.«

Schweigend machte sie sich auf den Rückweg. Ella folgte ihr. Überraschenderweise ging Peggy jedoch nicht durch das Törchen, sondern bog in den Pfad ein, der nach links führte. Sie wandte sich nach Ella um.

»Haben Sie noch Lust? Hier geht es einmal rund um den Lump.«

»Gerne.«

»Aber passen Sie auf! Der Pfad ist ziemlich schmal, und es geht auf der Seite steil nach unten. Dafür ist die Aussicht wunderschön. Halten Sie am besten Ihre Kamera bereit!«

Kapitel 9

Am Abend übertrug Ella ihre Fotos auf den Laptop. Der Spaziergang mit Peggy war wirklich schön und informativ gewesen, wenn er sie auch in ihren Ermittlungen selbst nicht weitergebracht hatte. Denn im Grunde konnte jeder in Floras oder Peggys Zimmer gegangen sein, da in Scorrybreac House niemand abschloss. In Frage kam also jeder der Bewohner, aber auch Mrs Swanston, Britney, die Reinigungskraft, die Peggy liebevoll »Miss Mop« genannt hatte, Schwester Brenda oder die Krankengymnastin Finola. Es war nicht einmal auszuschließen, dass jemand Fremdes ins Haus gekommen war.

Ella seufzte und gab ihren Fotos kurze Titel, um sie später leichter wiederfinden zu können. Der Lump war ein romantischer Ort, vielleicht würde der Aufenthalt hier sie zu einem neuen Roman inspirieren. Dann war es gut, sich die Örtlichkeiten zu gegebener Zeit noch einmal genau vor Augen führen zu können.

Schließlich konnte sie es nicht länger aufschieben und wählte Cannys Nummer.

»Moment«, sagte er.

Die Pubgeräusche im Hintergrund wurden leiser.

»Okay, Ella, schieß los!«

Es dauerte ein Weilchen, bis Ella ihren Bericht erstattet hatte.

»Also hat Auntie Flora keine Schraube locker?«, fragte Canny. Seine Stimme klang erleichtert.

»Ich glaube nicht«, antwortete Ella. »Ich könnte mir eher vorstellen, dass jemand die alten Herrschaften ärgern oder verwirren will. Vielleicht, damit niemand allzu genau nachforscht, wo das verschwundene Geld geblieben ist. Denn das scheint ja wirklich gestohlen worden zu sein.«

»Und wie gehst du nun weiter vor?«

»Wenn's dir recht ist, schaue ich mir morgen die anderen Leute im Haus näher an. Und die, die von außen kommen: Krankenschwester, Physiotherapeutin und Putzfrau. Mrs Swanston würde ich schon mal ziemlich sicher ausschließen. Sie hat ja nichts als Probleme, wenn in ihrem Haus gestohlen wird.«

»Du wirst das bestimmt rauskriegen«, brummte Canny.

»Danke für deine Zuversicht!«

»Apropos rauskriegen: Dein Inspector hat nach dir gefragt.«

»Alex?« Ein Stich fuhr Ella in die Magengrube.

»Genau der. Er wollte wissen, ob ich weiß, wo genau in Schottland du bist.«

»Und hast du es ihm verraten?«

»Ich denke mir, wenn du es ihm nicht gesagt hast, braucht er es von mir auch nicht zu erfahren. Hab nur erzählt, dass du mich nach schönen Orten gefragt hast und ich dir Edinburgh und Glasgow und die Highlands ans Herz gelegt habe.« Er lachte leise.

»Danke, Canny!«

»Keine Ursache. Er sieht übrigens aus, als ob er schlecht schläft. Aber das geht mich natürlich nichts an.«

Ella ignorierte diese Information. »Ich melde mich, wenn's was Neues gibt.«

»Mach das! Und vergiss nicht, dich auch ein bisschen auf der Insel umzuschauen! Vielleicht findest du jemanden zum Wandern. Alleine kann das gefährlich sein, das Wetter schlägt manchmal ganz schnell um. Aber in einer Gruppe und mit den entsprechenden Vorsichtsmaßnahmen ist Bergwandern auf Skye ein Erlebnis.«

»Ich werde sehen. Bye, Canny!«

»Bye, Ella! Und grüß Auntie Flora von mir!«

Ella beendete das Gespräch. Alex hatte nach ihr gefragt. Sie konnte nicht sicher sagen, ob sie sich darüber freute oder ob es ihr lästig war. Auf jeden Fall wollte sie jetzt nicht darüber nachdenken. Vielleicht war Cannys Tipp gar nicht so schlecht, und sie sollte zur Ablenkung ein wenig wandern gehen. Es mussten ja nicht gleich die Black Cuillins sein. Die waren ihr auf der Herfahrt im Bus doch eher bedrohlich erschienen. Alleine würde sie dort bestimmt nicht herumsteigen.

Sie öffnete ihren Browser und suchte nach einer Seite über Bergwandern und Bergsteigen in Schottland. Da: mountaineering.scot – das schien das Richtige zu sein. Tatsächlich warnte man auch auf dieser Website lang und breit vor unvorbereiteten Touren. Orientierung durch Kompass, Karte und GPS wurde wärmstens empfohlen. Dazu gab es eine Unterseite über Wetterbedingungen von Wind bis Lawinen, eine über Erste Hilfe – zumindest da fühlte Ella sich kompetent – und eine mit Verhaltensregeln, falls ein Rettungshubschrauber landen musste.

Ella verzog das Gesicht. So großartige Touren hatte sie nun wirklich nicht vor. Und schon gar nicht, einen Rettungshubschrauber für den Rückflug zu nutzen. Aber ein Tipp war sicher auch für kleinere Ausflüge gut: eine Nachricht zu hinterlassen, wo man plante hinzugehen und wann wiederzukommen. Sonst saß man am Ende irgendwo auf der doch wenig besiedelten Insel fest, und keiner wusste, wo man suchen sollte. Ob das Handy funktionierte oder ohne Empfang nutzlos wurde, konnte sie ja nicht voraussehen.

Da war es eindeutig besser, eine Bustour mitzumachen und sich an Orte mit so wunderschönen Namen wie Fairy Glen, Kilt Rock und Dunvegan Castle fahren zu lassen. Andererseits – Touristen? Natürlich war sie im Grunde selbst Touristin, aber seit ihrer Erfahrung als Tour Guide in Canterbury war ihr die Lust auf Gruppen fremder Menschen, die gemeinsam Besichtigungen machten, ein wenig vergangen.

Sollte sie also doch morgen früh Amy und Jim fragen, ob sie sie einmal mitnehmen würden? Oder Peggy? Wahrscheinlich verglich sie ihre Kondition und Fähigkeiten beim Wandern besser mit denen der alten Dame.

Sie seufzte. Vielleicht hätte sie sich ein Auto mieten sollen. Allerdings tat sie sich immer noch ein bisschen schwer damit, einen Wagen zu fahren, der das Steuerrad rechts und die Gangschaltung links davon hatte. Die linke Fahrbahn war weniger das Problem. Und auf den schmalen Sträßchen hier musste man sowieso nur an Linksverkehr denken, falls einem jemand entgegenkam.

Sie gähnte. Eigentlich war es noch nicht besonders spät, aber die frische Luft hier ermüdete. Also schaltete sie den Laptop aus und machte sich bereit, ins Bett zu gehen. Sie hatte noch den historischen Roman einer Freundin zu lesen, und wenn sie heute einmal früher schlief, war sie morgen frisch und ausgeruht und hatte vielleicht eine Idee, wie sie ihre Ermittlungen effektiv weiterführen konnte.

»Er sieht übrigens aus, als ob er schlecht schläft.« Cannys Stimme klang ihr plötzlich im Ohr.

Verflixt, was ging es sie an, wie DI Alex Drake die Nacht verbrachte?!

Kapitel 10

Als Ella am nächsten Morgen nach einem Regenspaziergang Scorrybreac House betrat, empfing sie das Brummen eines Staubsaugers. Ah, dann war also Britney zum Putzen im Haus. Nun musste sie nur noch eine Möglichkeit finden, unauffällig mit ihr alleine zu sprechen.

Die Tür zum Gelben Salon war geschlossen. Ella klopfte an und trat ein. Suchend sah sie sich nach Flora um, natürlich nicht, ohne zu überprüfen, wer sich sonst noch im Raum aufhielt. Tatsächlich schienen gerade wie erhofft alle Bewohner des Hauses anwesend zu sein: Flora, Peggy und Archibald kannte sie bereits, ebenso Margaret, die mit einer fröhlich aussehenden, rundlichen Frau am Tisch etwas spielte, das wie eine Streitpatience aussah. Das musste Sue sein. Und der Mann mit dem weißen Haarkranz, der Zeitung las, war dann wohl Gordon.

»Guten Morgen!«, grüßte Ella.

»Ah, guten Morgen, meine Liebe!« Flora stand aus ihrem Ohrensessel auf und stellte sie den anderen vor. »Ella besucht mich ein paar Tage, weil mein Neffe keine Zeit hat«, erklärte sie.

Gordon ließ die Zeitung sinken, nickte Ella kurz zu und nahm seine Lektüre wieder auf.

»Unser Gordon ist nicht der beste Gesprächspartner«, erklärte Peggy. »Er vergisst nämlich immer sein Hörgerät.«

»Das habe ich gehört, Peggy«, brummte Gordon, und Peggy lachte.

»Willkommen! Ich bin Zuzanna Nowak, aber alle sagen Sue.« Sue lächelte. Ihr Akzent verriet ihre osteuropäische Herkunft.

»Schön, Sie kennenzulernen«, sagte Ella.

»Ja, um diese Zeit sind wir freitags immer alle hier drin. Da macht unsere Miss Mop nämlich die Zimmer gründlich sauber, und man ist gut bedient, ihr nicht in die Quere zu kommen.« Archibald zwinkerte Ella zu.

Sie lächelte und sah sich um.

»Ziehen Sie sich einfach einen Stuhl hierher zu uns!«, riet Flora.

»Gerne«, antwortete Ella. »Ich würde nur am liebsten noch einmal in Ihr Zimmer gehen, wenn das möglich ist. Dort habe ich gestern wohl mein Notizbuch liegen lassen.«

Flora runzelte die Stirn. »Ihr Notizbuch? Ich habe aber gar nicht ...« Plötzlich glitt ein Ausdruck des Verstehens über ihr Gesicht, und sie brach abrupt ab. »Selbstverständlich, Mädchen, gehen Sie nur hoch!«, fuhr sie fort. »Ich würde ja mitkommen und Ihnen suchen helfen, aber meinem Bein ist heute gar nicht nach Treppensteigen.«

»Oh, nein, Flora, das ist auch nicht nötig, ich weiß ja, welches Ihr Zimmer ist. Ich komme gleich wieder.«

Hoffentlich würde es wirklich schnell gehen, die Putzhilfe zu befragen. Ella nahm immer zwei Stufen auf einmal, als sie die Treppe hinaufeilte. Oben schaltete Britney gerade den Staubsauger aus und schloss eine Zimmertür auf der linken Seite.

»Guten Morgen!«, grüßte Ella.

Britney sah sie verdutzt an und zog dann unter ihren langen Haaren einen Ohrhörer aus dem Ohr. »Wie bitte?«, fragte sie.

»Guten Morgen!«, wiederholte Ella. »Ich bin Ella Martin, eine Bekannte von Flora Urquhart.«

Die junge Frau – Ella schätzte sie auf höchstens achtzehn, konnte sich aber aufgrund der starken Schminke auch irren – starrte sie verblüfft an. Sie war es wohl nicht gewohnt, dass eine Besucherin mit ihr sprach.

»Britney«, sagte sie schließlich.

»Ich will Sie gar nicht lange aufhalten, Britney, aber darf ich Sie etwas fragen?«

»Ja?«

Besonders entgegenkommend klang das nicht. Ella lächelte freundlich.

»Sie haben gehört, dass Mrs Urquhart glaubt, man habe sie bestohlen?«

Britney verdrehte die Augen. »Bitte nicht schon wieder! Ich habe nichts damit zu tun.«

»Nein, nein«, besänftigte Ella sie. »Das weiß ich. Aber Sie kennen hier doch alle. Denken Sie auch wie Mrs Swanston, dass Mrs Urquhart ein wenig verwirrt ist? Oder können Sie sich vorstellen, dass jemand sie ärgern wollte und deshalb den Schmuck versteckt hat?«

»Ist es das, was passiert ist?« Britney sah überrascht aus.

»Ich weiß es nicht«, erklärte Ella. »Es ist nur so eine Idee von mir. Was meinen Sie?«

Britney zuckte die Achseln. »Möglich. Die alten Leutchen haben ja oft seltsame Einfälle.«

»Und gibt es Ihrer Meinung nach jemanden, der in Frage käme, den anderen einen Streich zu spielen?«, bohrte Ella nach. »Peggy Finch dachte ja auch, ihr sei ein Armband gestohlen worden, und Reginald Brewster soll ein wertvolles Buch vermisst haben.«

»Von Büchern weiß ich nichts«, gab Britney Auskunft.

Tatsächlich sah sie nicht so aus, als ob sie sich für eine Erstausgabe von Burns' Gedichten interessieren würde. Außer vielleicht, um sie zu Geld zu machen und dieses in Lidschatten umzusetzen.

»Ihnen ist also nichts aufgefallen?«, versuchte Ella es erneut. »Dass jemand in einem fremden Zimmer war oder so?«

»Miss Finch. Die kam mal morgens aus Mr Brewsters Zimmer.«

Peggy?

»Und natürlich Finola und Schwester Brenda. Die haben ja keine eigenen Zimmer und gehen immer zu den anderen rein. Aber ich glaube nicht, dass die klauen.« Britney betrachtete Ella skeptisch. »Und ich klaue auch nicht, obwohl ich immer in alle Zimmer gehe und staubsauge und wische – montags, mittwochs und freitags.«

»Natürlich nicht«, sagte Ella schnell.

Britney runzelte die Stirn. »Warum wollen Sie das überhaupt wissen? Sind Sie von der Polizei?«

Ella lachte, doch es klang falsch in ihren Ohren. War ihre Befragungstaktik so offensichtlich?

»Aber nein«, wiegelte sie ab. »Ich bin nur eine Freundin von Mrs Urquharts Familie. Und wir wissen nicht so recht – sie ist ja nicht mehr die Jüngste ...« Sie ließ den Satz absichtlich offen, und tatsächlich fühlte sich Britney berufen, darauf zu antworten.

»Och, die alten Leutchen hier sind ganz in Ordnung. Und Mrs Urquhart legt mir jede Woche noch Schokolade hin zum Dank. Das zeigt doch, dass sie klar im Kopf ist, oder?«

»Ja, da haben Sie recht. Vielen Dank, Britney!« Ella wandte sich Floras Zimmertür auf der rechten Seite des Ganges zu.

»Wollen Sie da rein?«, fragte Britney misstrauisch.

»Ja. Mrs Urquhart hat mich hergeschickt, um etwas für sie zu holen. Ihr Bein schmerzt«, erklärte Ella.

»Na gut!« Britney steckte ihren Ohrhörerstöpsel wieder ins Ohr, ergriff den Staubsauger und zog einen Raum weiter.

Ella betrat Floras Zimmer und schloss die Tür hinter sich. Hier war Britney noch nicht gewesen, denn auf dem Teppich in der Nähe des Ohrensessels lagen einige kurze bunte Wollfäden, ebenso im Papierkorb. Flora schien am Vorabend noch gehandarbeitet zu haben.

Natürlich war Ellas Notizbuch nicht hier. Sie hatte nur einen Vorwand gebraucht, um alleine mit Britney zu sprechen. Eigentlich konnte sie sofort wieder hinuntergehen, aber sie wollte die Gelegenheit nutzen, sich schnell noch einmal umzusehen. Auf der alten Kommode neben der Tür stand eine große, braune Damenhandtasche. Sicher bewahrte Flora darin ihr Portemonnaie auf. Die Kommode war von der Tür aus äußerst leicht zu erreichen. Aus zwei der Schubladen war etwas entwendet worden, und ein Dieb, der wusste, dass er dort suchen musste, war besonders rasch fertig. Zum Nachttisch war es weiter, aber wenn Schmuck gleich obendrauf lag, dauerte es auch nicht lange, ihn zu nehmen.

Es war Zeit, wieder nach unten zu gehen. Eine allzu lange Abwesenheit würde nur unnötige Fragen hervorrufen, und Fragen hatte Ella selbst schon genug.

Kapitel 11

Ella saß noch nicht lange bei Flora, Peggy und Archibald, als es ein einziges Mal kurz an der Tür klopfte und die blonde Krankenschwester eintrat.

»Morgen!«, rief sie in den Salon.

»Morgen, Schwester Brenda!«, antwortete ihr ein mehrstimmiger Chor.

Es klang wie in der Schule, und Ella musste unwillkürlich grinsen. Schwester Brenda dagegen zog die Stirn in Falten. Tatsächlich war sie älter, als Ella nach ihrer ersten kurzen Begegnung gedacht hatte, eher Mitte, Ende vierzig.

»Kommen Sie, Mrs Roberts, es ist Zeit für Ihre Spritze!«, forderte sie Margaret auf.

Die verzog das Gesicht und erhob sich. »Ich bin mir nicht sicher, ob diese Spritzen helfen.«

»Der Doktor aber. Und deshalb bekommen Sie gleich eine ganz besonders schöne.« Schwester Brenda hielt Margaret die Tür auf. »Alle anderen können sich auch schon bereit machen.«

»Sie ist ziemlich herrisch, nicht wahr?«, sagte Archibald schmunzelnd, nachdem die beiden Frauen den Salon verlassen hatten. »Ich würde mich nicht wundern, wenn sie zu Hause eine Peitsche hätte.«

Peggy riss die Augen auf. »Würde dir das gefallen, Archie?«

»Dearie, das werde ich dir nicht verraten. Nur so viel – nicht jeder Gentleman mag Blondinen.«

Peggy strich über ihr eigenes blondes Haar. »Was meinen Sie, soll ich es mal mit Brünett versuchen?«, fragte sie Ella.

Bevor diese antworten konnte, mischte sich Flora ein: »Peg, bring meinen Gast nicht in Verlegenheit! Und lass Archie in Ruhe! Man könnte ja meinen, du hast den armen Reg schon vergessen.«

Peggy zuckte zusammen. »Nein, natürlich nicht. Das ist eben meine Art, damit fertigzuwerden.« Sie wirkte auf einmal sehr bekümmert.

Flora legte die Hand auf ihre. »Das wissen wir doch, Liebes, nur Ella könnte das vielleicht falsch verstehen.«

Peggy nickte. »Ich vermisse ihn so«, sagte sie leise.

»Wir alle vermissen ihn.«

Als hätten sie sich abgesprochen, verstummten sämtliche Gespräche im Raum, und es entstand eine unerwartete Schweigeminute.

»Dabei ging es ihm am Abend noch so gut«, sagte Archibald schließlich. »Und morgens ist er einfach nicht mehr aufgewacht.«

»Wie traurig!« Ella räusperte sich. »Dann kam sein Tod also ganz überraschend?«

»Absolut«, antwortete Archibald. »Damit hatte niemand gerechnet. Schwester Brenda hat immer gesagt: ›Unser

Mr Reginald wird sowieso hundert!‹« Er ahmte den englischen Akzent der Schwester nach.

Ella fing einen triumphierenden Blick von Flora auf. »Sehen Sie?«, schien sie zu sagen.

»Oh, ich hatte gehört, er war Diabetiker.«

»Nun, Ella, das ist ja heutzutage kein Todesurteil mehr. Es gibt gute Medikamente, und Reg war immer sehr diszipliniert, anders als ich.« Archibald lächelte. »Schwester Brenda hält leider nichts von meiner Schwäche für das Wasser des Lebens: Uisge beatha – oder auch Whisky genannt. Aber so ein Single Malt ...«

»Mister Bond, Sie sind der Nächste«, unterbrach ihn eine strenge Stimme von der Tür.

Er erhob sich, nickte Ella und Flora zu und verließ mit Schwester Brenda den Salon.

»Freitags übernimmt sie immer eine Weile Lydias Büro und misst uns allen Puls und Blutdruck«, erklärte Flora. »Und wenn jemand ein gesundheitliches Problem hat, ist sie die erste Ansprechpartnerin. Notfalls informiert sie den Doktor, aber meistens kann sie selbst helfen.«

Interessant. Dann würde die Krankenschwester ja die Bewohner des Hauses wirklich gut kennen. Ella musste sie unbedingt sprechen. Vielleicht war ihr etwas aufgefallen.

Ella wartete vor Mrs Swanstons Bürotür, bis Sue, die als Letzte zum Blutdruckmessen gegangen war, wieder herauskam. »Schwester Brenda, haben Sie einen Moment Zeit?«, fragte sie.

»Aber wirklich nur einen Moment.« Schwester Brenda packte das Blutdruckmessgerät in ihre Tasche und griff nach dem Hefter, der noch auf dem Schreibtisch lag.

»Ella Martin«, stellte sich Ella vor. »Ich besuche Flora Urquhart.«

Schwester Brenda steckte auch den Hefter in die Tasche und ließ das Schloss zuschnappen. »Ich kann Ihnen zu ihrem Gesundheitszustand keine Auskünfte geben«, sagte sie.

»Das ist mir bewusst.« Ella lächelte. »Aber die Familie macht sich große Sorgen wegen dieser Geschichte mit den angeblichen Diebstählen.«

»Sie meinen sicher, weil die Sachen ja wieder aufgetaucht sind. Nun, dazu kann ich im Grunde auch nichts sagen. Aber es kommt schon vor, dass ältere Menschen nach mehr Aufmerksamkeit suchen, und ... Mrs Urquhart bekommt sehr selten Besuch.«

Obwohl Ella ja nicht wirklich Floras Verwandte war, spürte sie bei Schwester Brendas Blick ein leicht schlechtes Gewissen. »Sie meinen also nicht, dass sie langsam dement wird?«, fragte sie.

»Wie gesagt, zu ihrem Gesundheitszustand darf ich Ihnen keine Auskunft geben.« In Schwester Brendas Gesicht war nichts zu lesen. Sie nahm ihre Tasche und ging zur Tür.

»Dann möchte ich Ihnen auf jeden Fall danken, dass Sie sich so um Ihre Patienten kümmern. Das ist doch allen eine große Beruhigung, dass sie hier wunderbar versorgt werden.«

War das zu dick aufgetragen?

Nein, über das strenge Gesicht der Schwester huschte ein stolzes Lächeln. »Ich tue mein Bestes.«

Ella begleitete sie hinaus. »Sind Sie schon lange hier? Sie klingen gar nicht schottisch.«

»Dreieinhalb Jahre. Ich komme aus den Midlands. Hab früher in Birmingham in einem großen Krankenhaus gearbeitet und dann in Manchester.«

»Oh, und wie gefällt es Ihnen auf Skye? Ist es Ihnen hier nicht zu einsam?«

Sie hatten die Garderobe erreicht, und Schwester Brenda griff nach ihrem Mantel.

»Ich wollte einmal etwas ganz anderes erleben«, gab sie zu. »Immer dieser anonyme Krankenhausbetrieb und der Schichtdienst – das war auf die Dauer sehr anstrengend.« Sie zog ihren Mantel an und knöpfte ihn zu. »Und dann habe ich eine kleine Erbschaft gemacht und diese Stelle hier gefunden. Ich arbeite nun viel weniger als früher und habe immer die Möglichkeit, mich an der frischen Luft zu bewegen.«

»Ah ja?«

»Ich gehe bergsteigen. Munro bagging – sagt Ihnen das was?«

»Nicht wirklich.«

»Eine Art Volkssport hier in Schottland – Munros sind Berge, die höher sind als dreitausend Fuß. Davon gibt es zweihundertzweiundachtzig. Ich habe inzwischen schon zweiunddreißig bestiegen.«

»Oh, wie spannend! So etwas habe ich noch nie gemacht.«

Schwester Brenda sah Ella gönnerhaft an. »Ich könnte

Ihnen eine einfache Strecke zeigen, allerdings nur, wenn Sie lange genug hier sind. Dieses Wochenende bin ich nämlich schon verabredet.«

»Das wäre wunderbar, vielen Dank! Kann ich Sie anrufen, oder sehen wir uns hier?«

»Hier ist es am einfachsten. Sie können mir auch über Mrs Swanston eine Nachricht hinterlassen, falls wir uns verpassen. Auf Wiedersehen, Ms Martin!«

»Bis bald, Schwester Brenda!«

Während die Krankenschwester davoneilte, schloss Ella langsam die Haustür. Ein wenig war es ihr doch gelungen, unter die harte, professionelle Schale zu dringen. Hoffentlich würde es dadurch beim nächsten Gespräch leichter werden, irgendetwas zu erfahren. Sie seufzte. Dieser Fall erwies sich als komplizierter als gedacht.

Kapitel 12

Es war ein wenig anstrengend, sich mit den Bewohnern von Scorrybreac House zu unterhalten und dabei unauffällig Informationen zu sammeln. Alle hatten Ella so viel zu erzählen. Nur Margaret hielt sich zurück, doch ihr aufmerksamer Blick hinter der silberrandigen Brille schien Ella ständig zu verfolgen.

»So, es wird Zeit für mich«, sagte Ella schließlich, nachdem Archibald seinen Bericht über die Fairy Flag – die Feen-Flagge in Dunvegan Castle – abgeschlossen hatte. »Vielen Dank, das war ein sehr interessanter Vormittag!« Sie stand auf.

Gordon stupste Sue in die Seite. »Du wolltest doch ...«

Sofort sprang Sue auf. »Ja, natürlich. Ich wollte einladen. Heute haben wir polnisches Abendessen, mögen Sie nicht auch kommen?«

»Unsere Sue ist eine hervorragende Köchin. Leider verwöhnt sie uns nur selten. Aber heute gibt es Piroggen.« Gordon lächelte. »Meine Lieblingsspeise, seit ich ein Jahr lang an der Uni in Warschau geforscht habe.«

»Mögen Sie?«, wiederholte Sue.

»Oh ja, gerne.« Abgesehen davon, dass Ella Piroggen

sehr mochte, war dies eine wunderbare Gelegenheit, näher mit Sue ins Gespräch zu kommen.

Bisher hatte Sue nicht viel gesprochen. Dabei interessierte Ella natürlich besonders, was sie von der ganzen Diebstahlgeschichte hielt. Sie war ja als Letzte in Scorrybreac House eingezogen und hatte möglicherweise einen ganz anderen Blick auf die Dinge als die, die sich schon jahrelang kannten.

Und, dachte Ella mit schlechtem Gewissen, das Geld und der Schmuck sind erst verschwunden, seit die Polin hier lebt.

Natürlich war es Quatsch, Sue nur deshalb zu verdächtigen, weil sie aus Polen kam und es diese unsäglichen Polenwitze gab. Aber Ella durfte sie auch nicht einfach ausschließen, weil sie so nett und gutmütig wirkte. Hatte sie nicht schon mehrmals die Erfahrung gemacht, dass man den Menschen nicht hinter die Stirn gucken konnte?

»Wunderbar«, sagte Sue. »Wir freuen uns.«

»Ich bringe Ella noch hinaus.« Flora stand auf und verließ mit ihr den Gelben Salon. Sorgfältig schloss sie hinter sich die Tür und folgte Ella zur Garderobe. »Und – haben Sie schon einen Eindruck, wer es gewesen sein könnte?«, flüsterte sie.

»Nein, tut mir leid, ich habe mit manchen von Ihnen ja auch noch gar nicht richtig gesprochen.«

»Und Sie haben noch nicht alle Zimmer durchsucht, stimmt's? Das können Sie am besten morgen Abend machen, weil wir uns samstags alle im Fernsehzimmer zu den Nachrichten und zum Filmeabend treffen. Da haben Sie fast zwei Stunden ungestört Zeit. Es könnte höchstens sein, dass Gordon zwischendurch mal rausmuss, also fangen Sie am besten in seinem Zimmer an. Ich werde Ihnen einen Plan zeichnen.«

Ella zog ihre Jacke an und nickte, obwohl sie nicht wirklich vorhatte, eine illegale Durchsuchung zu starten. Aber sie verspürte einen Anflug von Kopfschmerzen und kannte Flora inzwischen so gut, um zu wissen, dass die alte Dame ein Nein nicht wortlos akzeptieren würde.

Deshalb sagte sie nur: »Also, bis später!«, und verließ Scorrybreac House.

Langsam machte sie sich auf den Weg zu ihrer Pension. Am besten legte sie sich ein Weilchen hin. Sie hatte in der vergangenen Nacht sehr schlecht geschlafen. Ob Alex ebenfalls wach gelegen hatte?

Nein, sie wollte nicht an ihn denken, schließlich war sie auch hier, um Abstand zu gewinnen. Natürlich hatte er sich Sorgen gemacht, als sie tatsächlich mehrmals in Verbrechen verwickelt worden war, das hatte sie verstanden. Aber sein Beruf als Detective Inspector bei der Kent Police war auch nicht gerade ein langweiliger, sicherer Bürojob. Und es war einfach nicht angebracht, dass er versuchte, ihr Vorschriften zu machen, was sie zu tun und zu lassen hatte, während er ständig seine eigenen Wege ging, ohne ihr auch nur Bescheid zu sagen. Wo blieb da das Vertrauen?

Ella seufzte und betrat Mrs MacLeods B & B.

»Oh, Ms Martin, gut, dass ich Sie sehe!« Ihre Gastgeberin kam ihr aus der Küche entgegen. Sie wirkte, als hätte sie auf das Geräusch der Haustür gewartet. Nervös war sie auch, sie knetete ihre Hände, und ihre Stimme zitterte leicht.

»Ja?« Ella blieb stehen.

»Es tut mir schrecklich leid. Es ist etwas passiert. Mein Vater in Inverness hatte einen Unfall und liegt jetzt im Krankenhaus.«

Ella wusste sofort, worum es ihrer Wirtin ging. »Und Sie wollen sicher zu ihm fahren.«

Mrs MacLeod nickte. »Ich nehme den Bus um kurz nach fünf.« Sie schluckte. »Leider muss ich Sie bitten, sich ein anderes Zimmer zu suchen, weil ich das Haus für die nächsten Tage schließen muss. Die beiden jungen Kanadier haben schon zu einer Bekannten gewechselt, die auch Zimmer vermietet. Ich gebe Ihnen gerne die Telefonnummer und die Adresse, vielleicht hat sie noch etwas frei. Oder Sie können zum Visit Scotland Centre gehen, die helfen Ihnen auch. Zum Glück ist noch keine Hauptsaison, da müsste ein Zimmer leicht zu finden sein.« Es war ihr anzusehen, dass ihr die Sache schrecklich peinlich war.

»Machen Sie sich keine Sorgen!«, beruhigte Ella sie. »Ich komme bestimmt irgendwo unter.«

»Vielen Dank für Ihr Verständnis!« Mrs MacLeod lächelte dankbar.

Ella nickte, dann stieg sie schnell die Treppe hinauf und betrat ihr Zimmer, das eigentlich schon nicht mehr ihres war. Mist! Es hatte ihr hier gut gefallen, der Umzug passte ihr gar nicht. Aber natürlich verstand sie Mrs MacLeod.

Sie kramte in ihrer Waschtasche und fand einen Blister Schmerztabletten. Sie drückte eine heraus und spülte sie mit einem großen Schluck Wasser runter. Dann legte sie sich aufs Bett – nur für einen Moment, bis die Tablette wirkte.

Kapitel 13

Scorrybreac House schien verlassen, als Ella eintrat. Es war dunkel, und nur ein schummriges Nachtlicht beleuchtete die Treppenstufen. Waren alle schon zu Bett gegangen? Leise stieg Ella hinauf, öffnete die Tür zu ihrem Zimmer und trat ein. Ein fremder Geruch ließ sie innehalten. Sie tastete nach dem Lichtschalter, doch er war nicht dort, wo sie ihn vermutet hatte. Hinter sich glaubte sie, eine Bewegung wahrzunehmen. Bevor sie sich umdrehen konnte, packte sie ein Schatten und hielt ihr etwas an den Hals. Ein Messer!

Ella wollte schreien, doch kein Laut kam über ihre Lippen. Sie wollte treten, doch ihre Beine gehorchten ihr nicht. Verzweiflung überkam sie.

Dann wachte sie auf.

Ein wenig benommen warf Ella einen Blick auf ihre Armbanduhr: Sie hatte nur eine knappe halbe Stunde geschlafen. Aber was für ein Traum! Meistens ging es in ihren Träumen nur um Fantasiegeschichten, die sie entweder amüsierten oder zum Schreiben inspirierten. Einen solchen Albtraum hatte sie ewig nicht gehabt.

Sie atmete tief durch, stand auf und schaltete den Wasserkocher ein. Jetzt brauchte sie dringend einen Tee. Und dann musste sie schauen, wo sie die nächste Nacht schlafen konnte. Am besten ging sie wohl zum Visit Scotland Centre und erkundigte sich dort nach dem Angebot an »Bed & Breakfast«-Pensionen. Oder sollte sie in dem Hostel fragen, aus dem der junge Mann gekommen war?

Nein! Es war doch viel einfacher. Im Traum hatte sie es gewusst: Es gab ein Gästezimmer in Scorrybreac House. Und das stand derzeit leer. Sie würde gleich mal bei Mrs Swanston anrufen und ihre Lage schildern.

Eine gute halbe Stunde später verabschiedete sich Ella von Mrs MacLeod und wünschte ihr eine gute Fahrt und ihrem Vater schnelle Besserung. Dann setzte sie ihren Rucksack auf und marschierte auf direktem Weg zu Scorrybreac House. Natürlich hatte Mrs Swanston sie am Telefon sofort willkommen geheißen.

»Wenn Sie nicht fürchten, allzu sehr von unseren Herrschaften vereinnahmt zu werden ...«

Nein, hatte Ella versichert, ein paar Tage sei es gewiss sehr nett mit Flora und den anderen.

Und es würde so um einiges einfacher werden, Verdächtigen auf die Finger zu schauen und sich umzusehen. Aber das sagte sie Mrs Swanston natürlich nicht, als sie von ihr zwei Schlüssel bekam.

»Hier schließt niemand die Zimmer ab«, erklärte Mrs Swanston, »aber Sie sind das vielleicht anders gewohnt. Und Sie brauchen auch einen eigenen Hausschlüssel. Bitte verlieren Sie ihn nicht!«

Ella versicherte ihr, dass sie sorgfältig mit den Schlüsseln umgehen würde, und dankte ihr noch einmal.

Mrs Swanston winkte ab. »Das ist doch selbstverständlich. Ich hoffe, es ist alles recht so. Ich habe das Bett eben noch frisch bezogen, und Britney hat heute Morgen gesaugt. Sie können sich jederzeit Kaffee oder Tee in der Küche machen, aber auch in Ihrem Zimmer gibt es einen Wasserkocher.«

»Dann bring ich am besten mal meine Sachen hinauf«, sagte Ella.

»Soll ich Sie begleiten?«

»Das ist nicht nötig, danke. Ich kenne das Haus ja schon ein bisschen. Es ist das Zimmer im ersten Stock hinten links, richtig?«

»Ja, ich habe die Tür aufgelassen.«

Tatsächlich war das Zimmer nicht zu verfehlen. Ein leichter Schauer lief Ella den Rücken hinunter, als sie es betrat. Ganz hatte sie ihren Albtraum noch nicht überwunden. Aber alles war hell und freundlich hier, und es erwartete sie kein messerbewaffneter Schatten. Sie legte also ihre Sachen ab und klopfte anschließend an Floras Zimmertür.

»Herein!«, rief Flora.

Als Ella ihr erzählte, dass sie eingezogen war, winkte die alte Dame sie sofort zu sich und legte ihr Buch zur Seite. Das schwarz-graue Cover mit bluttriefenden Buchstaben wies auf einen Krimi hin.

»Nun wird es leichter für uns, den Dieb und Mörder zu fassen«, flüsterte Flora verschwörerisch.

Ella nickte. »Ich werde aber zuerst noch ein wenig

spazieren gehen und Portree weiter erkunden. Es wäre doch allzu auffällig, wenn ich mich ganz untouristisch verhalten würde.« Ein wenig Luft brauchte sie jetzt noch.

Flora lächelte zufrieden. »Machen Sie das! Wir sehen uns beim Abendessen?«

»Ja, natürlich.«

Erleichtert brach Ella auf. War es doch ein wenig übertrieben gewesen, hier einzuziehen? Es hatte Flora und ihrer lebhaften Fantasie auf jeden Fall Aufschwung gegeben, denn es war Ella nicht entgangen, dass sie nicht nur von einem Dieb, sondern auch wieder von einem Mörder gesprochen hatte.

Kapitel 14

Nachdem es zwischendurch recht sonnig gewesen war, kam nun der nächste Schauer. Nicht das ideale Wetter zum Spazierengehen, aber dafür gut, um sich die Geschäfte einmal näher anzuschauen. Ella hatte neben der Kirche ein wenig zurückgelegen einen kleinen Laden gesehen, in dem handgemachte Seife verkauft wurde. Vielleicht eignete die sich als Mitbringsel für Agatha oder ihren Vater? Allzu Großes und Schweres konnte sie ja nicht in ihren Rucksack packen.

Ella zog die Luft tief durch die Nase ein, als sie den Shop betrat. Es duftete nach Kräutern, nach Zitrus und irgendwie nach Sauberkeit. Zwei andere Frauen hatten ebenfalls hierhergefunden und diskutierten leise über Aromatherapie.

Langsam ging Ella durch den Laden, nahm hie und da eine Seife in die Hand, um an ihr zu riechen: Zitronengras, Patschuli und Kornblume, Whisky. Sie lächelte. Das passte doch wunderbar zu ihrem Vater! Und für ihre Freundin Agatha? Lavendel? Oder war das zu klassisch? Koriander und Grapefruit? Zu exotisch? Heide und Myrte? Ja, das war der richtige Duft.

Eigentlich wollte Ella schon zur Kasse gehen, aber dann beschloss sie, sich auch selbst mit einem duftenden Andenken zu beschenken. Sie liebte den Duft von Zitronengras, und irgendwo hatte sie doch eben ...

Eine Frau in einer schwarzen Regenjacke eilte in den Laden und wechselte ein paar schnelle Worte mit der Frau an der Kasse. Neugierig sah Ella zu ihnen hinüber, denn die Sprache der beiden war ihr völlig fremd. Sie beinhaltete ein rollendes Zungen-R und einige Ch-Laute. Ob das Gälisch war? Ella hatte gelesen, dass auf Skye noch einige der Inselbewohner Gälisch sprachen.

Besonders freundlich klang der Austausch nicht. Ella ging wie zufällig zum Regal neben der Kasse und betrachtete die Kosmetikartikel. Hier konnte sie viel besser hören, aber leider immer noch kein Wort verstehen. Doch, eines: »Fuck!« Vielleicht hieß das ja auf Gälisch etwas ganz anderes? Wenn ja, würde das sicher gelegentlich zu Sprachkonflikten führen. Ella schmunzelte.

Die Kassiererin redete beruhigend auf die andere Frau ein, die immer wieder den Kopf schüttelte, wie Ella aus dem Augenwinkel sehen konnte. Dabei rutschte ihr eine dicke türkisblaue Haarsträhne aus der Kapuze. Das war doch die Physiotherapeutin von Scorrybreac House, Finola! Zu schade, dass Ella nicht verstand, worüber gesprochen wurde.

Mit einem Schnauben beendete Finola das Gespräch, stopfte ihre Haare wieder unter die Kapuze und eilte aus dem Shop. Ella trat sofort an die Kasse, um schnell ihre Seifen zu bezahlen. Kurz darauf verließ auch sie den Laden.

Leider war Finola nirgends mehr zu sehen, als Ella die Straße erreichte und nach links und rechts schaute. Sie lief ein paar Schritte und blickte sich erneut um. Da, war sie das nicht? Die schwarze Gestalt, die auf das Hostel zulief?

Dort an der Tür stand der junge Mann, den Ella schon einmal mit ihr gesehen hatte. Er schien auf sie zu warten. Als sie ihn erreicht hatte, sagte er etwas zu ihr, und sie schüttelte den Kopf. Dann sah sie sich um und zog etwas aus der Innentasche ihrer Regenjacke. Sie zögerte einen Moment, und er streckte die Hand aus. Im Nu wechselte das Etwas seinen Besitzer, und der junge Mann verschwand wieder im Haus. Finola ging langsam die Straße entlang Richtung Hafen.

Genau dort wollte Ella auch hin. Was für ein praktischer Zufall!

Ella hielt ausreichenden Abstand, um nicht aufzufallen. Schließlich bog Finola nach links ab. Aha, sie ging also doch nicht zum Hafen. Ella beeilte sich, die Kreuzung zu erreichen, und spähte dann vorsichtig um die Hausecke, bevor sie ihre Verfolgung fortsetzte. Leider führte Finolas Weg nur zu dem kleinen Coop-Geschäft, das hier als Supermarkt fungierte. Immerhin war es unauffällig, wenn auch Ella den Laden betrat, denn es herrschte ein reges Kommen und Gehen. Und einen Schokoriegel konnte sie sich allemal kaufen.

Sie bezahlte und verließ das Geschäft vor Finola. Zum Glück hatte es aufgehört zu regnen. Auf der Straßenseite direkt gegenüber bot sich das Schaufenster einer Buchhandlung an, hineinzuschauen, während sie wartete und in Ruhe ihren Schokoriegel aß. Wenn sie sich leicht schräg stellte, würde sie es sehen, wenn Finola herauskam.

Da! Die türkisblauen Haare waren ohne Kapuze nicht zu verkennen. Finola sah zu Ella herüber. Schnell beugte sich Ella weiter vor, als wollte sie eines der Bücher im Schaufenster genauer betrachten.

»Avelgalicagaf?«, fragte plötzlich eine Stimme.

Ella blickte auf. Finola stand direkt neben ihr und sah sie mit gerunzelten Brauen an.

»Wie bitte?«

»A bheil Ghàidhlig agaibh?«, fragte Finola erneut, dieses Mal langsamer.

»Tut mir leid, ich verstehe nicht«, antwortete Ella und richtete sich wieder auf.

»Ich habe gefragt, ob du Gälisch sprichst. Weil du dich doch für gälische Bücher interessierst.« Finola deutete auf das Schaufenster.

Erst jetzt fiel Ella auf, dass das Buch, das sie so fasziniert angeschaut hatte, den Titel »A bheil mi beag?« trug und das daneben »Te Bheag A'Ghruffalo« – »Das Grüffelokind«. Diese Geschichte kannte sie immerhin durch ihre Neffen und Nichten.

»Ich habe mir nur die seltsamen Wörter angeguckt«, behauptete sie, »und mich gewundert, warum man den Grüffelo hier so schreibt.«

»Ach«, sagte Finola. »Und ich habe geglaubt, du hättest auf mich gewartet, um mich weiter zu verfolgen.« Sie sah Ella herausfordernd an.

»Äh, nein, eigentlich nicht«, erwiderte Ella.

Finola schwieg, und Ella stieg die Hitze ins Gesicht.

»Also, nicht direkt«, fuhr sie fort. »Ich war mir nicht sicher.«

»Du warst dir nicht sicher, ob du mich weiter verfolgen willst?«

Ella atmete einmal tief durch und sagte schließlich: »Ich war mir nicht sicher, ob du die Physiotherapeutin von Scorrybreac House bist.«

Finola stutzte. »Scorrybreac House?«

»Ja, ich besuche dort die Tante eines Freundes, Flora Urquhart. Da habe ich dich, glaube ich, kurz gesehen.«

»Und? Was ist, wenn ich es bin?«

»Dann würde ich dir gerne ein paar Fragen stellen.«

»Worüber?«

»Über Mrs Urquhart. Wir machen uns Sorgen«, erklärte Ella.

»Nicht nötig. Flora ist okay.«

»Trotzdem würde ich gerne ...«

»Sorry, ich habe jetzt überhaupt keine Zeit«, unterbrach Finola sie, »bin sowieso schon spät dran.«

»Dann vielleicht heute Abend?«, fragte Ella schnell. »Du bestimmst den Pub, und ich zahle die erste Runde?«

Finola zog die Brauen hoch. Sie zögerte kurz, dann sagte sie: »Warum nicht? Merchant Bar. Neun Uhr?« Sie zeigte die Straße hinauf auf ein fahlgelb gestrichenes Haus.

Ella nickte.

Ohne sich noch einmal nach ihr umzusehen, joggte Finola davon.

Kapitel 15

Es duftete nach gebratenen Zwiebeln, als Ella nach Scorrybreac House zurückkehrte und ihre feuchten Schuhe auszog. Margaret und Mrs Swanston waren gerade dabei, den Tisch zu decken; außer ihnen war noch niemand im Gelben Salon.

»Zwanzig Minuten«, informierte Mrs Swanston Ella. »Sie haben noch Zeit, sich umzuziehen.«

Ella sah an sich herab. Ja, umziehen war keine schlechte Idee. Ihre hellblaue Jeans hatte nasse Flecken und am Saum einige Dreckstreifen. Und so, wie der Tisch gedeckt wurde, mit Stoffservietten und Weingläsern, war das Essen heute wohl doch etwas förmlicher.

Als sie schließlich herunterkam, war sie froh, ihr graues Strickkleid angezogen zu haben, denn alle hatten sich in Schale geworfen. Gordon trug sogar einen Kilt.

Peggy reichte ihr einen Sherry als Aperitif. »Wie schön, dass Sie bei uns sind.«

Ella lächelte und nippte an ihrem Glas.

»Entschuldigt ihr, wenn ich mich schon setze?«, fragte Flora und ließ sich am Tisch nieder, ohne auf eine Antwort zu warten. »Mein Bein fühlt sich heute nicht übermäßig gut.«

»Kann ich irgendwie helfen?« Ella trat zu ihr, doch die alte Dame schüttelte den Kopf.

In diesem Moment kam Sue herein. »Bitte setzen, bitte setzen!«, rief sie. Sie trug eine Platte, auf der die angebratenen Teigtaschen mit gedünsteten Zwiebeln appetitlich angerichtet waren.

Hinter ihr brachte Mrs Swanston eine zweite Platte.

»Hier mit Hackfleisch, dort mit Sauerkraut und Pilzen. Sauerrahm steht auf dem Tisch. Guten Appetit!«, verkündete Sue.

Ella setzte sich zu Flora. Auf ihrer anderen Seite nahm Peggy Platz, was Ella ein bisschen schade fand. Sie hätte sich lieber mit Sue oder Gordon oder auch Margaret unterhalten, die sie noch wenig kannte und nicht wirklich einschätzen konnte. Immerhin saß Margaret neben Peggy, und es war hoffentlich möglich, sie ins Gespräch einzubeziehen.

»Isst Mrs Swanston nicht mit?«, fragte Ella leise.

»Nein«, antwortete Flora. »Sie geht jetzt gleich. Schließlich hat sie auch ein freies Wochenende verdient. Aber notfalls ist sie erreichbar, sie wohnt nur ein paar Häuser weiter. Morgen früh kommt Britney noch einmal für die Küche, und den Rest des Wochenendes kriegen wir ganz gut alleine hin. Es sind ja nicht immer alle hier. Sue zum Beispiel hat eine große Familie, zu der sie häufig reist. Und Reg hat auch recht oft seine Kinder und Enkel in Invermoriston besucht. Er war ein begeisterter Grandpa.«

Wieder wurde es für eine Weile ruhig am Tisch, nachdem der Name des Toten gefallen war. So ungerührt, wie seine Mitbewohner auf den ersten Blick wirkten, waren sie keineswegs. Einer von ihnen war gestorben und hatte sie wohl schmerzlich daran erinnert, dass auch sie den größten Teil ihres Lebens bereits hinter sich hatten.

Schließlich schnitt Ella ein neues Thema an. »Sie können also die Aura eines Menschen sehen, Peggy?«, wandte sie sich an ihre Nachbarin.

Peggy nickte und beeilte sich zu kauen. »Mit der Kraft meines dritten Auges nehme ich die Lichtenergien wahr«, erklärte sie.

»Leider – oder Gott sei Dank – nehmen wir allerdings Peggys drittes Auge nicht wahr«, spottete Gordon. »Deshalb braucht sie es auch nicht zu schminken, was doch äußerst praktisch ist.«

»Ungläubiger!«, rief Peggy aus.

»Gib zu, dass du bei Weitem nicht immer richtig liegst mit deinem Aura-Lesen!«

Peggy zog eine Grimasse. »Nur weil sich manche Menschen dem entziehen ...«

»Sie sehen die Aura also nicht bei jedem?«, erkundigte sich Ella.

»Leider nein.«

Schade, dachte Ella. Es wäre so einfach gewesen, wenn Peggy tatsächlich in der Aura hätte lesen können, wer nicht ehrlich war.

»Gordon zum Beispiel blockiert mich mit Absicht«, erklärte Peggy.

»Quatsch!«, entgegnete der.

»Und Margarets Aura ist auch nur schwach zu erkennen«, fuhr Peggy fort. »Außerdem ist der Briefträger für mich unlesbar. Und Schwester Brenda. Ich nehme an, mein drittes Auge ist noch nicht voll entwickelt.«

»Hm, wenn es weiterwächst, kriegen wir es vielleicht doch noch zu sehen.« Gordon hob sein Glas und prostete den anderen zu.

Peggy verdrehte beide Augen. Ob auch ihr drittes, war nicht zu erkennen.

Viel Nützliches erfuhr Ella beim Abendessen nicht. Sue war mit ihrem Sohn und seiner Frau nach Schottland gekommen und hatte sich um ihre Enkelkinder gekümmert, während ihr Sohn eine kleine Kette von polnischen Supermärkten aufgebaut hatte. Inzwischen waren die Kinder erwachsen und Sue konnte, wie sie sagte, endlich machen, was sie wollte. Sie hatte Joan Swanston während eines Musikfestivals in Inverness kennengelernt, und die beiden hatten sich danach gelegentlich besucht. Als Sue von Joans Tod gehört hatte, war sie natürlich zur Beerdigung nach Skye gekommen und noch ein Weilchen geblieben. Schließlich hatte sie sich auf der Insel so wohlgefühlt, dass sie hier leben wollte. So hatte sie Joans Zimmer übernommen.

»Die arme Joan! So plötzlich«, sagte Sue leise, als sie ihre Geschichte abschloss.

»Nun, ganz so plötzlich nun auch nicht.« Peggy schüttelte den Kopf. »Schon ein paar Wochen vorher wäre sie sicher gestorben, wenn Schwester Brenda sie nicht gerettet hätte.«

Ella horchte auf. »Oh, tatsächlich?«

»Ja, glücklicherweise ging Schwester Brenda an dem Abend noch einmal zu ihr. Da war Joan bewusstlos, aber Schwester Brenda ... Also, die Nacht hätte unsere Joan sonst nicht überlebt.«

»War sie denn krank?«, fragte Ella.

»Aber nein! Joan war bis dahin völlig gesund gewesen«, behauptete Peggy, und die anderen nickten. »Doch Schwester Brenda hat wohl einen siebten Sinn für ihre Patienten. Sie meinte auch, sie hätte schon länger befürchtet, dass Joans Organe nicht mehr sehr belastbar waren.«

»Ja, und dann wurde Joan bald darauf ein Opfer dieser schweren Grippeepidemie.« Sue seufzte.

»Ihre Zeit war wohl einfach gekommen«, erklärte Archibald. »Irgendwann ist die Uhr eines Menschen abgelaufen, und dann bleibt sie eben stehen.«

Wieder einmal herrschte Schweigen im Raum. Ella atmete tief durch. Ob die Bewohner von Scorrybreac House überlegten, wessen Uhr wohl als nächste abgelaufen war?

Mit einem Kompliment an Sue zu ihren Piroggen gelang es Ella schließlich, das Thema zu wechseln, was alle dankbar annahmen. Nach dem Essen half sie noch, das Geschirr in die Küche zu tragen und in die Spülmaschine zu räumen, dann verabschiedete sie sich.

»Sie wollen doch nicht etwa schon ins Bett gehen?«, fragte Gordon überrascht.

»Nein«, antwortete Ella. »Obwohl ich ziemlich müde bin – die Luft ist hier so anders. Aber vor dem Schlafen möchte ich noch einen kleinen Spaziergang machen.«

Margaret sah sie forschend an. »So ganz allein im Dunkeln?«

Ella zuckte mit den Achseln. »Ich mach das fast jeden Abend«, behauptete sie. »Andere gehen joggen, aber das ist nicht so mein Sport.«

»Nun, dann passen Sie auf sich auf!«

»Margaret, jetzt mach Ella keine Angst! Es ist in Portree völlig ungefährlich, am Abend spazieren zu gehen«, sagte Flora.

Margaret wandte sich ab, sodass Ella ihr Gesicht nicht mehr sehen konnte. »Ich hab nie etwas anderes behauptet«, murmelte sie.

Kapitel 16

Wieder einmal saß Ella in einem Pub und wartete. Es war wirklich eine dumme Angewohnheit von ihr, so überpünktlich zu sein. Sollte sie sich schon etwas zu trinken holen? Aber wenn Finola hoffentlich gleich kam, würde sie sich ohnehin noch einmal anstellen müssen. Es war schließlich Freitagabend.

Sie sah auf ihr Handy. Heute hatte sie den ganzen Tag über nicht eine einzige WhatsApp-Nachricht bekommen, aber seit sie das letzte Mal ihre Mails gecheckt hatte, hatte sie immerhin drei Spams erhalten.

»Ich nehme einen Lagavulin«, sagte unvermittelt eine Stimme neben ihr.

Ella schaute auf. Finola strich ihr Haar zurück und ließ sich auf den zweiten Stuhl fallen. Ihr Blick wirkte herausfordernd. Vielleicht hoffte sie, dass Ella nachfragen musste, was Lagavulin war.

»Ah, hi, schön, dass du da bist!«, begrüßte Ella sie und stand auf. Ohne zu zögern ging sie an die Bar und nutzte die Wartezeit, um die große Whisky-Auswahl im Regal hinter der Theke zu bewundern. Bald darauf kehrte sie mit zwei Single Malts zurück. »Hier ist dein Lagavulin.«

Sie stellte das Glas aus ihrer rechten Hand vor Finola hin und setzte sich mit dem anderen. »Ich probiere heute mal einen Talisker Skye – man sollte ja auf Reisen immer lokale Produkte kennenlernen.«

Finola nickte. Aus ihrem Blick sprach neben ihrem Misstrauen nun auch eine gewisse Anerkennung.

»Was willst du von mir?«, fragte sie übergangslos.

»Wie schon gesagt, ich besuche Flora Urquhart und ...«

»Du kommst nicht von meiner Mutter?«

»Von deiner Mutter?«

Finola beugte sich näher zu Ella. »Ja, von meiner Mutter«, zischte sie. »Sollst du ihr Bericht erstatten?«

»Ähm, ich kenne deine Mutter überhaupt nicht.«

Finola schaute Ella einige Sekunden lang forschend an. Was sie sah, schien sie zufriedenzustellen, denn sie atmete tief durch und lehnte sich zurück.

»Sorry! Dann hab ich mich wohl geirrt.« Sie hob ihr Glas. »Slàinte!« Ohne Ellas Erwiderung abzuwarten, nahm sie einen Schluck.

»Ich bin hier wegen Flora«, begann Ella noch einmal.

»Flora ist okay.«

»Meinst du wirklich? Ihr Neffe macht sich große Sorgen, dass sie dement wird.«

»Flora? Dement?« Finola lachte.

»Hast du dann eine Erklärung für den verschwundenen Schmuck, der später wieder aufgetaucht ist? Und das Geld?«

»Ach, bist du wirklich deswegen hier?«

Ella nickte. Sie beobachtete Finola genau. Wurde sie

nervös? Nein, im Gegenteil, Ellas Antwort schien sie zu entspannen.

»Ich weiß nicht«, sagte Finola nach kurzem Nachdenken. »Ihre Uhr kann Flora durchaus einfach verloren haben, die hat eine Art Clipverschluss. Und die Ohrringe ... Die hat man doch unter dem Bett gefunden. Aber das Geld?«

»Könnte es sein, dass Flora sich nur geirrt hat und es selbst ausgegeben hat?«

»Das wäre die einfachste Erklärung«, gab Finola zu. »Aber ich kann mir nicht vorstellen, dass sie die Übersicht über ihren Besitz verliert. Sie ist ja eher ...« Sie zögerte. »Nun ja, geizig trifft es nicht ganz, aber sie ist sehr sorgsam mit ihren Dingen.«

»Dann ist es auch nicht wahrscheinlich, dass sie ihren Schal verliert und die Porzellanschäferin verkramt?«

Finola schüttelte den Kopf.

»Das hatte ich mir schon fast gedacht.« Ella seufzte und trank einen Schluck Talisker.

»Außerdem – Peggy hatte auch ein Armband verloren.« Finola wirkte nachdenklich. »Und der alte Mr Reginald jammerte, er könne Burns' Gedichte nicht finden, man habe sie ihm gestohlen.«

»Aber Peggy hat das Armband wiedergefunden. Weißt du was über das Buch?«

»Nein. Ich glaube nicht, dass es wieder aufgetaucht ist. Aber vielleicht finden es seine Kinder, wenn sie in den nächsten Tagen sein Zimmer ausräumen. Ich denke, sie kommen dieses Wochenende, Montag ist ja die Beerdigung.«

»Sehr seltsam.«

»Kann man so sagen. Sieht aus, als ob jemand klaut und dann einen Teil zurückgibt, damit alle denken, die alten Leutchen sind nicht mehr ganz verlässlich.« Mit einem letzten Schluck leerte Finola ihr Glas.

Ella stutzte. Genau diese Idee war ihr auch gekommen. Wollte der Dieb – denn das Geld war ja tatsächlich verschwunden, und eine Erstausgabe des berühmten schottischen Dichters oder eine alte Porzellanfigur waren sicher auch nicht ganz wertlos – so verhindern, dass man ernsthaft nach ihm suchte?

»Du glaubst Flora also?«

»Klar!«

»Hast du eine Idee, wer ...?«, fragte Ella langsam.

Finola starrte in ihr leeres Whiskyglas, dann schüttelte sie den Kopf. »Kann jeder aus dem Haus gewesen sein. Ich kann dir nur sagen, dass ich es nicht war.« Sie sah auf und blickte Ella direkt in die Augen.

Ella nickte. Sie glaubte ihr.

»Das bringt mich allerdings nicht viel weiter«, sagte sie.

»Weiter? Du willst also nicht einfach nur Floras Zurechnungsfähigkeit erkunden, sondern auch rauskriegen, wer geklaut hat«, stellte Finola fest. »Bist du etwa Detektivin?«

Ella zuckte zusammen.

»Hab ich's mir doch gedacht. Du bist so auffällig unauffällig.« Finola grinste zufrieden.

»Bin ich das?«

»Ja, sonst wäre ich ja nicht auf die Idee gekommen, dass meine Mutter dich beauftragt hat. Zuerst warst du in Scorrybreac House, und dann bist du mir auf der Straße gefolgt.«

»Aber warum sollte deine Mutter dich beobachten lassen?«

Finola sah Ella abschätzend an. »Wenn ich dir das erzählen soll«, sagte sie schließlich, »brauchen wir noch einen Whisky. Meine Runde.« Ohne Ellas Antwort abzuwarten, ging sie zur Bar.

»Also, meine Mutter denkt, sie muss auf mich aufpassen. Oder mich kontrollieren. Je nachdem, wie man das betrachtet«, sagte Finola, als sie wieder bei Ella saß.

Die sah sie überrascht an.

»War ein schlechtes Jahr, das letzte Jahr«, fuhr Finola fort. »Ich habe schon seit der Pubertät immer mal depressive Schübe. Und im letzten Frühjahr starb eine Freundin. Kurz darauf fand ich heraus, dass mein Freund mich betrog, und meine Chefin beschloss, ihre Physiotherapie-Praxis zu schließen und nach Australien auszuwandern.«

»Das ist heftig.«

»Ja. Es ging mir auch dementsprechend mies. Und dann hat meine Mutter meinen Vorrat an Schlaftabletten gefunden.«

»Wolltest du ...?«

»Ich weiß nicht einmal, ob ich die Tabletten wirklich genommen hätte. Aber es war beruhigend, sie zu haben und notfalls selbst bestimmen zu können, wann ich gehe.«

Ella nickte.

»Es gab natürlich ein Riesentrara, und meine Mutter ließ mich sozusagen nicht mehr aus ihren Klauen. Ständig kam sie vorbei und wollte mich aufmuntern und mit mir Dinge unternehmen. Ich sollte mich endlich mal zusammenreißen!« Finola verdrehte die Augen, bevor sie weitersprach. »Das habe ich dann schließlich auch getan: mich zusammengerissen. Meine Therapeutin kannte Lydia Swanston und wusste, dass sie jemanden suchte für Scorrybreac House. Ein bisschen Bewegungstraining für die alten Herrschaften, ein bisschen Massage und so. Kein anstrengender Job. Und weit weg von zu Hause.« Nun grinste sie. »Ich habe also heimlich gepackt, bin nach Skye gekommen und habe keine Adresse hinterlassen.«

»Jetzt versteh ich, warum du dachtest, deine Mutter hätte eine Privatdetektivin engagiert. Sie macht sich bestimmt Sorgen.«

»Braucht sie nicht. Ich maile ihr einmal in der Woche oder so, dass es mir gut geht. Das tut es nämlich inzwischen tatsächlich.«

»Oh, schön.«

»Und damit das so bleibt, werde ich mich jetzt für meinen Schönheitsschlaf zurückziehen.« Finola trank ihren Whisky aus und erhob sich.

Ella blickte auf ihr Glas. Sie hatte mit ihrem zweiten Talisker noch gar nicht angefangen, den konnte sie jetzt schlecht in einem Zug runterschütten.

»Nein, nein, bleib du nur in Ruhe sitzen!«, versicherte ihr Finola. »Ich bin schon ein großes Mädchen und kann alleine nach Hause gehen.« Sie verabschiedete sich und verließ den Pub. Plötzlich schien sie es sehr eilig zu haben. Waren ihr die zahlreichen Leute hier zu viel geworden? Oder hatte sie noch etwas anderes vor?

Ella spielte mit ihrem Glas und nahm einen kleinen Schluck. Der Single Malt rann warm ihre Kehle hinunter und hinterließ einen angenehmen, würzig-rauchigen Geschmack im Mund.

Nun hatte Finola also ihren Eindruck von Flora bestätigt: Die alte Dame war durchaus ernst zu nehmen. Doch obwohl ihr Finola sympathisch war, hatte sie etwas an sich, was Ella nicht fassen konnte: etwas Abweisendes trotz aller Freundlichkeit, etwas Hartes, Unnachgiebiges – und etwas sehr Verletzliches. Was mochte hinter der Geschichte mit ihrer Mutter stecken, die sie nur so kurz erwähnt hatte?

Und noch eine Frage stellte sich Ella: Konnte Finola von dem Geld, das sie in Scorrybreac House verdiente, überhaupt leben? Sie arbeitete schließlich nur wenige Stunden dort, da schien das eher unwahrscheinlich. Wie also kam die türkishaarige Physiotherapeutin an ausreichend Geld?

Kapitel 17

Das Frühstück in Scorrybreac House war eher bescheiden: Tee, Kaffee, Toast und Marmelade. Zu dieser Mahlzeit setzten sich auch nur wenige der Bewohnerinnen zusammen: Margaret, Peggy und Sue hatten sich an dem kleinen, runden Küchentisch eingefunden und rückten bereitwillig zur Seite, damit Ella einen vierten Stuhl dazuschieben konnte.

»Flora frühstückt nie, sie macht sich nur Tee in ihrem Zimmer«, erklärte Peggy. »Und die anderen kommen irgendwann später, wann sie eben Lust haben.«

Ella griff nach einem Toast. Schade! Ihr Magen hätte jetzt ein üppiges schottisches Frühstück vertragen. Aber immerhin wusste sie für etwas später, wo die Bäckerei war.

»Und was haben Sie heute vor, Ella?«, erkundigte sich Peggy.

»Ich weiß noch nicht. Das Wetter soll ja recht gut werden, vielleicht mache ich eine kleine Wanderung.«

»Sie sollten den Scorrybreac Walk nehmen! Da können Sie die Bucht von Portree bewundern, und mit etwas Glück sehen Sie sogar die Seeadler, die auf Raasay nisten.«

»Das ist aber eher ein Spaziergang als eine Wanderung«, wandte Sue ein.

»Nun ja, wenn die Engländer von einer Wanderung sprechen ...« Peggy hob die Schultern und grinste.

»Ich bin übrigens Deutsche«, sagte Ella.

»Ach, das hätte ich nicht gedacht. Sie klingen gar nicht so. Margaret, wusstest du das?«

Margaret schüttelte leicht den Kopf, schwieg aber weiter.

»Ich lebe allerdings seit einiger Zeit in Canterbury«, erklärte Ella.

»Wenn Sie richtig wandern wollen oder bergsteigen, dann sollten Sie mal mit Schwester Brenda sprechen«, riet Peggy.

»Ja, sie hat mir erzählt, dass sie Munro bagging geht. Das klingt toll.«

»Da sollte man aber schon fit sein und die richtige Ausrüstung haben. Unsere Berge hier sind nicht ungefährlich. Vor allem, wenn das Wetter umschlägt.«

Ella nickte. »Davon habe ich gelesen. Ich denke, dieser Scorrybreac Walk ist eher etwas für mich als echte Berge.«

»Da haben Sie auch keine Anfahrt.«

»Aber Archie wird Sie sonst gerne fahren, wenn Sie weiter weg wollen«, sagte Sue mit einem Lächeln.

Ella war überrascht. »Er fährt noch Auto?«

»Das lässt er sich nicht nehmen. Sicherheitshalber hat er seinen Kindern gegenüber allerdings behauptet, er habe sein Auto verkauft.«

»Aber er kennt die Straßen auf Skye wirklich in- und auswendig«, fügte Peggy hinzu.

Wieder enthielt sich Margaret einer Bemerkung und runzelte nur die Stirn.

Kurze Zeit später erhoben sich Peggy und Sue. Sie räumten ihr Geschirr in die Spülmaschine und verließen plaudernd die Küche. Margaret räusperte sich.

Ella sah auf. »Sie haben eine Frage?«

»Das könnte man sagen.« Margarets Stimme klang tief und warm, doch ihr Blick war frostig.

»Dann fragen Sie bitte!«

Margaret nickte langsam. »Was machen Sie wirklich hier?«

»Äh, wie meinen Sie das?«

»Sie sind doch nicht einfach nur hier, um Flora zu besuchen. Ich weiß, wer Sie sind!« Margaret sah Ella herausfordernd an.

Ella durchfuhr es heiß. Um ein wenig Zeit zu gewinnen, nahm sie einen Schluck aus ihrem Teebecher.

»So, Sie wissen also, wer ich wirklich bin«, wiederholte sie dann.

Margaret nickte erneut. »Und ich möchte wissen, was Sie hier bei uns wollen. Warum haben Sie sich so heimlich eingeschlichen?«

»Eingeschlichen?«

»Zuerst kommen Sie angeblich zu Besuch, dann wohnen Sie auf einmal hier ... Das nenne ich durchaus ›einschleichen‹.«

Ella hätte es sich denken können – Margaret, die immer so zurückhaltend war, erwies sich als gute Beobachterin. Also blieb Ella wohl nichts anderes übrig, als ihr die Wahrheit zu sagen und sie um Stillschweigen zu bitten.

»Wie haben Sie das herausgefunden?«, fragte sie.

Margaret erhob sich ein kleines bisschen und zog ein Buch hervor, auf dem sie gesessen hatte. Es war eine Taschenbuchausgabe von »Algarvesommer«, und als Margaret eine der letzten Seiten aufschlug, sah Ella ihr Porträtfoto. Darauf war ihr Haar noch ziemlich lang, aber sonst hatte sie sich nicht wirklich verändert.

»Sie sind Autorin«, sagte Margaret vorwurfsvoll. »Ich habe doch gleich gemerkt, dass ich Ihren Namen irgendwoher kenne.«

»Ähm, ja.«

»Und Sie sind bestimmt nicht nur hier, um Flora zu besuchen, sondern um für einen neuen Roman zu recherchieren. Aber ich finde, in diesem Fall müssen Sie das den Leuten sagen, die Sie ausforschen und später verwenden!« Margaret schien wirklich entrüstet.

»Ich forsche niemanden aus«, verteidigte sich Ella. »Ja, ich bin Autorin, aber ...«

»Wusste ich's doch!«

»... nicht wegen eines Buches hier. Ich kann Ihnen versichern, dass ich Scorrybreac House und alle, die hier wohnen und arbeiten, nicht als Figuren in meinem nächsten Roman verwenden werde.«

Margaret sah sie misstrauisch an.

»Also, ich meine, ich bin nicht wegen eines bestimmten Buches hier«, fügte Ella hinzu und überlegte blitzschnell.

Vielleicht war es ja gar nicht schlecht, wenn Margaret ihre Fragen auf Recherche statt auf Detektivarbeit bezog.

»Ich muss erst mal einen neuen Schauplatz finden, danach entwickle ich die Figuren«, behauptete sie. »Meistens kommt damit automatisch die Story. Aber so weit bin ich noch längst nicht.«

Ihre Worte beruhigten Margaret offenbar etwas. Auf jeden Fall lehnte sich die alte Dame zurück und goss sich noch einen Kaffee ein.

»Dann hoffe ich, dass unsere Insel auf Sie inspirierend wirkt. Aber warum haben Sie das verschwiegen?«

»Weil ich wirklich in erster Linie auf Bitten von Floras Neffen hierhergekommen bin, um sie zu besuchen. Es passte nur gerade auch sonst gut in meine Pläne. Ich war noch nie zuvor in Schottland und konnte ja gar nicht wissen, ob ich die Örtlichkeiten so reizvoll finde, dass ich sie irgendwann zum Schauplatz machen kann. Ich habe das also keineswegs verschwiegen, sondern nur nicht erwähnt, weil es im Grunde mit meinem Aufenthalt hier nichts zu tun hat. Aber vielleicht finde ich tatsächlich ein schönes Setting und ...« Ella brach ihren Satz ab. Sie plapperte zu viel. Wenn sie weiterredete, konnte das nach Rechtfertigung klingen und möglicherweise Margaret auf neue Ideen bringen.

Die alte Dame nickte. »Ich verstehe«, sagte sie schließlich. »Das ist aber noch nicht alles, oder?«

Ella atmete tief durch. Gut, dann würde sie Margaret eben doch ins Vertrauen ziehen. Wirklich verdächtig war sie ja nicht.

»Nein.«

Margaret strahlte. »Hab ich's mir doch gedacht! Da steckt ein Mann dahinter. Sie sind hier, weil Sie Liebeskummer haben.«

Kapitel 18

Ella beschleunigte ihre Schritte, atmete tief durch und genoss die Sonnenstrahlen, die hinter einer dicken Wolke hervorbrachen. Sie hatte sich recht schnell von Margaret verabschiedet, nachdem die das Thema Liebeskummer angesprochen hatte. Denn Liebeskummer hatte Ella natürlich nicht. Schließlich war es ihre Entscheidung gewesen, sich von Alex zu trennen. Nur manchmal gab es ihr einen Stich, wenn sie an ihn und ihre gemeinsame Zeit dachte – die Zeit vor dem Londoner Fall, wie sie die Ereignisse um Dermot Fletchers Tod nun nannte. Der hatte ihre junge Beziehung durcheinandergewirbelt, und daran war sie letztlich zerbrochen. Dabei, so musste Ella zugeben, liebte sie Alex immer noch. Aber Liebe allein war nicht genug.

Ella hielt inne. Sie war so schnell gegangen, dass sie nun Seitenstechen hatte. Ein paar langsame Schritte brachten sie zu einer kleinen Brücke über einen flachen Bach, der in die Bucht von Portree mündete. Sie blieb stehen, lehnte sich an das Geländer und blickte hinüber zu den geankerten Segelbooten, die ihre kahlen Masten in die Höhe reckten.

Langsam beruhigten sich ihre Gedanken. Nach einer

Weile zog sie ihr Handy aus der Tasche und machte ein Selfie, um es auf Instagram und Facebook zu posten.

»Was für ein entspannender Ort!«, schrieb sie dazu.

Dann starrte sie noch ein Weilchen in das sprudelnde Wasser, das sie an die Farbe von Guinness erinnerte, bevor sie weiterging. An einer Stelle konnte sie den Weg verlassen und zum Wasser hinuntergehen. Es war Ebbe, und der Boden aus grauen Steinen war stellenweise mit Büscheln von Blasentang bedeckt. Es roch intensiv nach Tang und Meer und Wind.

Könnte sie hier eine Figur aus einem tragischen Liebesroman ins Wasser gehen lassen? Besser nicht, der Ort war so friedlich und voll positiver Energie. Er eignete sich eher für ein Happy End. Sie seufzte unwillkürlich.

Langsam ging sie zum Pfad zurück und folgte ihm an der Bucht entlang. Die bunten Häuser am Pier von Portree waren nun schon recht weit entfernt, und über dem dahinterliegenden Hügel waren die Wolken dichter und grauer geworden. Sie schienen sich allerdings nicht zu bewegen, sodass Ella nicht erkennen konnte, in welche Richtung sie zogen. Sollte sie umkehren? Ach was, sie trug feste Schuhe und eine Regenjacke mit Kapuze! Sie würde sich erst auf den Rückweg machen, wenn es tatsächlich anfing zu regnen.

Der Pfad führte nun bergauf zu einem Aussichtsplatz, an dem an einem weißen Fahnenmast die schottische Flagge wehte. Die Inschrift einer Erinnerungstafel wies auf den Nicolson Clan hin. Die Bänke, von denen aus man einen herrlichen Blick auf die Bucht hatte, waren leer. Ella war völlig alleine. Sie setzte sich auf eine Bank und sah hinaus auf Wasser und Berge. Die Wolken hingen so tief, dass viele der Bergspitzen im Weiß-Grau verschwanden. Wie die Welt wohl dort oben aussah? Kletterte Schwester Brenda jetzt vielleicht irgendwo da?

Der Gedanke an Schwester Brenda brachte Ella zurück zu Scorrybreac House. Sollte sie heute Abend tatsächlich die Zimmer durchsuchen, wie Flora es geplant hatte? Und wonach konnte sie schauen? Das verschwundene Geld würde sie nicht erkennen können, außerdem hatte der Dieb oder die Diebin es sicher längst ausgegeben. Was war mit dem Seidenschal? Möglich. Die Porzellanschäferin? Ella bezweifelte, dass sie offen herumstehen würde, und tatsächlich Schränke und Schubladen zu durchstöbern ging ihr eigentlich zu weit. Nein, sie würde die Zimmer betreten, sich umsehen, um einen Eindruck von der Persönlichkeit der Bewohnerin oder des Bewohners zu bekommen, und das war es auch schon.

Ein tiefer Atemzug ließ die Anspannung von ihr abfallen. Wie ruhig es hier war! Nicht wirklich leise, nein, der Ort hatte seine eigenen Laute: Vogelschreie, das Rascheln der Büsche im Wind, das Flattern der blau-weißen Flagge. Doch alles fügte sich in das stille Bild von Bergen und Wolken und Meer.

Wieder atmete sie tief durch. Zum ersten Mal seit Langem spürte sie sich – sich selbst als Individuum, aber auch als Teil eines großen Ganzen. Sie schloss einen Moment lang die Augen, um diesem Gefühl nachzuspüren. Ein Tropfen fiel auf ihre Wange, dann einer auf ihre Nase. Sie öffnete die Augen wieder, nahm noch einmal die Schönheit der Landschaft auf und erhob sich. Mit einem bedauernden Blick auf den Pfad, der weiter an der Küste entlang verlief, zog sie sich ihre Kapuze über den Kopf und machte sich auf den Weg zurück in die Stadt.

Das Buch! Plötzlich fiel ihr ein, wonach sie sich in Scorrybreac House genauer umschauen konnte. Der verstorbene Reginald hatte seine Robert-Burns-Erstausgabe vermisst. Wenn das Buch nur verlegt oder verliehen oder vergessen worden war, musste es noch irgendwo im Haus zu finden sein. Sollte es aber tatsächlich nicht in irgendeinem der Bücherregale stehen oder auf einem Nachttisch liegen, konnte Ella davon ausgehen, dass es gestohlen worden war. Folglich konnten dann auch die anderen Diebstähle Realität sein. Und damit sie nicht auffielen, hatte der Dieb ein paar Schmuckstücke genommen und heimlich wieder zurückgegeben und so Floras Glaubwürdigkeit unterminiert. Ja, eigentlich konnte es kaum anders gewesen sein. Zumindest hätte Ella es auf diese Weise konstruiert, wenn sie einen Krimi schreiben würde.

Als sie das Bootshaus erreichte, das sie auf dem Hinweg gar nicht richtig wahrgenommen hatte, regnete es in Strömen. Seltsamerweise schien der Regen das Gefühl, das sie vorhin ergriffen hatte, zu verstärken. Es würde alles gut werden. Sie würde Floras Fall lösen, bei dem sich die Hintergründe wahrscheinlich als harmlos herausstellten, und sie würde zurückgehen nach Canterbury und mit Alex sprechen. Auf die eine oder andere Art würde alles gut werden.

Die Luft auf Skye machte müde – das war unbestreitbar. Ella schlich die Treppe zu ihrem Zimmer hinauf, um sich noch ein wenig hinzulegen. Der Spaziergang hatte sie entspannt, und die Regentropfen am Fenster würden sie sanft in ein kleines Schläfchen klopfen.

Ein Türschnapper klackte, und Ella verschwand blitzschnell in ihrem Zimmer. Jetzt bloß nicht angesprochen werden! Sie schlüpfte aus Jacke, Schuhen und Hose und legte sich in ihr noch ungemachtes Bett. Dann zog sie die Decke über sich und schloss die Augen.

Auf dem Gang hörte sie eine leise Männerstimme – ob Gordon oder Archibald, konnte sie nicht erkennen – und das Lachen einer Frau. Sie klang eher jung. War Britney noch hier, nachdem sie die Küche wieder in Ordnung gebracht hatte? Aber was machte sie heute bei einem der Bewohner im Zimmer, wenn sie doch gestern alles geputzt hatte? Dass es Finola war, die gelacht hatte, war unwahrscheinlich, da sie erst am Montag wiederkommen sollte. Und wenn es Schwester Brenda gewesen war? Vielleicht hatte sich Gordon – oder Archibald? – nicht wohl gefühlt, und die Schwester war gekommen, um nach ihm zu sehen. Nun, wenn sie lachte, konnte es nichts Ernstes sein.

Ella drehte sich auf die linke Seite und rollte sich noch ein wenig mehr ein.

Kapitel 19

Sie wusste, dass sie etwas geträumt hatte, konnte sich jedoch nicht an die Handlung erinnern. Zurückgeblieben war nur ein vages Gefühl von – Bedrohung? Hilflosigkeit? Angst? Nun, dann war es wohl besser, dass sie sich nicht erinnerte. Albträume regten weder ihre schriftstellerische Fantasie an, noch waren sie angenehme Wegbegleiter in den Tag.

Ein wenig benommen schwang sie die Beine aus dem Bett und blieb kurz sitzen. Sie hatte viel länger und tiefer geschlafen, als sie es vorgehabt hatte. Es war bereits kurz vor drei, und ihr Magen knurrte. Sie griff nach ihrem Rucksack, der neben ihrem Nachttisch stand, und zog das Sandwichpaket heraus, das sie sich für ein Picknick unterwegs gekauft hatte. Die Sandwiches kamen ihr heute kleiner vor als sonst. Ob sie davon satt wurde?

Noch immer leicht benebelt durchquerte sie das Zimmer und schaltete den Wasserkocher auf dem Schränkchen neben dem Waschbecken ein. Sie brauchte dringend einen heißen, starken Tee. Danach konnte sie hinuntergehen. Bestimmt saß der eine oder die andere im Gelben Salon, der hier der hauptsächliche Aufenthaltsort zu sein schien, und hatte Lust auf eine Unterhaltung. Und unter dem Vorwand, etwas zum Lesen zu suchen, war es ganz einfach möglich, das Bücherregal dort zu durchforsten. Vielleicht hatte ja Britney beim Saubermachen den Burns weggestellt, ohne sich klar darüber zu sein, welchen Wert das Buch hatte und dass es gesucht wurde. Und Reginald hatte vor lauter Suchen den einfachsten Ort nicht bedacht.

Nun, wenn Ella ehrlich war, glaubte sie nicht daran. Aber irgendwo und irgendwie musste sie anfangen zu ermitteln. Schließlich war sie als Detektivin hierhergekommen und daher verpflichtet, ihr Geld auch redlich zu verdienen. Allerdings, so beschloss sie, würde ihre Rechnung sehr milde ausfallen. Es war so schön hier, dass sie ein schlechtes Gewissen hatte, für etwas, was sich so sehr nach Urlaub anfühlte, Geld zu verlangen. Vor allem, weil sie zumindest bisher nur wenig Zeit und Energie in ihre Detektivarbeit gesteckt und noch keine Resultate vorzuweisen hatte.

Das Wasser kochte, und endlich konnte sie ihren Tee aufgießen. Während er zog, biss sie herzhaft in das Käse-und-Pickles-Sandwich.

Frisch gestärkt ging Ella schließlich die Treppe hinunter. Sie wollte noch eine Weile mit den Bewohnerinnen und Bewohnern von Scorrybreac House verbringen und sich später unter einem Vorwand für den Abend zurückziehen. Während die anderen gemeinsam Fernsehen schauten, würde sie in Ruhe den von Flora gewünschten Blick in die Zimmer werfen können.

Als sie in den Gelben Salon kam, war dieser jedoch leer. Seltsam – wo waren denn alle? Sie trat zurück in den Gang. Von irgendwoher war Stimmengemurmel zu hören. Gab es noch einen weiteren Aufenthaltsraum? Ein Stück den Gang hinunter befanden sich drei Türen, von denen sie noch nicht wusste, was sich dahinter verbarg.

Sie klopfte an die erste und lauschte, erhielt aber keine Antwort. Nach kurzem Zögern öffnete sie die Tür einen Spalt, um hineinzusehen. Schließlich wohnte sie nun hier und musste sich orientieren.

Dunkelheit und ein leicht muffiger Geruch schlugen ihr entgegen. Sie tastete nach dem Lichtschalter und knipste ihn an. Aha, hier hätte sie sich das Klopfen sparen können – Staubsauger, Besen und Putzmittel hätten ihr das unangekündigte Eintreten gewiss nicht verübelt.

Leise schloss sie die Tür wieder und schaute sich um, ob jemand sie gesehen hatte. Nein, zum Glück nicht.

Auch im nächsten Zimmer traf sie niemanden an, entdeckte aber einen Fernseher mit großem Flachbildschirm. Hierher also würden die alten Herrschaften sich am Abend zurückziehen. Neben einem breiten, gemütlichen Sofa, vor dem mehrere gepolsterte Fußschemel standen, gab es zwei passende Sessel und außerdem einen Fernsehsessel mit braunem Lederbezug. An einer Wand standen ein Set mit drei Beistelltischchen und ein altmodischer Teewagen bereit, um, mit Getränken und Knabbereien gefüllt, ihre Bestimmung zu erfüllen. Im Regal daneben standen Wasser-, Wein- und Whiskygläser, entsprechende Flaschen waren allerdings nicht zu sehen.

Gut, dann also die letzte Tür. War es nicht immer die letzte, wenn man etwas suchte? Ella klopfte. Niemand antwortete, aber jetzt hörte sie wieder Stimmengemurmel, und das kam eindeutig aus diesem Raum. Sie klopfte noch einmal etwas kräftiger, doch nichts geschah.

Vorsichtig öffnete sie die Tür. Diesmal war es keine Putzkammer, allerdings auch kein privates Zimmer, denn außer einem kleinen runden Tisch mit drei Stühlen und zwei sich gegenüberstehenden blauen Sofas war der Raum praktisch leer. Eine der Wände hing voller gerahmter Fotos, aber sonst wirkte alles etwas unbewohnt und kühl. Die Stimmen waren jedoch nun deutlicher zu hören, und Ella trat ein. Sie blickte nach links und entdeckte einen Wintergarten, der wirkte, als wäre er nachträglich an das Haus angebaut worden. Gemütliche Korbmöbel mit bunten Kissen luden zum Verweilen ein. Hier saßen Margaret und Sue zusammen mit Gordon und Archibald im warmen Sonnenlicht zwischen großen Grünpflanzen.

Als Archibald Ella entdeckte, sprang er auf und öffnete die Glastür. »Ah, kommen Sie, Mädchen«, rief er ihr entgegen, »setzen Sie sich zu uns und genießen Sie die Sonne!«

Sue, die auf dem Korbsofa saß, ließ ihr Strickzeug sinken und nahm das Wollknäuel vom Polster neben sich. Sie legte es in einen Henkelkorb, der auf dem Boden stand, und nickte Ella lächelnd zu. Die folgte Sues Einladung und nahm bei ihr Platz.

»Wie schön!« Bewundernd sah sich Ella im Wintergarten um. Tatsächlich war es hier so warm, dass sie ihren Cardigan ausziehen konnte.

»Ja, der ganze Sonnenschein ohne den Wind«, erklärte Sue. Sie nahm ihr Strickzeug wieder auf und arbeitete mit geübten Bewegungen weiter.

»Darf ich fragen, was Sie stricken?«, erkundigte sich Ella.

Handarbeiten waren immer ein hervorragendes Thema, um jemandem näherzukommen.

»Socken für meine Enkelin zum Geburtstag. Sie mag so bunte.« Sue deutete mit dem Kinn auf das Verlaufsgarn, dessen kräftige Türkis-, Grün- und Blautöne im Sonnenschein leuchteten.

»Oh, ich auch.« Ella lächelte. »Ich häkle allerdings. Stricken habe ich leider nie gelernt.

Sue nickte. »Ich kann es Ihnen gerne zeigen, falls Sie nicht zu schnell wieder abreisen. Wie lange haben Sie vor, noch bei uns zu bleiben?«

»Ich bin mir nicht sicher«, antwortete Ella. »Eine Woche vielleicht? Ich habe ja noch nicht sehr viel von der Insel gesehen.«

»Mein Angebot steht«, mischte sich Archibald ein. »Ich zeige Ihnen gerne ein paar schöne Flecken.«

Gordon sah schweigend und ein wenig geistesabwesend von Archibald zu Ella.

»Worüber möchten Sie denn mit uns sprechen?«, fragte Margaret streng.

»Äh, über nichts Besonderes«, erwiderte Ella. »Ich habe mich nur ein wenig im Haus umgesehen und Sie dabei hier entdeckt. Ich will Sie keinesfalls unterbrechen oder gar stören ...«

Margarets Blick schien bei ihren Worten milder zu

werden. Ob sie immer noch Angst hatte, als Romanfigur zu enden?

»Eigentlich möchte ich noch mal ein wenig rausgehen«, fuhr Ella fort. »Auch wenn mich diese besonders frische Luft hier auf der Insel furchtbar müde macht.«

»Dann strengen Sie sich nicht zu sehr an!«, ergriff Archibald wieder das Wort. »Sonst schlafen Sie noch heute Abend beim Film ein.«

»Archie, sicher hat Ella etwas Besseres zu tun, als mit uns fernzusehen.« Margaret sah sie fragend an.

»Ja, tatsächlich habe ich den Abend bereits verplant«, erklärte Ella, entschloss sich jedoch, lieber keine genaueren Angaben zu machen.

Vielleicht hatte Flora sich ja schon ausgedacht, was Ella vorgeben sollte zu tun.

»Ich wollte aber noch kurz mit Flora sprechen, bevor ich losgehe«, sagte Ella. »Wissen Sie, wo sie ist?«

»Sie ist noch nicht runtergekommen. Hoffentlich geht es ihr gut!« Margaret runzelte die Stirn. »Sie hat beim Lunch fast nichts gegessen. Das ist ungewöhnlich«, fügte sie hinzu.

»Dann schau ich lieber mal nach ihr.« Ella erhob sich. »Wir sehen uns sicher später.«

»Jederzeit, jederzeit, my dear!«, rief Gordon ihr nach, als sie die Glastür hinter sich schloss.

Kapitel 20

»Flora?« Ella klopfte vorsichtig an die Tür.

Zuerst war alles still, aber dann hörte sie doch: »Kommen Sie rein!«

Flora saß auf ihrem Bett, neben ihr stand eine große, geöffnete Pappschachtel. Mehrere Stapel alter Schwarz-Weiß-Fotos lagen im Deckel daneben.

»Geht es Ihnen gut?«, erkundigte sich Ella ein wenig besorgt, denn Floras Wangen schienen unnatürlich gerötet.

Hatte sie Fieber?

»Ja, wunderbar. Kommen Sie, setzen Sie sich! Hier, wollen Sie Johnny mal als Kind sehen?«

Höflich nahm Ella das Foto entgegen, das Flora ihr reichte. Es zeigte einen grinsenden Jungen von etwa acht Jahren, der barfuß und in kurzen Hosen auf einer Mauer stand.

»Nett«, sagte sie.

»Ja, da sieht man noch richtig sein Gesicht. Ich weiß gar nicht, ob ich ihn heutzutage erkennen würde, wenn er auf die Idee käme, sich zu rasieren. Ich mag Männerwangen ja lieber glatt. Sie auch?«

Vor Ellas geistigem Auge erschien Alex' Gesicht mit dem kurzen Vollbart, über den sie so gerne gegen die Wuchsrichtung strich. Sie räusperte sich.

»Ich denke, das kommt auf den Mann an«, entgegnete sie diplomatisch.

Flora lachte und nahm ihr das Foto wieder ab, um es zu den anderen zu legen. »Na ja, und wahrscheinlich gehört dort im Süden ein wilder Bart einfach zu einem schottischen Pubbesitzer.«

Canny! Endlich fiel der Groschen – der lachende kleine Johnny auf dem alten Foto war Floras Neffe. Jetzt hätte Ella sich das Bild gerne noch einmal genauer angeschaut.

»Aber das wollte ich Ihnen eigentlich gar nicht zeigen.« Flora durchsuchte die Fotos und Dokumente in der Schachtel. »Wo ist denn ...? Ach, setzen Sie sich doch endlich! Ich hab's gleich.«

Ella zog sich einen Stuhl ans Bett und nahm Platz. Warum war Flora so aufgeregt?

»Hier – wusste ich es doch!« Triumphierend hielt ihr die alte Dame ein Foto hin und sah sie gespannt an, als sie es betrachtete. »Das sind wir hier«, erklärte sie. »Da links vorne, das ist Reginald. Und da hinten ist sogar noch Joan drauf.« Sie tippte mit dem Zeigefinger auf eine Frau, die unverkennbar Lydia Swanstons Mutter war. »Das war an Lydias Geburtstag. Natürlich fehlt Sue, die zog ja erst später ein, als Joan schon gestorben war. Die Arme!«

»War sie krank?«, erkundigte sich Ella.

»Grippe. Ich weiß, daran stirbt man nicht unbedingt. Aber ihre Gesundheit war ohnehin in den letzten Wochen vor ihrem Tod schon angegriffen, auch wenn sie es nicht gezeigt hat. Das hat uns Schwester Brenda gesagt. Sie und Lydia haben Joan gepflegt. Lydia hat sich dann aber selbst angesteckt und konnte nicht einmal zum Bett ihrer Mutter kommen, als diese starb. Wir waren hier eine richtige Quarantäne-Station.« Flora seufzte. »Peggy und Reg sind deswegen sogar einige Zeit ›verreist‹, wie sie das nannten. Geflohen, würde ich eher sagen.« Ihr Blick schweifte zum Fenster, dann schien sie sich zusammenzureißen. »Aber eigentlich wollte ich Ihnen nicht dieses Foto zeigen«, sagte sie und griff nach einem anderen, »sondern das hier.«

Auch darauf waren einige der Bewohner von Scorrybreac House zu sehen: Flora, Peggy, Archibald und Reginald, der mit stolzem Gesicht ein Baby im Spitzenkleidchen auf dem Arm hielt. Dazu eine Gruppe von Frauen und Männern zwischen dreißig und fünfzig sowie vier Kinder.

»Da war Regs ganze Familie hier zu Besuch«, informierte Flora.

»Nett«, sagte Ella. Hoffentlich zeigte die alte Dame ihr jetzt nicht noch einen weiteren Stapel Fotos, die sie, ehrlich gesagt, nicht wirklich interessierten.

»Ja, so sieht es aus.« Flora verzog den Mund und drückte Ella das Foto in die Hand. »Schauen Sie sich die Leute genau an! Lydia meinte, morgen wird wahrscheinlich jemand von denen kommen, um Regs Sachen abzuholen und alles zu ordnen.«

Ella fragte sich, was sie damit zu tun hatte. Sie hatte Reginald nicht einmal gekannt.

»Sie sollten also heute Abend unbedingt auch sein Zimmer durchsuchen«, drängte Flora.

»Ich wollte sowieso schauen, ob der verschwundene Burns vielleicht dort irgendwo ist. Möglicherweise hatte Reginald ihn ja doch nur verlegt.«

Flora schüttelte den Kopf. »Sie verstehen nicht. Ich spreche nicht von den Diebstählen. Mir ist heute Mittag etwas anderes eingefallen.« Sie tippte mehrfach auf das Foto in Ellas Hand. »Als Reg mir das Bild für meine Erinnerungskiste gab, hat er etwas zu mir gesagt.« Sie machte eine Kunstpause.

»Ja?«, ermunterte Ella sie weiterzusprechen.

»Ich machte ihm ein Kompliment zu seiner netten Familie, da grinste er und sagte ...«

»Ja?«

»Wenn ich eines Tages eines unnatürlichen Todes sterben sollte, kannst du auf diesem Foto den Mörder finden.«

Kapitel 21

Ella spürte den Puls in ihrer Halsschlagader pochen, als sie die erste Tür öffnete und eintrat. Flora hatte ihr auf einem Plan skizziert, wer in welchem Zimmer wohnte, und auch die Reihenfolge vorgeschlagen, in der sie die Räumlichkeiten durchsuchen sollte.

Zuerst war sie also in Gordons Reich eingedrungen. Sie knipste das Licht an und sah sich um: ein großer Kleiderschrank, ein recht schmales, aber massives Bett, ein ebenso massiver Schreibtisch mit einer dieser grünen Bibliothekslampen und einem erstaunlich modernen Drehstuhl, im Fenstererker ein Tischchen mit zwei Sesseln. Alles wirkte sehr ordentlich und sauber, fast steril. Eine der Wände wurde von einem riesigen Bücherregal verdeckt, und Ella wandte sich diesem entschieden zu: Hier würde sie beginnen.

Ein großer Teil der Bücher war Fachliteratur zu biologischen oder biochemischen Themen, dicke, gebundene Wälzer ebenso wie praktische Taschenbücher. Es schien, als hätte Gordon sie nach einzelnen Gebieten geordnet, zumindest standen ähnlich lautende Titel nebeneinander. Einige der Bücher waren zerlesen, andere sahen noch fast druckfrisch aus. Auf drei Buchrücken entdeckte Ella den Autorennamen G. F. MacNeil – wenn er keinen Namensvetter hatte, mussten das Gordon MacNeils eigene Werke sein.

Der linke Teil der Bücherwand war schnell durchgeschaut – hier stand definitiv keine Erstausgabe von Robert Burns' Gedichten. Die würde anders aussehen, alt, wahrscheinlich mit Leinencover und eher in einem kleinen Format, stellte Ella sich vor. Warum war sie eigentlich noch nicht darauf gekommen, nach einem Foto zu googeln? Sicher hatte Reginald nicht die einzige Erstausgabe besessen, und es gab möglicherweise im Internet eine Abbildung aus einem Antiquariat. Aber jetzt war dafür keine Zeit. Sie musste darauf vertrauen, dass sie ein so altes Buch erkennen würde.

Gordons weitere Bücher deckten verschiedene Genres ab, vornehmlich Sachbücher und Romane über historische Ereignisse. Ella stieß aber auch auf Krimis und eine ganze Menge Fantasy. Eine Regalreihe beherbergte nicht zu entziffernde fremdsprachige Bücher – von den unterschiedlichen Häkchen an den Buchstaben schloss Ella auf Polnisch. Hatte Gordon nicht erwähnt, dass er ein Jahr in Warschau gearbeitet hatte?

Endlich hatte sie alle Namen auf den Buchrücken gelesen. Robert Burns war nicht dabei gewesen.

Ein Blick auf ihre Armbanduhr ließ sie zusammenzucken. Sie hatte sich mit den Büchern viel zu lange aufgehalten! Nach Floras Zeitplan musste sie in zehn Minuten bereits mit der Durchsuchung von Archibalds Zimmer beginnen.

Sie holte tief Luft. Das Schnüffeln in anderer Leute

Privatleben fiel ihr sogar noch schwerer, als sie gedacht hatte. Buchrücken zu lesen war gerade noch vertretbar, aber Schränke zu öffnen? Dennoch – es musste wohl sein. Flora hatte darauf bestanden.

Gordons Kleiderschrank war halb leer und sehr ordentlich. Ganz rechts hing sein Kilt. Ella strich vorsichtig mit den Fingern über den Wollstoff. Sie hatte hier nun schon einige Männer im Kilt gesehen und fand das Outfit mit Jackett, Sporran, Wollstrümpfen und schwarzen, blank polierten Schuhen äußerst kleidsam. Ah, dort lagen Gordons Strümpfe und daneben etwas, das aussah wie ein kleines Messer. Das musste der Sgian Dubh sein – der Dolch, der im Strumpf getragen wurde. Automatisch streckte Ella die Hand in Richtung der Waffe aus, zog sie aber zurück, ohne das Messer berührt zu haben. Eilig schloss sie die Schranktüren und drehte sich um, um unter das Bett zu schauen und kurz die Fotos auf dem Tischchen daneben anzusehen.

Ein erneuter Blick auf die Uhr zeigte, dass ihre Zeit für Gordons Zimmer abgelaufen war. Flora hatte ihr eingeschärft, sich unbedingt an ihren Plan zu halten, damit sie wusste, wer auf keinen Fall den Fernsehraum verlassen durfte, um Ella nicht zu erwischen. In einem Notfall wollte sie der Person selbst folgen und Ella warnen. Ella war sich nicht sicher, ob Floras Planung wirklich wasserdicht war, doch immerhin wurde das Risiko, an einem Ort erwischt zu werden, an dem sie nichts zu suchen hatte, dadurch deutlich minimiert.

Als sie Archibalds Zimmer betrat, ließ sie die Tür nur angelehnt. Obwohl ähnlich ausgestattet wie Gordons, hatte es eine völlig andere Atmosphäre. Es wirkte durch all die kleinen herumliegenden Gegenstände und Kleidungsstücke sehr persönlich und bewohnt, ohne jedoch unordentlich zu sein. Ein aufgeschlagenes Buch mit dem Titel »Janey Woods – The History of Mary Queen of Scots' Maid« verriet Archibalds Interesse an schottischer Geschichte. Eine Flasche Auchentoshan 12 im Regal sprach von seinem Whiskygeschmack. Das Hemd, das er am Vortag getragen hatte, war ordentlich über eine Stuhllehne gehängt, und auf dem Bett lagen zwei aufgerissene Briefumschläge.

Dieses Mal ging Ella anders vor. Sie schaute zuerst auf und unter die Möbel und schließlich in Archibalds Schrank, in dem sie ebenfalls einen Kilt entdeckte, nicht jedoch die Burns-Erstausgabe und schon gar nicht Floras Schal oder ihre Schäferin. Da sie damit auch gar nicht gerechnet hatte, schloss sie den Schrank wieder und wandte sich nach einem kurzen Blick auf die Uhr dem Bücherregal zu.

Archibald war bei seinen Büchern nicht so methodisch wie Gordon; es sah aus, als ob er gelesene einfach dort hineinstellte, wo Platz war. Das Sammelsurium aus älteren und neuen Romanen, Sachbüchern und Bildbänden war nicht einfach durchzuschauen. Zweimal stockte Ella und zog vorsichtig ein altes Buch heraus, dessen Verfasser und Titel nicht auf dem Rücken standen. Doch keines davon war der gesuchte Burns. Und selbst wenn sie den Gedichtband hier entdeckt hätte – wäre es unmöglich gewesen, dass Archibald ihn von Reginald geliehen und, statt ihn zurückzugeben, versehentlich in sein eigenes Regal gestellt hatte?

Ella seufzte. Warum nur hatte sie sich auf Floras Idee eingelassen? Die alte Dame war möglicherweise gar nicht wirklich bestohlen worden. Und auch der Tod ihres Mitbewohners war wohl eher der Diabetes geschuldet – diese Krankheit war nun einmal nicht immer berechenbar. Schon in ihrer Schulzeit hatte Ella erlebt, dass eine Klassenkameradin ganz plötzlich daran gestorben war.

Die beiden aufgerissenen Briefe auf dem Bett fielen ihr erneut ins Auge, als sie zur Tür ging. Sie lächelte. Archibald hatte also die gleiche Angewohnheit wie sie selbst. Obwohl sie einen dekorativen und scharfen Brieföffner besaß, hatte sie, wenn sie die Post aus dem Kasten holte, meist nicht die Geduld zu warten, bis sie in ihrem Arbeitszimmer war. Stattdessen riss sie den Umschlag mithilfe ihres rechten Daumens auf. Schließlich war es egal, ob er nach dem Öffnen zerfetzt aussah.

Der obere der beiden Briefumschläge wies einen großen, auffälligen Absenderstempel auf: »Abrahams & Son«, las Ella im Vorübergehen, »Books & Antiques«. Unvermittelt blieb sie stehen und starrte auf die verschnörkelten Buchstaben.

Das war eine Londoner Adresse.

Sie atmete schneller. Sollte sie ...?

Ihre Finger griffen nach dem Umschlag, zogen den Brief daraus hervor. Auch hier fanden sich die verzierte Schrift und der Name Abrahams & Son. Die Anschrift war die von Scorrybreac House, dazu der Betreff: Robert Burns – First Edition.

Ellas Herz pochte laut. Archibald? Hatte tatsächlich der nette, freundliche, hilfsbereite Archibald ...?

Irgendwo im Haus schlug eine Tür. Fast gleichzeitig begann eine Frauenstimme laut zu singen: »Should auld acquaintance be forgot ...«

Hastig steckte Ella den Brief zurück in den Umschlag, warf ihn aufs Bett und huschte aus dem Zimmer ins gegenüberliegende Bad. Sie schob den Riegel vor und legte das Ohr an die Tür. Eine Männerstimme murmelte etwas Unverständliches, und Flora lachte. Dann hörte Ella die Tür zur Toilette im Erdgeschoss quietschen – schon gestern hatte sie festgestellt, dass die dringend ein paar Tropfen Öl brauchte. Immerhin sah es nicht so aus, als ob jemand des Fernsehens müde geworden war und bereits in sein oder ihr Zimmer zurückkehren wollte.

Dennoch wartete Ella. Sie wusch sich die Hände und betrachtete sich im Spiegel. Gut, dass Alex nicht hier war. Sie wollte sich lieber nicht ausmalen, wie er sie wegen ihrer Schnüffelei verhörte. Bei ihrer ersten Begegnung, als sie gerade erst nach Canterbury gezogen war, hatte DI Alex Drake sie befragt, und sie hatte seinen eindringlichen Blick unter gerunzelten Brauen nicht vergessen. Dabei war sie damals völlig unschuldig gewesen und hatte Aileen nur zufällig als Letzte lebend gesehen.

Erneut quietschte die Tür. Anschließend war alles ruhig.

Ella zählte langsam bis zwanzig. Dann trat sie aus dem Badezimmer, blieb am Kopf der Treppe stehen und horchte. Nichts regte sich. Sie konnte sich also dem nächsten Zimmer zuwenden, auch wenn das Rätsel um Reginalds verschwundene Burns-Erstausgabe gelöst schien. Leider!

Ella atmete tief durch. Ausgerechnet Archibald ...

Kapitel 22

Sue besaß wenige Bücher, fast alle waren auf Polnisch. Dafür stand in ihrem Zimmer im zweiten Stock in einer der Ecken ein großer geflochtener Korb, in dem unzählige Knäuel bunten Garns lagerten. Stricknadeln in verschiedenen Stärken hingen in einer durchsichtigen Plastiktasche an einem Haken daneben.

Unter Sues Nachttischlampe lag ein weißes Deckchen aus gestrickter Spitze, und die Tagesdecke auf dem Bett bestand aus gestrickten Quadraten in verschiedenen Rot-, Rost- und Brauntönen. Nichts Überraschendes also.

Familienfotos und kleine Nippessachen standen überall herum, allerdings keine Porzellanschäferin. Nun, das war auch nicht zu erwarten gewesen.

Ellas Gedanken kehrten wieder zu Archibald zurück. Wenn er den Burns gestohlen und zu Geld gemacht hatte, konnte er natürlich auch Floras Schäferin verkauft haben. Eine Figur aus altem Dresdner Porzellan brachte wahrscheinlich einiges Geld. Im Internet konnte Ella mit Sicherheit problemlos herausfinden, was so ein Sammlerstück wert war. Und damit man ihm nicht auf die Schliche kam, hatte Archibald Floras und Peggys Schmuck versteckt.

Ob er auch das Geld gestohlen hatte? War er in finanziellen Schwierigkeiten?

Sie schob diese Überlegungen vorläufig beiseite und schlüpfte aus dem Zimmer. Nun war zuerst einmal der zweite Stock dran.

Besonders gründlich, so musste Ella sich eingestehen, war sie bei den Zimmern von Margaret und Peggy nicht. Margarets romantische Seite zeigte sich in ihrer Leseauswahl; die Regalfächer in ihrem Geschirrschrank trugen kein Porzellanservice oder Glaskaraffen, sondern Liebesromane. Neben »Algarvesommer« entdeckte Ella sogar noch zwei weitere ihrer eigenen Portugalromanzen, aber keinen Burns, keine Schäferin, keinen Seidenschal, auf den Floras Beschreibung passte. Hier gab es keine weiteren Besonderheiten.

Auch bei Peggy fanden sich die verschwundenen Gegenstände nicht. Es sah allerdings so aus, als hätte Peggy es keinesfalls nötig zu stehlen. Wenn sie Geld brauchte, konnte sie sicher leicht eines der unzähligen Schmuckstücke aus der offen stehenden Schatulle verkaufen. Außer natürlich, sie waren nicht echt. Das festzustellen überstieg allerdings Ellas Fähigkeiten.

Das Interessanteste in Peggys Zimmer waren die Fotos an den Wänden. Die meisten zeigten unverkennbar Peggy – mal jünger, mal älter – mit wechselnden Partnern in wechselnden Rollen in wechselnden Tutus oder anderen Kostümen: eine Ballettkarriere in Bildern künstlerisch verewigt.

Es gab aber auch Schnappschüsse in einfachen Holzrahmen: Peggy in Wanderstiefeln vor einer kahlen Berglandschaft, Peggy mit schief gelegtem Kopf in die Kamera lächelnd, ein halb volles Rotweinglas in der Hand, Peggy mit einem Mann vor dem Scott Monument in Edinburgh. Dieses Foto schien noch recht neu zu sein: Peggy sah darauf schon so aus, wie Ella sie kennengelernt hatte. Und der Mann – das war Reginald. Auch er war von den Bildern, die Ella gesehen hatte, leicht zu erkennen. Peggy und Reginald in Edinburgh – ob das Foto in der Zeit aufgenommen worden war, als sie vor der Grippe geflohen waren? Reginald hatte den Arm um Peggy gelegt, und beide sahen sehr glücklich aus.

Wenn Joan also nicht an der Grippe gestorben ist, sondern jemand sie umgebracht hat, haben zumindest die zwei ein Alibi, fuhr es Ella durch den Kopf.

Sie seufzte. Sie hatte eindeutig zu viel Fantasie. Wer sollte Joan getötet haben? Und warum? Sue war zwar in ihr Zimmer gezogen, aber da man das Gästezimmer leicht hätte umwandeln können, wäre es nicht unbedingt notwendig gewesen, für einen Platz in Scorrybreac House einen Mord zu begehen. Außer natürlich Joan hätte etwas gegen Sue gehabt. Dagegen sprach, dass die beiden von allen bisher nur als Freundinnen bezeichnet worden waren.

Leise öffnete Ella die Tür. Es war Zeit, in ihr Zimmer zurückzukehren. Die anderen würden in wenigen Minuten ihren Fernsehabend beenden. Sollte sie dann noch Flora aufsuchen? Nein, sie hatten verabredet, dass sie sich am Morgen zwischen Frühstück und Kirchgang bei Flora treffen würden, damit Ella berichten konnte. Und daran würde sie sich halten.

Aus der Sicherheit ihres eigenen Zimmers hörte Ella die anderen kurze Zeit später die Treppe heraufkommen. Es musste ein lustiger Film gewesen sein, den sie sich angesehen hatten, denn alle unterhielten sich angeregt und lachten, bevor sie sich eine gute Nacht wünschten.

Ella saß auf dem Bett, lauschte den Geräuschen im Haus und versuchte, ihre Gedanken zu ordnen, als es plötzlich an ihre Tür klopfte.

»Ja?«, sagte sie unwillkürlich.

Flora steckte ihren Kopf zur Tür herein. »Oh, Sie sitzen ja im Dunkeln, Mädchen. Oder sind Sie schon schlafen gegangen?«

»Nein, nein«, versicherte Ella. »Ich habe nur ein wenig nachgedacht.«

»Darf ich noch reinkommen?«

»Ja, bitte.« Ella schaltete die Nachttischlampe ein, die ein angenehm warmes, gedämpftes Licht verbreitete.

»Ich halte es doch nicht bis morgen aus«, erklärte Flora. »Wie war die Durchsuchung? Haben Sie einen der Gegenstände gefunden?«

Ella zögerte. »Zuerst einmal danke für die Warnung vorhin«, begann sie. »Ich war gerade in Archibalds Zimmer fertig und hätte leicht jemandem in die Arme laufen können.«

Flora grinste. »Der gute Gordon hat nicht ganz verstanden, warum ich ihm so schnell gefolgt bin, aber ich hab dann so getan, als ob ich mir ein Glas Saft aus dem Kühlschrank holen wollte. Zuerst fiel mir gar kein Lied ein, doch zum Glück ...«

»Ja, nochmals danke.«

»Nun, ich muss doch meine Detektivin bei ihrem Einsatz beschützen. Also, schießen Sie los!«

»Tut mir leid, ich habe keinen der vermissten Gegenstände gefunden«, formulierte Ella vorsichtig ihre Antwort. »Ich denke allerdings auch nicht, dass ein Dieb oder eine Diebin ihre Beute einfach so offen bei sich rumliegen lässt.«

Flora seufzte. »Damit mögen Sie recht haben. Aber was machen wir jetzt – haben Sie gar keine Hinweise?«

»Ich habe ein paar Ideen, denen ich nachgehen will. Sie werden jedoch verstehen, dass ich noch nicht darüber sprechen kann.«

Mit dieser Antwort schien Flora zufrieden. Sie wünschte Ella eine gute Nacht und legte ihre Hand auf den Türknopf, um zu gehen.

»Ach ja«, sagte sie zögernd. »Und was ist mit Reg? Haben Sie bei seinen Sachen etwas gefunden, was seinen Tod erklärt?«

Ella durchzuckte es heiß. An Reginalds Zimmer hatte sie überhaupt nicht mehr gedacht! Flora hatte ihn nicht auf ihre Liste gesetzt, wahrscheinlich weil er ja nicht mehr am Fernsehabend teilnahm und sie gewiss nicht überraschen würde.

»Nichts Besonderes, nein, Flora«, behauptete sie.

Flora seufzte nur und wünschte Ella erneut eine gute Nacht. Als sie gegangen war, schaltete Ella den Wasserkocher ein und warf einen Teebeutel in die Tasse auf ihrem Nachttisch. Sie brauchte nun einen starken Tee, um wach zu bleiben, bis alle im Haus schliefen. Dann musste sie sich erneut in den zweiten Stock schleichen, um das Zimmer des toten Reginald zu inspizieren. Verflixt, warum hatte sie vorhin nicht mehr daran gedacht, dass sie dort etwas Interessantes finden konnte, vielleicht sogar den Burns? Damit wäre Archibalds Unschuld bewiesen. Sie hatte von dem Brief an ihn nur den Betreff gelesen, wusste also nicht wirklich, ob er ein Buch zum Verkauf angeboten hatte. Möglicherweise war ja alles ein Missverständnis.

Kapitel 23

Ella schaltete das Licht ein. Die Decke auf Reginalds Bett war zum Fußende zurückgeschlagen, und auf dem Kissen war noch der Abdruck seines Kopfes zu sehen – gerade so, als wäre er hastig aufgestanden und würde jeden Augenblick zurückkommen, um weiterzuschlafen.

Nur zögernd betrat sie das Zimmer. Es fühlte sich nicht unbedingt besser an, in die Privatsphäre eines Toten einzudringen. Aber wenn am folgenden Tag – sie schaute auf ihre Uhr: nein, heute – Reginalds Verwandte kamen, um seine persönlichen Dinge mitzunehmen, war jetzt die einzige Chance, noch etwas über ihn herauszufinden.

Leise ließ sie die Tür hinter sich ins Schloss gleiten und warf zunächst einen inzwischen routinierten Blick unter das Bett. Dort stand ein Paar Pantoffeln aus kariertem Wollstoff mit abgestoßenen Stellen im Bereich der Zehen. Ella musste mit einem Mal tief durchatmen, um sich zu fassen. Sie hatte Reginald nicht gekannt, und doch ergriff sie ein Gefühl der Trauer. Auf eine gewisse Weise war er durch die Erzählungen der anderen für sie lebendig geworden – und durch die Fotos, vor allem jenes, das ihn mit Peggy in Edinburgh zeigte. Beide hatten so voller Leben gewirkt.

Reginald hatte ein sehr geordnetes, wenn auch kleines Regal besessen, auf dessen oberstem Brett mehrere alt wirkende Bücher standen. Vorsichtig betrachtete Ella die Bände, zog das eine oder andere Werk heraus und stellte es sorgsam zurück, nachdem sie hineingeschaut hatte. Der Burns war offenbar nicht Reginalds einzige Erstausgabe gewesen.

Erstaunlicherweise stand oder hing kein einziges Foto im Zimmer, doch schließlich fand Ella im unteren Fach des Nachtschränkchens ein altes Fotoalbum mit leicht vergilbten Schwarz-Weiß-Aufnahmen und eine Schachtel, die genauso aussah wie Floras Fotokarton. Tatsächlich beherbergte sie Aufnahmen von Reginalds Familie: ein Bild vom ersten Schultag eines Enkels, der mit ungelenker Hand »For Grandpa with love from Bob« auf die Rückseite geschrieben hatte, zwei kleine Mädchen in Blumenkleidern, ein Mann um die vierzig, der Reginald ähnlich sah, mit einer dunkelhaarigen, südländischen Schönheit und einem Baby auf dem Arm.

Nachdem Ella gut zwei Dutzend Fotos betrachtet hatte, legte sie alle zurück und schloss die Schachtel. Sie kannte keines der Familienmitglieder, hier würde sie nichts Nennenswertes erfahren. Also schob sie die Schachtel wieder an ihren Platz und beugte sich hinunter, um besser in den Nachtschrank schauen zu können. Irgendwo mussten doch auch noch Fotos aus der letzten Zeit sein – zum Beispiel das mit seiner Familie, das Flora ihr gezeigt hatte, und das mit Peggy in Edinburgh. Eigentlich gab es nicht allzu viele Möglichkeiten, wo er sie gelassen haben könnte.

Die Schublade des Nachtschränkchens war völlig leer – vielleicht hatte er hier seine Medikamente aufbewahrt, und der Arzt hatte sie mitgenommen, nachdem sein Patient gestorben war? Ella warf einen kurzen Blick auf das ungemachte Bett und schluckte.

Nun blieb immerhin noch der Schreibtisch, ein schönes altes Stück aus dunklem Holz mit kunstvollen Schnitzereien und gedrechselten Beinen. Im linken Teil boten drei Schubladen zusätzlichen Aufbewahrungsplatz. Die ersten beiden durchsuchte Ella systematisch. Das brachte allerdings keine neuen Erkenntnisse, denn sie enthielten nur Büromaterial, ein kleines Werkzeugset, Rechnungen und einige zusammengeklammerte Zeitungsausschnitte.

Die unterste Schublade klemmte. Ella hockte sich davor, um sie mit mehr Kraft aufziehen zu können. Nein, sie klemmte nicht! Aus diesem Blickwinkel war zwischen den Schnitzereien ein kleines Loch zu erkennen, ein Schlüsselloch – die Schublade war abgeschlossen. Interessant! Würde sie hier endlich fündig werden, was auch immer das sein mochte?

Glücklicherweise lagen zwischen Reginalds Büromaterialien einige stärkere Büroklammern, die Ella mithilfe seiner kleinen Zange passend zurechtbiegen konnte. Es wäre bedeutend einfacher gewesen, wenn sie ihr Lockpick-Set mitgenommen hätte. Die Fortbildung, an der sie vor ein paar Jahren mit ihrer krimischreibenden Kollegin teilgenommen hatte, kam ihr nicht zum ersten Mal zugute. Allerdings würde das Schloss des alten Schreibtisches wohl auch mit einfachen Mitteln zu knacken sein.

Tatsächlich gab es sehr schnell nach, und Ella zog die Schublade auf. Ja, das sah gut aus. Darin lagen mehrere Pappmappen in verschiedenen Farben, auf jeder war ein Name vermerkt: »Michael«, »Melissa«, »Matthew«, »Will«.

Ella ließ sich auf dem Boden nieder und öffnete die Mappe mit dem Namen Michael. Wie sie vermutet hatte, war Michael eines der Kinder von Reginald. Der hatte hier dessen Geburtsurkunde aufbewahrt, eine Einladung zu Michaels Hochzeit, eine weitere zu – Michaels Hochzeit? Ja, tatsächlich war Michael wohl zum zweiten Mal verheiratet. Über die dazwischen erfolgte Scheidung – oder war er Witwer geworden? – gab es allerdings keine Unterlagen. Auch die weiteren Dokumente erschienen Ella eher unbedeutend.

Die Akte »Michelle« betraf Reginalds Tochter. Auch hier gab es eine Geburtsurkunde, allerdings keine Hochzeitseinladung. Entweder hatte Michelle nicht geheiratet oder nicht gefeiert oder keine Einladungen verschickt, die ihr Vater hätte aufbewahren können. Die meisten anderen Papiere betrafen ein Studiendarlehen und seine Rückzahlung. Reginald hatte seiner Tochter offensichtlich kräftig unter die Arme gegriffen.

Die Mappe mit der Aufschrift »Matthew« war dicker. Neben der Geburtsurkunde und einigen Briefen lag darin ein großer, gepolsterter Umschlag, der an Reginald adressiert war, aber keinen Absender trug. Vielleicht hätte Ella nur oberflächlich hineingesehen, wenn nicht jemand mit einem dicken Filzstift »P.I.« darauf geschrieben hätte.

P.I. – Private Investigator? War das etwa der Bericht eines Privatdetektivs? Oder sah sie schon wieder Gespenster, und es handelte sich nur um irgendwelche Initialen von – ja von wem eigentlich?

Sie griff in den Umschlag und zog die Papiere und einige Fotos heraus. Bingo! Es war tatsächlich so, wie sie vermutet hatte: Reginald hatte seinen Sohn überprüfen lassen. Und dabei war unter anderem herausgekommen, dass Matthew Brewster Schulden im sechsstelligen Bereich hatte und dringend Geld brauchte, um zumindest einen Teil dieser Schulden zu begleichen. Da war das Motiv!

Halt! Wieso Motiv? Ella schüttelte den Kopf. Sie war hier, um Flora zu beruhigen und einen Dieb zu fassen, und nicht, um den Mörder eines alten Mannes zu finden. Es war natürlich nicht uninteressant für sie, durch die Unterlagen Einblicke in die Geheimnisse einer Familie zu erhalten, aber soweit sie wusste, war Reginalds Sohn weder in den letzten Monaten auf Skye gewesen, noch war der alte Herr ermordet worden. Was sie hier entdeckt hatte, gab sie also besser nicht an Flora weiter.

Sie steckte die Papiere und Fotos wieder in den Umschlag und legte ihn zurück in die »Matthew«-Mappe. Nun fehlte also nur noch »Will«. Sie schlug den Pappdeckel auf und erstarrte: »Will« war kein Sohn von Reginald; die Mappe enthielt Unterlagen zu seinem Testament! »Last Will and Testament« stand auf einem förmlich aussehenden, an einer Ecke zusammengefassten und gesiegelten Dokument.

Zögernd begann Ella zu lesen. Reginald war ein sehr wohlhabender Mann gewesen; seine Kinder erbten neben einem Haus in einem Ort, von dem Ella noch nie gehört hatte, auch ein großes Grundstück und ansehnliche Bargeldbeträge. Matthew würde seine Schulden deutlich verringern, wenn nicht sogar völlig abzahlen können.

Ella blätterte weiter. Neben seinen Kindern hatte Reginald auch andere mit kleineren Geldsummen bedacht. Ein Name fiel ihr auf: Brenda Cordier. Ob es sich dabei um Schwester Brenda handelte? Nun, das war gut möglich. Brenda war ja nicht gerade ein häufiger Name. Schwester Brenda würde sich um fünfhundert Pfund reicher an ihren Patienten erinnern können.

Auch auf der nächsten Seite prangte ein bekannter Name: Finola MacTavish. Daneben war der Wert des Legats aufgeführt: fünfhundert Pfund. Ella kniff die Augen zusammen. Hatte sie vor Müdigkeit schon Sehstörungen? Nein, als sie die Lider wieder öffnete, stand da immer noch derselbe Betrag, der sie eben so überrascht hatte. Reginald hatte der jungen Physiotherapeutin fünftausend Pfund vermacht!

Mechanisch überflog Ella die restlichen Seiten. Plötzlich schlug eine Tür im Haus zu, leise, doch in der Stille der Nacht deutlich hörbar. Ella zuckte zusammen und lauschte. Kamen da nicht Schritte die Treppen herauf? Schnelle Schritte?

Im Nu hatte sie alle Mappen wieder in die Schublade gelegt und diese zugeschoben. Sie steckte die gebogenen Büroklammern in die Tasche ihres Cardigans und stand hastig auf, doch ihr rechtes Bein gab nach und sie musste sich am Schreibtisch abstützen. Mist, sie hatte gar nicht gemerkt, dass ihr Fuß eingeschlafen war!

Nun waren die Schritte direkt vor der Tür, und der Türknopf begann sich zu drehen. Es war zu spät, um sich zu verstecken! Mit einem Ruck riss Ella die Schublade mit dem Büromaterial auf und beugte sich darüber, als die Tür geöffnet wurde.

»Was machen Sie hier?«, fragte eine Frauenstimme.

Schnell setzte Ella ein unschuldiges Gesicht auf und drehte sich um. Ihre Überraschung musste sie nicht spielen.

»Schwester Brenda, wo kommen Sie denn auf einmal her?«

Kapitel 24

»Was machen Sie da?« Schwester Brendas Stimme war schneidend und nicht gerade leise.

»Pst!« Ella legte ihren Zeigefinger auf die Lippen. »Wir sollten die anderen nicht wecken.«

Schwester Brenda nickte und kam näher. Sie sah Ella auffordernd an.

»Ich wollte niemanden stören«, behauptete Ella, »aber ich brauchte dringend ...« Sie sah in die Schublade und griff hinein. »Eine Schere.« Mit einer langen Papierschere in der Hand wandte sie sich wieder Schwester Brenda zu. »Da habe ich gedacht, dass hier vielleicht eine sein könnte und es ja keinen stört, wenn ich sie mir kurz hole. Ich wollte niemanden wecken.« Sie lächelte unschuldig und ging zum Gegenangriff über: »Aber wie kommen Sie hierher? Wollten Sie nicht zum Wandern irgendwo hinfahren?«, fragte sie und schob die Schreibtischschublade zu.

»Die Katze meiner Freundin ist von irgend so einem verdammten Touristen angefahren worden, und wir mussten vorzeitig zurückkommen.« Dieser Vorfall hatte Schwester Brendas Laune wohl verdorben. »Nachdem ich sie abgesetzt hatte, bin ich hier vorbeigefahren. Und da habe ich das Licht in Mr Reginalds Zimmer gesehen. Das kam mir verdächtig vor.«

»Ah ja, das verstehe ich«, versicherte Ella. »Es ist ja nur gut, wenn die Leute aufeinander achten.«

Hoffentlich dachte Schwester Brenda nicht darüber nach, dass das Licht in Reginalds Zimmer ziemlich lange gebrannt hatte – zu lange, um einfach nur eine Schere aus dem Schreibtisch zu holen.

»Mr Reginald war ein sehr netter Mann«, erklärte Schwester Brenda. »Aber was mich wundert ...« Sie machte eine Pause und sah Ella misstrauisch an.

Ellas Herz schlug schneller.

»Wozu brauchen Sie mitten in der Nacht eine Schere?«

»Oh!« Ella blickte auf die Schere in ihrer Hand.

Jetzt war eine passende Geschichte gefragt, die der Wahrheit möglichst nahe kam.

»Zum Schneiden natürlich. Wissen Sie, Schwester Brenda, ich wollte noch ein bisschen arbeiten. Ich bin – aber bitte sagen Sie das nicht weiter, ja? –, also ich bin Autorin und nicht nur auf der Isle of Skye, um Flora zu besuchen, sondern ich plane gerade auch meinen neuen Roman.«

Schwester Brenda zog interessiert die Brauen hoch.

»Ich mache das sonst immer mit kleinen Karteikärtchen«, fuhr Ella fort. »Darauf schreibe ich die einzelnen Szenenideen und so, dann kann ich sie in der Reihenfolge so lange verschieben, bis es passt. Aber ich habe leider meine Kärtchen zu Hause vergessen ...«

»Ach, und jetzt wollten Sie sich selbst welche schneiden? Mitten in der Nacht?«

Ella hob leicht die Schultern und lächelte. »Leider kommt die Muse nicht immer zur passenden Zeit – so mancher Künstler ist Nachtarbeiter.« Langsam ging sie auf Schwester Brenda und die Zimmertür zu.

»Das ist aber nicht gerade gesund. Und Mrs Swanston wird es auch nicht gefallen, dass Sie als Gast hier in der Nacht durchs Haus schleichen.«

Ella schlug schuldbewusst die Augen nieder. »Muss sie es denn unbedingt erfahren?«, fragte sie leise.

Schwester Brenda brummelte etwas Unverständliches, dann legte sie ihre Hand kurz auf Ellas Arm. »Ich denke nicht. Sie müssen mir allerdings versprechen, jetzt möglichst schnell ins Bett zu gehen.«

»Ja, natürlich, ich muss nur noch ein paar Kleinigkeiten notieren. Wenn ich das nicht tue, kann ich nämlich nicht schlafen.«

Ella trat aus dem Zimmer und wartete, bis Schwester Brenda ihr gefolgt war und die Tür geschlossen hatte. Gemeinsam gingen sie die Treppe zum ersten Stock hinunter. Dort verabschiedeten sie sich mit einem geflüsterten »Gute Nacht«.

Ella betrat ihr Zimmer, blieb aber hinter der Tür stehen. Sie lauschte, bis sie das Klicken der Haustür hörte. Auf der Straße wurde ein Auto gestartet, und das leiser werdende Motorengeräusch verriet ihr schließlich, dass Schwester Brenda tatsächlich fort war.

Nachdenklich legte Ella die Schere auf das Tischchen. Sollte sie noch einmal zu Reginalds Zimmer hinaufgehen? Eigentlich hatte sie dort alles gesehen und sogar sein Testament gelesen. Ob Schwester Brenda von den fünfhundert Pfund wusste? Was war mit Finola? Hatte sie eine Ahnung davon, wie viel Reginald ihr vererbte?

Und noch eine Frage stellte sich: Warum hatte es in Reginalds Zimmer keinen einzigen Hinweis auf seine Beziehung zu Peggy gegeben? Hatte er diese kürzlich beendet? Und wie hatte Peggy darauf reagiert?

Kapitel 25

Ella betrat die Küche in dem Augenblick, als zwei Scheiben Toast aus dem Toaster sprangen.

»Sie kommen genau richtig. Guten Morgen!«, grüßte Peggy.

»Guten Morgen, Peggy! Sind wir die Ersten?«

»Es ist Sonntag, da sind die anderen meistens später dran. Möchten Sie einen Toast? Dann nehmen Sie diesen, ich mach gleich frische.« Peggy legte eine der Toastscheiben auf einen Teller und reichte ihn Ella. »Tee ist auch schon fertig.«

Ella setzte sich an den Tisch, goss sich Tee ein und fügte Milch hinzu. Es war günstig, dass sie und Peggy gerade alleine waren.

»Heute soll also jemand von Reginalds Familie kommen«, begann sie im Plauderton. »Flora hat mir gestern ein Foto gezeigt, er hatte ja wohl mehrere Kinder und Enkelkinder.«

»Zwei Söhne und eine Tochter«, erklärte Peggy. »Und zwei Enkel und drei Enkelinnen.«

»Kennen Sie sie gut?«

»Nicht besonders.« Peggy setzte sich ebenfalls an den

Tisch und begann, Butter auf ihren Toast zu schmieren.

»Ach, ich dachte, Sie und Reginald waren befreundet ...«

Peggy lachte, doch es wirkte wehmütig. »Sie können es ruhig deutlicher sagen: Wir waren mehr als befreundet. Doch das schloss seine Familie nicht ein.«

Ella schwieg, sah Peggy aber interessiert an.

»Seine Kinder waren überhaupt nicht davon angetan, dass Reg sich auf seine alten Tage noch eine Femme fatale angelacht hatte. So haben die mich nämlich genannt – und anderes.« Peggy lachte erneut und strich ihr blondes Haar zurück.

Ella lächelte, was Peggy zu ermuntern schien weiterzusprechen.

»Ich denke, diese Feindseligkeit ist auch der Grund, warum sie Reg nach Invermoriston überführen und dort beerdigen lassen wollen. Sie haben wohl Angst, mir am Grab zu begegnen und sich dann für ihre Worte schämen zu müssen.« Peggys Blick wirkte herausfordernd. Nach einem kräftigen Atemzug wechselte sie das Thema: »Sagen Sie, Ella, wie ist das bei Ihnen? Haben Sie noch beide Eltern?«

Ella schüttelte den Kopf.

»Und wie würden Sie reagieren, wenn sich Ihr Vater oder Ihre Mutter plötzlich neu verlieben würde?«

»Ich weiß nicht«, gab Ella ehrlich zu. »Meine Mutter ist tot, und ich habe mir nie Gedanken darüber gemacht. Aber ich glaube nicht, dass ich mich bei meinem Vater irgendwie einmischen würde, es ist ja sein Leben. Das mag aber bei mir ohnehin anders sein – ich habe ihn erst richtig kennengelernt, als ich schon erwachsen war.«

»Oh, wie ungewöhnlich!«

»Vielleicht«, fuhr Ella fort, ohne weiter auf ihre eigenen Familienverhältnisse einzugehen, »hatten Reginalds Kinder ja Angst um ihr Erbe?«

»Natürlich hatten sie das. Sein jüngster Sohn war ohnehin immer pleite, und auch die anderen brauchten gelegentliche Geldspritzen. Aber da hätten sie keine Angst zu haben brauchen ...«

»Wer hätte keine Angst zu haben brauchen?«, fragte Margaret.

Ella hatte sie gar nicht in die Küche kommen hören.

»Regs Kinder. Wegen ihres Erbes«, erklärte Peggy, während sich Margaret eine Scheibe Toast nahm und sich ebenfalls an den Tisch setzte.

»Reg war zwar sehr wohlhabend, aber er hatte nie vor, mir etwas zu vererben. Ich bin ja selbst nicht arm und bis an mein Ende gut versorgt. Er dachte vor allem an seine Enkelkinder.« Sie nahm einen kräftigen Schluck Tee.

»Und ein paar nicht ganz billige Schmuckstücke hat er dir ja zu Lebzeiten schon zukommen lassen«, warf Margaret ein.

»Stimmt. Aber mein Interesse an ihm war keineswegs finanziell«, stellte Peggy klar.

Margaret warf ihr einen anzüglichen Blick zu. »Das war deutlich zu merken. Wie kommt ihr überhaupt auf das Thema?«

»Heute soll jemand von seiner Familie seine persönlichen Gegenstände abholen«, sagte Ella.

»Aber Lydia ist doch heute gar nicht da, oder kommt sie extra her?«, fragte Margaret. »Ich kann mir nicht vorstellen, dass sie Fremde ohne ihre Begleitung ins Haus lässt. Sie ist doch immer so pingelig, wenn es darum geht, wer hier Zugang hat.«

Schnell griff Ella nach ihrem Teebecher und trank. Ihr war plötzlich sehr heiß. Was, wenn Schwester Brenda Mrs Swanston doch von ihrem nächtlichen Eindringen in Reginalds Zimmer berichten würde?

»Und bestimmt gibt es auch noch einiges zu besprechen, wegen der Miete zum Beispiel.« Margaret wandte sich an Ella: »Im Falle eines Todes muss sie nämlich auch in den beiden folgenden Monaten noch gezahlt werden, von den Erben. Schließlich soll das Zimmer renoviert werden, bevor jemand Neues einziehen kann.«

»Es mag jetzt ein bisschen makaber klingen, aber gibt es schon Interessenten dafür?«, erkundigte sich Ella.

»Oh, bestimmt hat Lydia eine Liste.« Margaret nickte heftig. »Allerdings haben wir alle Mitspracherecht. Nach Joans Tod war es ganz einfach. Sue passte sofort zu uns.«

»Falls wir aber so schnell niemanden finden, der uns allen zusagt«, mischte sich Peggy ein, »teilen wir eben die Miete für das leere Zimmer und lassen uns etwas länger Zeit. Das haben wir schon besprochen.«

Margaret drehte sich zu ihr. »Wenn nachher Reginalds Kinder kommen – hast du daran gedacht, deinen Kram aus seinem Zimmer zu holen?«

Ella horchte auf.

»Natürlich! Sie werden keine Spur mehr von mir finden.«

Das hätte Ella bestätigen können.

Peggy seufzte. »Ich bedaure nur, dass ich nicht immer bei ihm geschlafen habe. Aber er hat so laut geschnarcht! Wenn ich bei ihm gewesen wäre, hätte ich sicher gemerkt, dass es ihm schlecht ging, und vielleicht wäre er dann noch am Leben ...« Ihre Augen glänzten plötzlich feucht.

Margaret und Ella schwiegen.

»Wir hatten einen so schönen Abend zusammen«, sagte Peggy leise. »Und am Morgen ist er einfach nicht mehr aufgewacht. Ich hätte mich nicht gewundert, wenn der Doktor festgestellt hätte, dass es ein unnatürlicher Tod war.«

Margaret starrte sie an. »Denkst du etwa, jemand hat ihn vergiftet?«

Peggy hob die Schultern. »Das kann ich mir nicht vorstellen. Aber er hat mir erzählt, dass ihn etwas sehr schockiert hat. Etwas, was er über jemanden herausgefunden hatte, den er kannte. Er wollte noch einmal darüber nachdenken, bevor er die Person mit seinem Wissen konfrontierte. Könntet ihr euch vorstellen, dass er zum Schweigen gebracht werden sollte?«

Kapitel 26

Ella schritt kräftig aus. Vielleicht würde der Wind ihre Gedanken klären. Bisher hatte sie Floras Gerede über Mord nicht ernst genommen, aber nachdem Peggy nun beim Frühstück ebenfalls angedeutet hatte, dass jemand bei Reginalds Ableben nachgeholfen haben könnte, war sie sich nicht mehr so sicher, dass er einfach eingeschlafen war. Im Gegenteil: Je länger sie darüber nachdachte, desto deutlicher wurde ihr kribbeliges Bauchgefühl. Und mit Peggys Aussage, Reginald habe jemanden konfrontieren wollen, war ja auch schon ein Motiv angedeutet. Dieser Jemand hatte um jeden Preis verhindern müssen, dass Reginald sein Wissen weitergab.

Aber was könnte der alte Herr erfahren haben? Und über wen? Ob die Information mit seinem Testament zusammenhing? Hatte er ein neues machen wollen? Oder war das in seinem Zimmer schon das neue, geänderte? Zu dumm, dass Ella nicht auf das Datum geschaut hatte.

Es war auffällig, dass Peggy in dem Dokument nicht auftauchte, immerhin schienen die beiden seit einiger Zeit ein Paar gewesen zu sein. Vielleicht war das Testament doch schon älter? Oder es stimmte einfach, was Peggy gesagt hatte: Sie selbst war gut versorgt und brauchte Reginalds Geld nicht, also hatte er ihr nichts vererbt. Ob seine Kinder das wussten? Hatte er seine Erbangelegenheiten mit ihnen besprochen? Oder befürchteten sie, dass ihnen durch die Freundin ihres Vaters ein größerer Geldbetrag entgehen würde? Das konnte durchaus ein Motiv sein, einer Änderung des Testaments zu ihren Ungunsten vorzubeugen.

Aber in der letzten Zeit war niemand von Reginalds Familie hier gewesen, zumindest nicht offiziell. War es möglich, dass sein jüngerer Sohn – Matthew schien aufgrund seiner finanziellen Lage ja der wahrscheinlichste Kandidat zu sein – ohne Wissen der anderen auf Skye gewesen war, um mit seinem Vater zu sprechen? Hatte der ihn wegen seiner Schulden kritisiert? Der Bericht des Privatdetektivs hatte nahegelegt, dass Matthew dringend eine Geldspritze benötigte. Was, wenn Reginald seinem Sohn diese Hilfe verweigert hatte?

Und was war mit den Fotos? Auf einem hatte Ella ein sich küssendes Paar gesehen, die anderen hatte sie sich leider nicht mehr angucken können. Wahrscheinlich ging es da um das Übliche: Matthew betrog seine Frau. Kein Grund zum Morden, oder?

Ella blieb stehen. Sie war durch ihren eiligen Schritt außer Puste geraten, und ein wenig Seitenstechen hatte sie auch. Zudem ärgerte sie sich, dass sie die Unterlagen nicht sofort mit ihrem Handy fotografiert hatte. Aber sie hatte ja nicht ahnen können, dass ihre Durchsuchung unterbrochen werden würde.

Sie atmete tief und bewusst ein und sah hinaus auf

die Segelboote im Hafen. Auf einigen der Masten saßen Möwen, die alle in dieselbe Richtung schauten. Sie wirkten, als erwarteten sie etwas oder jemanden.

Verflixt, was machte sie eigentlich hier? War es nicht viel sinnvoller, in Scorrybreac House Reginalds Familie abzupassen und zu versuchen, etwas Neues zu erfahren? Auch wenn es dort mit den Bewohnerinnen und Bewohnern ein wenig anstrengend war und sie ihre Alleinzeiten brauchte, war gerade jetzt nicht der beste Zeitpunkt, ihren Beobachtungsposten aufzugeben.

Mit einem letzten Blick auf die wartenden Möwen machte sich Ella auf den Rückweg.

Vor Scorrybreac House parkte ein dicker schwarzer SUV, und Ella beeilte sich, ins Haus zu gehen. Sie hatte Glück, Reginalds Verwandte schienen gerade erst gekommen zu sein.

Lydia Swanston stand mit einem Mann und einer Frau an der Tür zu ihrem Büro und fragte: »Oder wollen Sie zuerst hinaufgehen, und wir regeln die Formalien nachher?«

»Halten wir Sie damit nicht zu sehr auf?«, erkundigte sich der Mann. »Es ist immerhin Sonntag. Aber unter der Woche ist es für uns schwierig ...«

»Matt, lass doch mal die Dame hier durch!«, unterbrach ihn die Frau und trat näher an die Wand.

Ella lächelte und winkte ab. »Keine Eile.«

»Das ist Ms Martin«, stellte Lydia Swanston sie vor. »Sie besucht gerade ihre – ihre Großtante war das, glaube ich.«

»Ja, ich besuche Auntie Flora. Aber nennen Sie mich doch Ella!«, sagte Ella und sah die Frau erwartungsvoll an.

Wieder einmal war sie damit erfolgreich, denn die stellte sich als Michelle Brewster vor. Sie war Reginalds Tochter, wie Ella aus den Akten in seinem Schreibtisch wusste.

»Und das ist mein Bruder Matthew. Wir wollen Vaters Sachen holen.«

Matthew nickte und streckte Ella die Hand entgegen. Trotz des eher traurigen Anlasses wirkte er unbekümmert und aufgeschlossen. Sein Händedruck war angenehm, und sein Blick ließ darauf schließen, dass er Ella nicht unattraktiv fand.

»Ich möchte Ihnen mein Beileid aussprechen«, sagte sie und wandte sich wieder an Michelle. »Zwar habe ich Ihren Vater nicht gekannt, aber ich habe so viel Nettes über ihn gehört.«

»Danke!«

»Ist Ihr anderer Bruder auch hier?«, fragte Ella. »Sie sind doch drei Geschwister, nicht wahr?«

»Michael konnte leider nicht kommen«, erklärte Michelle. »Matt und ich müssen das alleine regeln.« Sie sah aus, als sei sie nicht glücklich darüber.

»Wenn ich Ihnen irgendwie helfen kann ... Vielleicht beim Runtertragen?«, bot Ella an.

»Das ist nett von Ihnen, aber nein, ich denke, wir kommen schon zurecht.« Michelle warf ihrem Bruder einen Blick zu. »Gehen wir rauf?«

»Ich regle lieber erst die Formalien. Mrs Swanston hat

heute bestimmt noch etwas anderes vor. Aber du kannst ja schon mal anfangen, die Sachen zusammenzupacken.« Matthew wandte sich Lydia Swanston zu, die ihre Bürotür öffnete und ihn eintreten ließ.

Unschlüssig blieb Michelle im Flur stehen.

»Ich kann mir vorstellen, wie Sie sich jetzt fühlen«, sagte Ella leise. »Mein Angebot steht weiterhin, wenn Sie nicht alleine ins Zimmer Ihres Vaters gehen wollen.«

»Würde es Ihnen wirklich nichts ausmachen?«

Ella schüttelte den Kopf. »Wirklich nicht.«

»Dann fänd ich es tatsächlich schön, wenn Sie mich begleiten würden, bis Matt bei Mrs Swanston fertig ist.«

Kapitel 27

Ella beobachtete Michelles Gesicht, als die sich im Zimmer ihres Vaters umsah. Sie hatte die Lippen zusammengepresst, und ihr Atem ging schnell. Ihr Blick blieb an Reginalds Kopfkissen hängen.

Ella räusperte sich. Sie konnte sich nur zu gut vorstellen, was Michelle angesichts der Kuhle im Kissen empfand. Warum hatte eigentlich niemand das Bett abgezogen?

Michelle drehte sich um und ging zum Bücherregal. Vorsichtig strich sie über die Rücken der alten Bände.

»Die dürften einiges wert sein. Dad hatte mehrere Erstausgaben, wussten Sie das?«

»Ich habe davon gehört«, gab Ella zu.

»Ich nehme an, Matt wird sie verkaufen wollen.« Michelle seufzte.

»Sie wären aber auch ein schönes Andenken«, gab Ella zu bedenken. »Und sie gehören ja nicht alle automatisch Ihrem Bruder, oder?«

Michelle nickte. »Vielleicht kann ich den Burns kriegen. Dad hat mir früher immer daraus Gedichte vorgelesen, wenn ich krank war.« Sie hockte sich vor das Regal, um die Bücher genauer zu betrachten.

Ella schwieg.

»Hier ist er nicht«, sagte Michelle überrascht und stand wieder auf. Sie sah sich erneut im Zimmer um. »Haben Sie eine Ahnung, wo Dad noch Bücher aufbewahrt haben könnte?«

»Leider nein, ich bin heute zum ersten Mal hier reingegangen«, sagte Ella. Das war nicht gelogen, denn als sie Reginalds Zimmer in der Nacht betreten hatte, war es bereits nach Mitternacht gewesen.

Michelle atmete tief durch. »Nun, dann muss ich wohl anfangen. Hoffentlich bringt Matt die Kartons gleich mit hoch.«

»Wollen Sie vielleicht eine Liste der wertvolleren Bücher erstellen?«, schlug Ella vor. »Dann können Sie alle gemeinsam in Ruhe überlegen, was Sie damit machen, ohne sie mehrfach ein- und auspacken zu müssen.«

»Das ist eine gute Idee.« Michelle trat zum Schreibtisch und nahm ein Blatt Papier und einen Kugelschreiber aus der obersten Schublade. Dann holte sie die alten Bücher vorsichtig aus ihrem Regalfach und legte sie auf den Schreibtisch.

»Wie kann ich Ihnen jetzt helfen?«, fragte Ella. »Soll ich die Kleidungsstücke aus dem Schrank aufs Bett legen? Dann ist es einfacher, sie zu sortieren.«

Michelle nickte. »Danke!«

»Ich weiß, wie schwierig das für Sie ist«, erklärte Ella leise. »Meine Eltern leben auch nicht mehr.« Dass sie sich in diesem Moment auf ihre Adoptiveltern bezog, tat nichts zur Sache. Sie hatte sie geliebt, und manchmal vermisste sie sie noch immer.

Michelle lächelte ihr zu und setzte sich an den Schreibtisch. Während sie begann, die Bücher aufzulisten, öffnete Ella den Schrank und nahm die ersten Sachen heraus. Wahrscheinlich würden die meisten der Kleidungsstücke ihren Weg zu Oxfam oder einem anderen Charity-Shop finden, aber der Kilt und sein Zubehör würden sicher in der Familie bleiben.

Beide arbeiteten schweigend, bis Michelle sich abrupt erhob.

»Wo zum Teufel bleibt Matt?« Sie ging zur Tür, öffnete sie und lauschte. »Das ist mal wieder typisch!«, sagte sie dann. »Mein Bruder drückt sich immer sehr geschickt vor der Arbeit.«

»Vielleicht dauert es mit den Papieren etwas länger? Wollen Sie runtergehen und nachschauen? Möglicherweise braucht Mrs Swanston ja auch noch eine Unterschrift von Ihnen oder so.«

Michelle nickte. »Ich bin gleich wieder da.« Sie verließ das Zimmer, und das Klacken ihrer Absätze entfernte sich die Treppe hinunter.

Sofort nahm Ella die Gelegenheit wahr und eilte zum Schreibtisch. Durch die offene Tür würde sie es rechtzeitig hören, wenn Michelle zurückkam. Sie zog die unterste Schublade auf und griff nach der Mappe mit der Aufschrift »Will«. Schnell schlug sie die letzte Seite des Testaments auf. Da war das Datum: Es stammte aus dem vergangenen Sommer.

Bevor Ella sich überlegen konnte, was das bedeutete, hörte sie Stimmen und Schritte, die die Treppe heraufkamen. Sie legte die Mappe zurück und schob die Schublade zu. Als Michelle und ihr Bruder das Zimmer betraten, deponierte sie gerade einen Stapel Hemden auf dem Bett.

»Danke, aber nun können Sie gehen. Wir schaffen das alleine«, erklärte Matthew sofort.

Michelle lächelte Ella unsicher zu. Sie schien ihrem Bruder nichts entgegensetzen zu können.

»Falls ich Ihnen doch noch behilflich sein kann, melden Sie sich ruhig!«, sagte Ella. »Auntie Flora macht immer einen längeren Mittagsschlaf, und ich habe nichts weiter zu tun. Ich wohne im Gästezimmer im ersten Stock, neben ...«

»Wir kennen das Gästezimmer«, unterbrach Matthew sie, ohne sie anzusehen. Sein Blick war auf Reginalds Nachttisch gerichtet. Was mochte er dort vermuten?

Ella lächelte Michelle noch einmal zu und verließ dann das Zimmer.

»Mach die Tür zu, Michelle!«, hörte sie Matthews Stimme. »Nicht dass diese schreckliche Frau auch noch kommt.«

Ella blieb auf der Treppe stehen, um Michelles Antwort zu hören.

»Ich glaube nicht, dass Peggy uns begegnen möchte. Nicht nach dem letzten Mal.«

Matthew schien zufrieden zu grunzen, dann wurde die Tür zugemacht. Ella zögerte und starrte auf die geschlossene Tür. Ob sie lauschen sollte? Würde sie durch das Gespräch der Geschwister noch mehr erfahren?

»Ella?«, fragte plötzlich eine Stimme hinter ihr.

Sie zuckte zusammen, und ihr Herz begann zu rasen. Schnell fasste sie das Geländer und drehte sich um.

»Ach, Sie sind das, Margaret!«

»Hatten Sie ein Gespenst erwartet? Am helllichten Tag?« Margaret lachte, dann zog sie die Brauen zusammen und sah Ella kritisch an. »Oder haben Sie etwas angestellt und ein schlechtes Gewissen?«

»Weder noch. Aber ehrlich gesagt habe ich gerade darüber nachgedacht, ob ich an der Tür lauschen soll.« Ella wies mit dem Kinn auf Reginalds Zimmer. »Dieser Matthew Brewster ist ja nicht unbedingt einfühlsam, und seine Schwester tut mir leid. Sie scheint der Tod ihres Vaters um einiges mehr getroffen zu haben als ihn.«

»Och, zum Lauschen gehen Sie am besten ins Badezimmer nebenan! Reg hat sich immer mal wieder beschwert, wenn Sue oder ich morgens zu früh dort ›gelärmt‹ haben, wie er das nannte. Er schlief gerne aus, und leider ist die Wand ziemlich dünn, weil sie erst später beim Umbau eingezogen wurde. Meistens hat ihm das aber nichts ausgemacht. Er hörte nämlich nicht mehr so gut.«

»Sie meinen ...?«

Margaret nickte. »Kommen Sie! Aber leise, denn natürlich funktioniert das Lauschen in beide Richtungen.«

Kapitel 28

»Irgendwie sieht es hier anders aus. Kahler.« Die Männerstimme aus dem Nebenzimmer war tatsächlich recht deutlich zu verstehen.

»Die Bilder sind weg.«

»Bilder?«

»Die Fotos, die hier überall rumstanden. Von ihm und ...«

»Das war sicher die Femme fatale. Die muss hier im Zimmer gewesen sein. Verdammt, hoffentlich hat sie nichts mitgehen lassen!«

»Die Burns-Erstausgabe fehlt«, sagte Michelle.

Matthew antwortete nicht.

»Willst du sie darauf ansprechen?«, fragte Michelle.

»Muss ich wohl.«

»Was suchst du?«

»Dads Testament.«

Margaret sah Ella an und hob die Brauen. Sie hatte sich auf den geschlossenen Deckel der Toilette gesetzt und Ella mit einer großzügigen Geste den Badezimmerhocker überlassen.

Ella nickte. Sie musste sich wohl damit abfinden, dass

Margaret sie nicht verlassen würde. Die alte Dame schien fest entschlossen, die Lauschmöglichkeit zusammen mit ihr auszunutzen.

»Wir kennen Dads Testament doch.«

»Meinst du nicht, er könnte es geändert haben?«

»Nein, wieso? Ach, du meinst, er hat ihr doch etwas vermacht?«

»Möglich. Das würde dann auf unsere Kosten gehen.«

»Das weißt du doch gar nicht.«

Matthew räusperte sich. »Ich hab es dir und Michael nicht sagen wollen, aber als ich kurz vor Dads Tod mit ihm telefoniert hab, hat er das Testament erwähnt. Und dass er zum Anwalt wollte.«

»Und du meinst, er wollte es ändern? Aber warum sollte er?«

»Alte Männer sind Narren, wenn es um geschickte Frauen geht«, erklärte Matthew.

Michelle lachte. »Ich glaube, jetzt schließt du von dir auf andere. Immerhin bist du ...«

»Halt den Mund!«, fuhr Matthew sie an. »Und wehe, du sprichst mit irgendjemandem darüber.«

Margaret sah sehr zufrieden aus, und auch Ella musste zugeben, dass das Gespräch von Reginalds Kindern erhellend war. Matthew erwies sich als genauso unsympathisch, wie Ella es aus den Unterlagen in Reginalds Schreibtisch geschlossen hatte. Andererseits – wenn er seinen Vater umgebracht hätte, müsste er dann nicht über das Testament Bescheid wissen, weil in dem Fall ja wohl nur das Erbe sein Motiv sein konnte? Oder spielte er selbst seiner Schwester etwas vor?

»Sieh im Schreibtisch nach, unterste Schublade! Der Schlüssel ist wahrscheinlich im Stifteständer.« Das war Michelle.

»Woher weißt du das?«

»Wichtige Unterlagen hat er immer dort aufbewahrt. Schon früher zu Hause.«

Wieder ließ Matthew eine Art Grunzen hören. »Nicht abgeschlossen«, sagte er dann.

»Und?«

»Er hat Akten über uns!«

»Zeig mal!«

Eine Weile war es still, dann hörte Ella ein Fluchen.

»Scheiße, er wusste tatsächlich ...«

»Was? Was wusste er?« Michelles Stimme klang misstrauisch.

»Er wusste, dass ich Schulden habe.«

»Das wissen wir doch alle.«

»Nicht, wie hoch sie sind.«

Michelle lachte verächtlich. »Denkst du.«

Matthew antwortete nicht darauf, und Ella stellte sich vor, wie er – bestimmt nicht erfreut – die Fotos des Privatdetektivs betrachtete. Doch er erwähnte sie seiner Schwester gegenüber mit keinem Wort.

»Hier ist es. Du hattest recht mit der Schublade«, sagte er stattdessen kurz darauf. »Scheint tatsächlich noch das alte zu sein. Wir kriegen also sein Vermögen.«

»Wie gut für dich – und wie praktisch, dass er gerade jetzt gestorben ist.«

»Was willst du damit sagen, Michelle?«

»Ich weiß nicht.« Sie machte eine Pause. »Du brauchst

ganz dringend Geld und kriegst es nun plötzlich, obwohl eigentlich nicht damit zu rechnen war.«

»Michelle ...«

»Sag, würdest du das Testament verschwinden lassen, wenn Dad doch seine Femme fatale als Haupterbin eingesetzt hätte?«

»Michelle!«

»Michelle, Michelle. Tu nicht so entsetzt! Es wäre nicht das erste Mal, dass du ...«

»Jetzt hör mir mal zu! Ja, vielleicht hätte ich ein neueres Testament verschwinden lassen. Schließlich sind wir sein Fleisch und Blut und haben daher mehr Anrecht auf sein Erbe als diese Tänzerin, mit der er erst vor ein paar Monaten angebandelt hat. Aber wenn du mir unterstellen willst, dass ich etwas mit seinem Tod zu tun habe, liegst du völlig falsch.«

Ella und Margaret tauschten einen Blick.

»Hat er ihr wirklich gar nichts hinterlassen?«, wechselte Michelle das Thema.

»Moment!«

Ellas Ohren hatten sich so an das Lauschen gewöhnt, dass sie glaubte, selbst das Rascheln des Umblätterns zu hören.

»Nein, sieht nicht so aus. Ein paar Legate gibt es noch: Mums Freundin Claire kriegt was und der kleine O'Connor, der Dad im Garten geholfen hat, und ... Lydia Swanston. Außerdem noch Brenda Cordier ...« Matthew stockte.

»Das ist sicher Schwester Brenda. Dad hat ja oft von ihr gesprochen.«

»Mhm.«

»Was ist?«

»Also ich weiß nicht, welche Dienste so eine junge Krankengymnastin leistet. Aber Dad hat dieser Finola doch tatsächlich fünftausend Pfund vermacht!«

Zischend zog Margaret die Luft zwischen ihren Zähnen ein und richtete sich auf. Dann nickte sie Ella bedeutsam zu.

»Zeig mal!«, forderte Michelle. »Kann das ein Tippfehler sein?«

»Ich glaube nicht, das hatte ja ein Anwalt in der Hand. Der wird Dad sicher noch mal alles vorgelesen haben.«

»Fünftausend? Wie außergewöhnlich.«

»Kennst du diese Finola?«

»Nein. Michael vielleicht.«

»Und was machen wir jetzt?«

»Was willst du machen? Das Testament verschwinden lassen wegen eines Legats? Ich denke, du hast genug Glück gehabt. Provozier besser nichts – am Ende hat der Anwalt auch noch eine Kopie!«

»Wohin gehst du?«

»Zur Toilette.«

Die Tür klackte, und im Flur waren schnelle Schritte zu vernehmen. Margaret legte ihren Zeigefinger auf den Mund und deutete auf den Riegel an der Badezimmertür, den sie in weiser Voraussicht vorgeschoben hatte. Der Türknopf bewegte sich erfolglos. Dann klopfte es.

»Hallo, ist da jemand?«

Margaret zwinkerte. »Ja, hier ist besetzt«, rief sie mit ungewohnt schwacher Stimme. »Es wird noch ein Weilchen dauern, ich bin nicht mehr so schnell. Aber im ersten Stock gibt es auch eine Toilette.«

»Danke!«, antwortete Michelle.

Ella hörte, wie sie die Treppe nach unten lief.

»Jetzt rasch!«, flüsterte Margaret und zog sich am Griff an der Wand hoch. »Zu mir!« Sie schob den Riegel an der Tür auf, warf einen vorsichtigen Blick hinaus und winkte Ella, ihr zu folgen.

Die Tür zu Reginalds Zimmer war geschlossen, und es gelang den beiden Frauen, ungesehen in Margarets Raum zu schleichen.

Kapitel 29

Margaret wies auf ihr Sofa, und Ella setzte sich. Langsam ließ sich Margaret neben ihr nieder.

»Interessant, nicht?«, sagte sie. Ihre Augen glänzten.

Ella nickte.

»Meinen Sie, der Sohn hat wirklich ...?«

»Ich weiß nicht. Er scheint zwar nicht gerade sympathisch zu sein, aber den eigenen Vater umzubringen, um früher zu erben, kommt mir doch etwas drastisch vor«, versuchte Ella die Aufregung der alten Dame zu dämpfen. Allerdings wäre es nicht unmöglich, dachte sie im Stillen. Dennoch war es besser, sie stachelte Margarets Fantasie nicht weiter in diese Richtung an.

»Sie haben gemerkt, dass der Burns fehlt«, stellte Margaret fest. »Hoffentlich kriegt Peggy keine Schwierigkeiten deswegen.«

»Peggy? Was hat sie damit zu tun? Hat sie etwa das Buch?«

»Nein, dann hätte Reg es ja nicht zu suchen brauchen. Aber für seine Kinder war Peggy immer an allem schuld. Sie hätten mal hören müssen, wie sein anderer Sohn, Michael, versucht hat, ihm klarzumachen, dass es sich in seinem Alter nicht mehr schickt ... Ähm ja ...« Margaret blickte verlegen zur Seite.

Wie oft sie wohl in der Vergangenheit vom Badezimmer aus gelauscht hatte?

Ella schüttelte den Kopf. »Was hat Liebe mit Alter zu tun?«

»Genau, genau«, stimmte Margaret ihr zu. Sie lächelte versonnen.

»Haben die beiden sich hier kennengelernt?«, fragte Ella.

»Nicht wirklich. Natürlich waren wir alle mit Joan befreundet. Joan Swanston. Aber so richtig haben wir uns dann erst hier kennengelernt. Es ist schon etwas anderes, ob man sich nur alle zwei, drei Wochen oder sogar noch seltener trifft oder in einem Haus zusammenlebt und fast immer die Mahlzeiten gemeinsam einnimmt. Ich habe recht schnell gesehen, dass Reg von Peggy fasziniert war. Ja, und als sie dann während der Grippeepidemie im Winter vorgeschlagen hat, vor den Viren von der Insel zu fliehen, war er sofort dabei. Mich hatte sie auch gefragt, aber ich wollte nicht das fünfte Rad am Wagen sein. Und das wäre ich unweigerlich geworden, denn in Edinburgh haben die beiden wohl ...« Margaret hob vielsagend die Brauen. »Als sie zurückkamen, waren sie nämlich ... Ach, ich möchte Sie nicht langweilen.«

»Sie langweilen mich nicht. Das ist eine nette Geschichte, sehr romantisch.«

Margaret nickte. »Es gibt viel zu wenig Romantik heutzutage. Die Menschen sind oft so kopfbetont – wie sollen da Gefühle wachsen? Aber Sie beschreiben das in Ihren

Romanen immer sehr schön, Ella.« Sie blickte auf die Bücher im Glasschrank. »Zuerst muss man durch ein dunkles Tal gehen, doch am Ende gelangt man ins Licht und kann vom Gipfel auf die Zukunft blicken.«

Ella schluckte. Ja, so funktionierten Liebesromane. Im echten Leben war es nicht ganz so einfach. Da reichte es nicht, nur in Gefühlen zu schwelgen, eine wirkliche Beziehung brauchte mehr. Und wenn die Vorstellungen von Nähe und Vertrauen und gemeinsamer Zukunft zu unterschiedlich waren, dann ging es eben schief. Das hatte sie erlebt, nicht nur einmal. Schnell schob sie die aufkommende Erinnerung an Alex zur Seite.

»Auch für Sie wird alles gut«, versprach Margaret und legte ihre Hand auf Ellas. »Das spüre ich.«

Ella bemühte sich zu lächeln, dann erhob sie sich. »Ich geh jetzt mal wieder. Danke für den Tipp mit dem Bad! Das war wirklich interessant.«

»Allerdings«, stimmte Margaret ihr zu. »Ich finde es ja lobenswert, dass Reg in seinem Testament an so viele Leute gedacht hat – an den Jungen, der ihm früher im Garten geholfen hat, zum Beispiel. Das ist doch rührend. Aber ein wenig geschockt war ich schon, dass die kleine Finola eine so große Summe bekommen soll. Fünftausend?«

»Sie haben also keine Erklärung dafür? Hat Reginald nie etwas erwähnt?«

Margaret schüttelte den Kopf. »Ich hatte keine Ahnung.«

Und das wollte einiges heißen, denn inzwischen hatte Ella den Eindruck, dass Margaret eine ganze Menge über die Vorgänge und Beziehungen in Scorrybreac House wusste, nicht zuletzt durch ihren Horchposten im Badezimmer. Ob das Bad im ersten Stock neben dem Gästezimmer ähnlich hellhörig war? War der Raum am Ende deshalb nicht fest belegt?

Ella verabschiedete sich und trat auf den Gang hinaus. Während sie die Treppe hinunterstieg, beschloss sie, Telefonate in Zukunft nur noch an der frischen Luft zu führen.

In ihrem Zimmer öffnete Ella ihren Laptop. Ihre Verlegerin fragte per E-Mail an, ob es ihr möglich war, recht kurzfristig eine romantische Kurzgeschichte zu schreiben, die in Schottland spielte. Ella seufzte. Natürlich würde sie das nicht ablehnen, aber im Augenblick war ihr wirklich nicht nach Romantik zumute. Viel lieber hätte sie das Verbrechen aufgeklärt, schließlich war sie deswegen hierhergekommen. Wer war der Dieb in Scorrybreac House? Wer hatte Floras und Peggys Schmuck versteckt, Geld und andere Dinge gestohlen? Und ja, auch die Zweifel, ob tatsächlich jemand an Reginalds Tod beteiligt gewesen war, hätte Ella gerne aufgehellt. Vielleicht war es an der Zeit, die Romantik aufzugeben und das Genre zu wechseln?

Kapitel 30

»Dr Beech ist jetzt bei Peggy.«

Ella erkannte Margarets Stimme schon vor der Küchentür.

»Die Arme! Aber kein Wunder – sie hat sich gestern so aufgeregt. Hat sich die ganze Zeit in meinem Zimmer versteckt, als die Kinder von Reg da waren, und getan, als wäre sie verreist.« Das war Sue.

Mit einem freundlichen »Guten Morgen« trat Ella in die Küche. Sofort steckte Sue zwei Scheiben Toast in den Toaster.

»Ist Peggy krank?«, erkundigte Ella sich.

»Sie hatte heute Morgen Atembeschwerden und Herzrasen«, antwortete Margaret. »Da haben wir sicherheitshalber Dr Beech gerufen.«

»Oh, hoffentlich geht es ihr bald besser! Meinen Sie, ich kann helfen? In die Apotheke gehen oder so?«

Ellas Gehirn arbeitete auf Hochtouren. Natürlich war es traurig, dass Peggy Beschwerden hatte, und sie wünschte ihr eine schnelle Genesung. Aber der Arzt war im Haus – sie musste ihn unbedingt abfangen!

»Die Medikamente, die Peggy braucht, bringt sicher

nachher Schwester Brenda mit, sie arbeitet ja mit der Praxis zusammen«, erklärte Sue, und Margaret nickte.

Ella setzte sich, goss sich Tee ein und beschmierte eine der frischen Toastscheiben mit Butter und Marmelade. Dann stand sie wieder auf und griff nach ihrem Teller und Teebecher.

»Entschuldigen Sie mich bitte!«, sagte sie. »Ich frühstücke heute am Schreibtisch. Ich muss bis mittags ein paar wichtige Mails beantworten.«

Die beiden alten Damen lächelten verständnisvoll und begannen über eine gemeinsame Bekannte zu sprechen.

Ella eilte mit Tee und Toast in ihr Zimmer, ließ die Tür jedoch leicht offen. Sie fuhr zwar ihren Laptop hoch und öffnete das Mail-Programm, klickte aber keine der eingegangenen Nachrichten an. Stattdessen lauschte sie auf Schritte.

Da! Jemand kam die Treppe herunter. Wie zufällig verließ Ella ihr Zimmer und lief dem Arzt praktisch vor die Füße. Sie vermied nur knapp einen Zusammenstoß und blieb stehen.

»Oh, entschuldigen Sie!«

Der Arzt war ebenfalls stehen geblieben und lächelte. »Es ist ja nichts passiert.« Er war ein mittelgroßer, unauffälliger Mann mit einem dunklen Dreitagebart, der einige graue Stellen aufwies. Offenbar war er nicht mehr so jung, wie sein flotter Schritt es zunächst vermuten ließ.

Ella stellte sich vor: »Ella Martin, ich besuche hier Mrs Urquhart. Sie sind sicher Dr Beech.«

Der Arzt nickte.

»Sie waren bei Peggy – Miss Finch? Wie geht es ihr?«

»Sie brauchen sich keine Sorgen zu machen. Miss Finch hatte nur ein bisschen zu viel Aufregung am Wochenende. Ich habe ihr jetzt eine Spritze gegeben, und nachher kommt ja Schwester Brenda, dann wissen wir, ob das ausreichend war. Ich denke schon.«

»Das freut mich. Aber wenn ich Sie gerade sehe – meinen Sie, Sie könnten einen Moment Zeit für mich erübrigen?«

Dr Beechs Gesicht wurde ernst, und er setzte zum Sprechen an.

»Ich habe keine Beschwerden«, erklärte Ella schnell, »nur ein paar winzige Fragen. Ich kann Sie auch gerne zu Ihrer Praxis begleiten. Bis wir dort sind, haben Sie mir sicher schon geholfen.«

Ob es die Aussicht war, sie so am schnellsten loszuwerden, oder ob Dr Beech ihrem Lächeln nicht widerstehen konnte, wusste Ella nicht zu sagen. Auf jeden Fall ging sie kurz darauf neben ihm den Martin Crescent entlang.

»Nun?«, fragte der Arzt auffordernd.

»Um es kurz zu machen – die Familie sorgt sich um Mrs Urquhart. Ich weiß nicht, ob Sie mit der Diebstahlgeschichte vertraut sind.«

Er nickte.

»Und außerdem macht sie sich jetzt allerlei Gedanken zu Reginald Brewsters plötzlichem Tod. Könnte da irgendwas mit seinen Medikamenten passiert sein? Könnte er die zum Beispiel falsch genommen haben? Er war doch Diabetiker, oder?«

Dr Beech schüttelte den Kopf. »Eine Fehldosierung ist

unmöglich. Mr Brewster war für sein Alter noch sehr gesund. Er hat regelmäßig nur Insulin gebraucht, und in den heutigen Pens sind zwar standardmäßig dreihundert internationale Einheiten enthalten, was durchaus tödlich wäre, allerdings ist die maximale Einzeldosis fest auf sechzig I. E. eingestellt. Sie können Mrs Urquhart also beruhigen: Mr Brewster kann sich nicht versehentlich getötet haben.«

Inzwischen waren sie an der Arztpraxis angekommen, und Ella bedankte sich. Dr Beech verabschiedete sich und betrat das Haus. Beruhigt war Ella keineswegs. An eine unglückliche Fehldosierung wie Dr Beech hatte sie schließlich nicht gedacht. Aber wenn ein Insulin-Pen tatsächlich eine Dosierungssperre hatte, konnte er schlecht als Mordwaffe eingesetzt werden, oder? Reginald hätte es sofort gemerkt, wenn man ihm eine zweite Dosis verabreicht hätte. Hatte man ihn also mit etwas anderem vergiftet? Oder hatte sie sich zu sehr von Floras und Peggys Idee eines unnatürlichen Todes anstecken lassen?

Verflixt – hier war einfach nichts zu fassen! Wie um alles in der Welt sollte sie Verbrechen aufklären, von denen unklar war, ob sie überhaupt stattgefunden hatten?

»Miss Martin? Wollten Sie zum Doktor? Sind Sie krank?« Schwester Brenda stand auf einmal neben Ella.

»Äh, nein. Ich war nur spazieren«, behauptete Ella. »Und ich habe mich gerade gefragt, ob dies die Praxis ist, wo die Bewohner von Scorrybreac House registriert sind.« Sie deutete auf das Schild mit den Namen C. Beech, J. Gardiner, A. Mackenzie und L. Robertson.

Schwester Brenda nickte. »Sind Sie schon auf dem Rückweg?«, erkundigte sie sich. »Dann können wir gemeinsam gehen. Ich beginne montags meine Runde immer in Scorrybreac House.«

»Gerne.«

Auf dem kurzen Wegstück sprachen die beiden Frauen ausschließlich über das Wetter. Ella erfuhr, dass es an diesem Vormittag zwar Schauer geben sollte, der nächste Tag aber schön und sonnig werden würde, sodass man wunderbar bergwandern konnte. Sie wusste, dass britische Wettergespräche immer auch eine zweite Ebene hatten, deshalb hörte sie heraus, dass Schwester Brenda nicht übermäßig viel Lust verspürte, sich morgen um ihre Patienten zu kümmern. Wahrscheinlich war das ausgefallene Bergwander-Wochenende schuld daran.

»Gilt Ihr Angebot noch, mich einmal auf eine kleine Tour mitzunehmen?«, fragte Ella, als sie Scorrybreac House betraten.

»Aber ja! Wie wäre es am Samstag? Oder schon am Freitagnachmittag? Ich mache freitags meistens um zwölf Schluss. Wir könnten einfach kurz in die Cuillins fahren.«

»Das klingt sehr reizvoll. Danke! Wir sehen uns ja sicher noch vorher.«

»Bestimmt.« Schwester Brenda lächelte. »Schauen wir doch einfach mal, ob das Wetter passt.«

»Wetter passt immer! Es gibt kein schlechtes Wetter, nur schlechte Kleidung«, behauptete Finola, die hinter ihnen ins Haus getreten war. Ihr Haar leuchtete noch kräftiger türkis als in der vergangenen Woche.

Kapitel 31

Schwester Brenda verschwand in Lydia Swanstons Büro, während Finola mit Ella die Treppe hinaufstieg.

»Ich hoffe, du willst jetzt nicht gerade etwas machen, wozu du Ruhe brauchst«, sagte Finola mit einem Seitenblick. »Die Damen treffen sich nämlich montags immer in Mrs Sues Zimmer zur Gymnastik und zum Tanzen.« Sie grinste. »Mit lauter Musik!«, fügte sie dann hinzu.

»Das klingt gut. Die Männer machen da nicht mit?«

»Oh nein, Mr Gordon und Mr Archie haben damit nichts am Hut. Nur Mr Reginald. Der hat am Ende meistens sogar noch eine Runde richtig mit jeder der Ladys getanzt. Nicht gerade Rock 'n' Roll – aber sein Walzer war klasse! Er konnte sehr gut führen.«

»Das klingt, als sprichst du aus Erfahrung.«

Finola nickte. »Klar, in diesem Fall gehörte ich zu seinen Ladys. Mr Reginald war schon ein toller Mann.« Sie lächelte Ella zu, als diese stehen blieb, während sie selbst weiter in den zweiten Stock ging.

Ella sah ihr nach. Wie schade, dass sie Reginald nicht mehr kennengelernt hatte! Alle schienen ihn sehr gemocht zu haben. Wer also sollte ihn umgebracht haben, wenn es nicht doch sein eigener Sohn gewesen war?

Ob Finola wusste, dass er ihr einen Batzen Geld vermacht hatte? Geldgier war häufig ein Motiv. Aber bei Finola? Nun, da würde Ella sich noch einmal mit ihr unterhalten müssen, um das herauszufinden.

Angesichts der Tatsache, dass an diesem Vormittag niemand für Ella Zeit hatte und sie so keine weiteren Informationen sammeln konnte, spazierte sie erneut durch Portree. Sie stöberte ein bisschen in den kleinen Läden des Ortes und versuchte, die zwei Stunden herumzubringen, die Finola in Scorrybreac House beschäftigt war. Dann würde es ihr hoffentlich gelingen, sie abzupassen und in ein Gespräch zu verwickeln. Und am Nachmittag war ausreichend Zeit für eine Bootstour, vorausgesetzt, die von Schwester Brenda angekündigten Schauer hatten sich bis dahin verzogen.

Als Ella eine Straße wählte, durch die sie bisher noch nicht gegangen war, stieß sie auf einen Charity Shop. Sie lächelte unwillkürlich und schickte ein paar liebe Gedanken an ihre Freundin Agatha, die im Heart of Gold, einem ebensolchen Wohltätigkeitsladen in Canterbury, arbeitete. Ähnlich wie dort bimmelte ein Glöckchen, als Ella den Highland Hospice Shop betrat.

Ein freundlicher alter Herr saß in einem Sessel neben der Tür. »Willkommen!«, sagte er. »Stöbern Sie nur, wir haben ein paar wundervolle Dinge hier!«

Ella lächelte ihm zu, bedankte sich und sah sich um. Sie liebte diese Läden mit ihrem Allerlei aus Ramsch und schönen und nützlichen Gegenständen. Bald fand sie ein geblümtes Tuch in fröhlichen Gelb- und Orangetönen und beschloss, es für Flora zu kaufen, um ihr verschwundenes zu ersetzen. Bei den Büchern war sie weniger erfolgreich, obwohl sie einen Moment lang versucht war, für ein Pfund ein gälisches Buch zu kaufen, um die seltsamen Ansammlungen von Buchstaben einmal in Ruhe zu studieren.

Zwischen Aschenbechern und Porzellanschälchen entdeckte sie ein kleines Täschchen aus dunklem, geprägtem Leder. Bei genauerem Hinsehen entpuppte es sich als Schutz für eine alte Uhr. Eingraviert in den Deckel war ein Zitat von Thoreau: »Go confidently in the direction of your dreams! Live the life you've imagined. – Geh zuversichtlich in die Richtung deiner Träume! Leb das Leben, das du dir vorgestellt hast!«

Überrascht klappte Ella den Deckel auf. Der Spruch erwies sich als äußerst passend: Das war keine Uhr, sondern ein Kompass. Er würde Alex gefallen.

Vorsichtig schloss sie den Deckel wieder und steckte den Kompass in das kleine Lederetui. Dann legte sie ihn zurück auf das Regalbrett und wandte sich dem Schmuck zu.

Die meisten Ketten, Armbänder und Ohrringe waren bunter Modeschmuck, nichts davon gefiel ihr wirklich. Doch dann entdeckte sie auf einem Stück Pappe ein Paar silberne Ohrstecker, die unverkennbar die Mackintosh-Rose darstellten. Zehn Pfund? Das war ein Schnäppchen!

Ein Blick auf ihre Uhr ließ sie zusammenzucken. Nun musste sie sich tatsächlich sputen, wenn sie Finola abpassen wollte. Sie eilte mit dem Tuch und den Ohrringen zur Kasse.

»Ah, also haben Sie etwas gefunden«, stellte der alte Herr fest. »Sehr hübsch! Charles Rennie Mackintosh. Waren Sie mal in seinem Haus in Glasgow?«

Ella verneinte bedauernd und wartete, bis er die Preise in die altmodische Kasse eingetippt und Tuch und Ohrringe in eine Papiertüte gesteckt hatte. Sie verstaute ihre Einkäufe und war schon dabei zu gehen, als ihr Blick noch einmal auf das Regal mit dem Krimskrams fiel. Kurz entschlossen lief sie hinüber und griff nach dem Kompass.

»Den nehme ich auch noch mit«, erklärte sie.

Der alte Herr nickte und lächelte. »Ein schönes Stück!«

Ella lächelte zurück, bezahlte und packte das Lederetui in die seitliche Reißverschlusstasche ihres Rucksacks. Dann verließ sie den Laden und eilte zurück zum Martin Crescent.

Sie war gerade noch rechtzeitig. Finola hatte das Haus bereits verlassen und kam ihr auf der Straße entgegen.

»Hi«, grüßte sie und blieb stehen. »Ich sehe, du hast das Weite gesucht. Dabei waren die Damen heute eher ruhig.«

»Wahrscheinlich steckt ihnen der Tod von Reginald noch immer in den Knochen«, vermutete Ella.

»Ja, ich glaube sogar, sie nehmen jetzt erst so richtig wahr, dass er wirklich nicht wiederkommt. Miss Peggy fehlte heute auch, das hat die anderen zusätzlich gedämpft.«

»Es hat sie ziemlich schwer getroffen, als Reginalds Kinder gestern seine Sachen ausgeräumt haben. Immerhin hat sie wohl zumindest die gemeinsamen Fotos vorher an sich genommen.«

»Und seinen Rasierpinsel.« Finola grinste.

Ella stutzte.

»Ich habe sie eben noch kurz besucht und da seinen Rasierpinsel auf ihrem Nachttisch entdeckt«, erklärte Finola. »Ich kenne ihn, weil er sonst immer im Badezimmer oben auf dem linken Regal stand, und Mr Reginald war ja der einzige Mann im zweiten Stock.«

Nicht zum ersten Mal fiel Ella auf, dass Finola eine gute Beobachtungsgabe hatte.

»Und musst du jetzt gleich weiter zu deinen nächsten Patienten?«, fragte sie.

Finola schüttelte den Kopf. »Hab 'ne knappe Dreiviertelstunde Pause.«

»Oh, schön! Hast du Lust auf einen Tee oder Kaffee? Ich lad dich ein.«

Finola sah sie abschätzend an. War es so offenkundig, dass Ella sie aushorchen wollte?

Ella bestellte einen English Breakfast Tea, Finola entschied sich für schwarzen Kaffee. Als Ella die Milch in ihren Tee gerührt hatte und noch überlegte, wie sie das Gespräch beginnen sollte, räusperte sich Finola und beugte sich ein wenig näher zu ihr.

»Und, welche Geheimnisse willst du nun aus mir herauslocken?«, flüsterte sie.

Ella hob erstaunt die Brauen.

»Ich seh dir das an«, fügte Finola hinzu und lehnte sich wieder zurück.

»Kannst du dir nicht vorstellen, dass ich dich einfach sympathisch finde?«, fragte Ella. Sie überlegte fieberhaft, wie sie mit dieser Situation umgehen sollte.

Finola zog eine Grimasse und schüttelte den Kopf. Sie wirkte auf einmal sehr verletzlich.

»Auf gewisse Weise hast du ja recht«, gab Ella zu. »Ganz uneigennützig ist meine Kaffee-Einladung nicht. Ich muss einfach mal wieder mit jemandem sprechen, der deutlich unter achtzig ist.«

»Und was willst du nun zum Thema unseres Small Talks machen?«

»Zugegeben – Scorrybreac House.« Ella nahm einen Schluck heißen Tee und wartete.

Finola begann zu lachen. »Ein bisschen Tratsch muss sein? Sorry, ich rede nicht über meine Patientinnen und Patienten.«

»Auch nicht, wenn sie schon verstorben sind?«

»Mr Reginald? Ich dachte, du wärst wegen Mrs Flora hier.«

»Bin ich ja eigentlich auch«, sagte Ella. »Aber dieser Todesfall hat alles im Haus so durcheinandergebracht, dass ich nicht weiterkomme. Gab es nun Diebstähle oder nicht?«

»Du bist keine besonders gute Detektivin, oder?«

»Äh, wie kommst du darauf?«

»Ich behandle Mrs Floras Bein, und während sie ihre Übungen macht, ist sie immer sehr gesprächig.«

»Sie hat dir gesagt, dass ich ...?«

Finola lachte. »Du bist die Detektivin, die ihr Neffe beauftragt hat.«

Ella nahm ein paar Schlucke Tee, um Zeit zu gewinnen. »Seit wann weißt du das?«, fragte sie schließlich.

»Von Anfang an. Mrs Flora hat gleich, als Mrs Swanston sie nicht ernst nahm, gesagt, sie wird ihren Neffen bitten, einen Detektiv zu schicken. Und dann kamst du und hast dich auf ihn bezogen, also war doch alles klar. Bist du wirklich auch Detektivin?«

»Auch?«, fragte Ella vorsichtig.

»Na ja, du bist ja sonst Schriftstellerin.«

»Das weißt du?«

»Mrs Margaret hatte ein Buch von dir auf dem Nachttisch liegen. Die Namensgleichheit mit der Autorin und das Foto hinten auf dem Umschlag ... Das war nun wirklich nicht schwierig.«

Ella seufzte und presste kurz die Lippen zusammen. Dann feuchtete sie sich mit einem weiteren Schluck Tee die Kehle an und sagte: »Okay. Du bist die bessere Detektivin.«

Zufrieden lehnte sich Finola zurück.

»Im Grunde ist diese Ermittlung nur ein persönlicher Gefallen«, erklärte Ella. Es blieb ihr wohl nichts anderes übrig, als mit offenen Karten zu spielen, oder zumindest mit ziemlich offenen. »Ich bin eigentlich nicht wirklich Detektivin. Aber als Autorin bin ich zeitlich ungebunden, und Canny – das ist Floras Neffe – kannte niemand anderes. Es ging ja auch zunächst nur darum festzustellen, ob die alte Dame sich die Diebstähle einbildet.«

Finola schüttelte den Kopf. »Das denke ich nicht.«

»Ich auch nicht«, erwiderte Ella. »Mir kommt es eher so vor, als ob jemand sie unglaubwürdig machen will.

Warum verschwindet sonst Schmuck und taucht dann wieder auf? Aber ich kann mir nicht vorstellen, wer das gewesen sein könnte. Hast du eine Idee?«

»Nicht wirklich. Allerdings spielen sich die alten Leutchen manchmal Streiche. Mr Reginald war darin ganz groß. Vielleicht ist da was aus dem Ruder gelaufen?«

»Und sein Burns? Meinst du, er hat nur behauptet, das Buch sei weg, um den Verdacht von sich abzulenken? Aber es ist ja tatsächlich nicht wieder aufgetaucht. Und was ist mit dem gestohlenen Geld?«

»Das mit dem Geld war jemand anderes, schätze ich. Vielleicht Britney, die Putzhilfe?«, vermutete Finola. »Obwohl ich die eigentlich für ehrlich halte. Möglicherweise hatte Mrs Flora aber auch mal anderen Besuch auf dem Zimmer und hat den allein gelassen, um ins Bad zu gehen.«

»Du meinst, es könnte sein, dass es da gar keinen Zusammenhang gibt?«

»Klar. Ich kann mir nicht vorstellen, dass Mrs Swanston oder Schwester Brenda Geld klauen. Und ich war's nicht, das weiß ich zufällig genau!« Finola trank ihren Kaffee aus und sah auf ihre Armbanduhr. »So, ich muss los. Danke für den Kaffee!« Sie stand auf.

»Hast du heute Abend noch mal Zeit für den Pub?«, fragte Ella schnell. »Ich würde mich wirklich gerne noch weiter mit dir unterhalten. Über Reginald. Alles, was ich bisher gehört habe, würde ihn zu einer wunderbaren Hauptfigur für mein neues Buch machen«, fabulierte sie. »Natürlich verfremde ich ihn und achte auf Persönlichkeitsrechte, aber ...«

»Heute nicht«, unterbrach Finola sie. »Aber morgen

Abend bin ich noch nicht verplant. Die erste Runde geht wieder auf dich.«

»Okay.«

»Acht Uhr. Dann können wir von mir aus auch darüber diskutieren, ob Mrs Flora recht hat und Mr Reginalds Tod verdächtig ist.«

Kapitel 32

Reginalds Tod verdächtig? Hatte Finola das nur so dahingesagt und Floras Worte wiederholt? Oder hatte sie selbst Anhaltspunkte für eine solche Vermutung?

Ella stand auf und ging hinaus in den Sonnenschein. Tatsächlich war Schwester Brendas Voraussage eingetreten, und der Himmel strahlte in hellem Blau. Nur ein paar zarte, weiße Schleierwolken dekorierten die Seite zum Hafen hin. Eigentlich war es perfektes Wetter für die Bootsfahrt, die Ella geplant hatte, um endlich die Seeadler zu sehen, die auf der Insel Raasay nisteten. Nur dass es noch Stunden dauerte, bis das Boot ablegen würde.

Unentschlossen blieb Ella stehen. Ihr war nicht danach, ins Scorrybreac House zurückzukehren, obwohl sie sich eigentlich ein wenig um Flora kümmern sollte, die sie heute noch gar nicht gesehen hatte. Auch danach, die angefragte Liebesgeschichte zu schreiben, war ihr nicht. Was also konnte sie tun?

Ihr Blick fiel auf ihre Füße. Sie hatte instinktiv wieder ihre Trekkingschuhe angezogen, weil die hier auf Skye am praktischsten waren. Also war sie für alles gerüstet und konnte im Grunde einfach loslaufen.

Sie schlug den Weg links um die Hafenbucht ein, dorthin, wo sie kürzlich ihren Spaziergang unterbrochen hatte: zum Scorrybreac Walk. Auch von dort aus konnte man hinüber nach Raasay sehen, und möglicherweise flogen die Seeadler so, dass sie sie entdecken würde.

Der Scorrybreac Walk war ein Rundweg, gut drei Kilometer lang und von mittlerer Schwierigkeit, hatte sie gelesen. Wenn sie flott durchmarschierte, würde es eine Wanderung von einer Dreiviertelstunde werden, die hoffentlich ihre Gedanken klärte. Irgendwie fühlte sie schon seit dem Aufwachen eine innere Unruhe.

Scorrybreac, so hatte Archibald ihr erklärt, war einst ein Dorf oberhalb von Portree gewesen, das nun verfallen war. Heutzutage bezeichnete Scorrybreac die Landspitze, an der sie der Pfad vorbeiführen würde.

Der Blick auf Portree war immer wieder herrlich. Von der Anlegestelle her leuchteten die bunten Häuser an der Hafenmauer, und Segelboote reckten ihre Masten in die Luft.

Ella ging am Parkplatz unterhalb des Cuillin Hills Hotel vorbei. Im Hochsommer musste hier ganz schön viel los sein, aber jetzt standen nur zwei Autos da. Die schmale Straße führte am Ufer entlang zu einem Bootshaus.

»Skye Sailing Club«, las sie.

Hinter dem Bootshaus ging es einen Hügel hinauf, über eine hölzerne Brücke und dann durch ein Tor. Hier würde sie alle trüben Gedanken hinter sich lassen und sich für die Dauer des Spaziergangs nur mit der wundervollen Natur beschäftigen, beschloss Ella.

Bald zweigte links der schmale Pfad ab, der auf den

etwas höher gelegenen Platz führte, bis zu dem sie schon einmal gegangen war. Wieder wehte die blau-weiße schottische Fahne am Mast. Hinter der Steinmauer, dem Denkmal für den Nicholson Clan, entdeckte Ella einen halb versteckten Weg, der sie zu einem Aussichtspunkt führte. Die Bucht von Portree sah nun wirklich atemberaubend aus. Glücklicherweise hatte Ella ihr Handy mit der guten Kamera über Nacht aufgeladen. Jedes der Fotos konnte als Postkartenmotiv dienen. Hier war es möglich, den Kopf frei zu bekommen.

Erst nach einer ganzen Weile ging sie weiter. Nun wurde der Abhang steiler. Haselnusssträucher wuchsen am Rand des Pfades und bildeten mit ihren Ästen ein Dach. Es war, als betrete Ella ein Feenreich. Sie lächelte unwillkürlich und verlangsamte den Schritt, bewegte sich bewusster. Zum ersten Mal seit, wie ihr schien, sehr langer Zeit fühlte sie sich ruhig und entspannt.

Auf einem schwarzen Felsen, den sie kurz darauf halb aus dem Wasser ragen sah, saßen Seevögel und trockneten ihr Gefieder. Wieder blieb sie stehen, um zu fotografieren. Die Zeitplanung von 45 Minuten für den Rundgang war völlig abwegig!

Danach wurde der Pfad rauer und steiniger, und sie musste sich konzentrieren, um an den schmalen Stellen nicht daneben zu treten. Rechts ging es ziemlich steil und felsig nach unten und links fast senkrecht nach oben. Wieder und wieder blieb sie stehen, sah hinüber zu den Lachsfarmen und hielt Ausschau nach den Seeadlern.

Auf einmal durchzuckte sie das Gefühl, nicht mehr allein zu sein. Beobachtete sie jemand? Ihr war auf ihrem

Weg bisher noch keine Menschenseele begegnet. Und wenn sie ehrlich war – genau an dieser Stelle wollte sie auch niemandem begegnen!

Sie schaute sich um. Auf dem Teil des Pfades, den sie überblicken konnte, war niemand zu sehen, doch hinter der letzten Biegung glaubte sie, das Knirschen von Sand und Stein unter schweren Stiefeln zu hören.

Zügig ging sie weiter. Vorsicht! Ein Stein unter ihrem Fuß geriet ins Wackeln, und sie musste einen kleinen Sprung machen, um nicht zu stürzen. Ihr Herz klopfte schneller.

Noch einmal sah sie sich um. Nein, sie hatte es sich nicht eingebildet – eine dunkel gekleidete Gestalt folgte ihr in der Ferne, offenbar ein Mann. Erneut beschleunigte sie ihre Schritte. Der Weg bog nun nach links und führte auf eine breitere Fläche mit großen Felsbrocken. Und da war auch eine halb hohe Steinmauer. Dahinter konnte sie sich verstecken. Und falls sie doch nicht schnell genug wäre, dort zu verschwinden, bevor sie wieder ins Sichtfeld ihres Verfolgers geriet, hätte sie zumindest Raum, um ihre Selbstverteidigungskünste anzuwenden.

Nun rannte Ella fast, kletterte über das Holztor in der Mauer und hockte sich atemlos zwischen die dichten, hohen Farnwedel, die dahinter wuchsen. Wer verfolgte sie? Und warum? Hatte sie ungewollt ein dunkles Geheimnis entdeckt? War sie Reginalds Mörder zu nahe gekommen, ohne es zu merken? Oder war der Mann am Ende doch nur ein Spaziergänger, und ihre Panik war völlig absurd?

Nein, sie spürte, dass er versucht hatte, sie einzuholen. Sie duckte sich noch tiefer in den Farn.

Die Schritte waren jetzt klar zu hören, sie kamen rasch näher. Vielleicht – hoffentlich – würden sie dem Pfad vor der Mauer nach links folgen. Dann hatte Ella nur einem Touristen unrecht getan, konnte sich jedoch wieder entspannen.

Die Schritte verstummten.

Ella hielt den Atem an.

Nun kratzte etwas an der Mauer, und über ihrem Kopf fragte plötzlich eine Männerstimme: »Was zum Teufel machst du da, Ella?«

Kapitel 33

Ella sah nach oben und schaute dem Mann in die Augen. »Alex? Wo kommst du denn her?« Ihre Stimme schien ihr ungewohnt zittrig, und sie räusperte sich.

»Aus Canterbury, woher sonst? Hab ich dich etwa erschreckt?«

»Das könnte man so sagen«, erwiderte Ella und erhob sich langsam. »Es ist schon etwas komisch, wenn einen in dieser Einsamkeit jemand verfolgt.«

»Tut mir leid! Ich habe eigentlich vorhin gedacht, du hättest mich erkannt, als du dich umgesehen hast. Aber statt auf mich zu warten, bist du losgerannt.« Alex klang ein wenig vorwurfsvoll.

Nun hatte Ella sich auf ihrer Seite der Mauer aufgerichtet. »Und wie soll ich dich erkennen?«, fragte sie angriffslustig. »Ich wähne dich in Kent, und die Jacke, die du anhast, habe ich auch noch nie gesehen.«

Alex blickte an sich hinunter. »Die ist neu.«

Ella betrachtete ihn. Er sah irgendwie anders aus. Ein bisschen hagerer, weniger selbstsicher. Ihr Herz machte einen kleinen Hüpfer. Mist, das konnte sie nun gar nicht gebrauchen!

»Willst du nicht hier rüberkommen?«, fragte Alex. »Ich glaube, der Pfad geht auf meiner Seite weiter.«

Ella nickte und stieg erneut über das Holztor. Dann standen sie voreinander, ein wenig verlegen. Keiner von ihnen schien zu wissen, ob sie sich zur Begrüßung umarmen sollten.

»Ich wollte dich wirklich nicht erschrecken«, sagte Alex schließlich. »Ich hätte nicht gedacht ...«

»Was?«

»Dass du Angst haben würdest, wenn du mich siehst.«

»Ich hatte keine Angst vor dir«, stellte Ella klar, »sondern vor einem fremden Verfolger. Es ist hier so einsam, da wollte ich lieber vorsichtig sein. Das wurde mir früher immer von einem Detective Inspector geraten – Moment, ich glaube, den kennst du.«

Alex zog eine Grimasse. »Du hast ja recht, aber ich dachte doch, es wäre dir klar, dass ich es bin, sobald du mich siehst.«

»Falsch gedacht. Und wie wusstest du überhaupt, wo ich bin?«

»Ich habe dich sofort erkannt«, antwortete Alex und betonte dabei das »Ich«.

Ella sah ihn fragend an.

»Von oben, vom Cuillin Hills Hotel aus. Ich stand draußen vor dem Haus und hab die Aussicht genossen, und da läufst du doch glatt unten an diesem Parkplatz vorbei.«

»Und du mir hinterher.«

»Nicht gleich«, gab Alex zu. »Ich habe erst noch meine Jacke geholt und nachgefragt, wo der Weg hinführt. Na, und da du meines Wissens nicht segelst, war das Bootshaus wohl kaum dein Ziel, sondern eher dieser schöne Spazierweg.« Er holte zu einer großen Geste aus, die die gesamte Landschaft einschloss.

»Ja, es ist wirklich schön hier«, sagte Ella leise und sah hinaus aufs Wasser.

Plötzlich erhoben sich von der gegenüberliegenden Insel kurz hintereinander zwei riesige Vögel, stiegen in die Luft und schienen dort kurz zu schweben, bevor sie davonflogen.

»Die Seeadler«, flüsterte Ella und griff unwillkürlich nach Alex' Hand. »Ich habe mir so gewünscht, sie zu sehen.«

Stumm standen beide nebeneinander und warteten, ob die Seeadler zurückkommen würden. Doch sie blieben verschwunden.

Schließlich ließ Ella Alex' Hand los. »Na, dann wollen wir mal weitergehen. Aber du gehst vor!«

Der Pfad war nun wieder schmal und entfernte sich vom Meer. Er stieg steil an und führte im Zickzack den Berg hinauf. Bei der ersten scharfen Biegung warf Alex Ella einen Blick zu. Sie konnte ihn nicht deuten. Erwartete er, dass sie schlappmachte? Oder ging es ihm am Ende ähnlich wie ihr? Sie musste sich nämlich durchaus eingestehen, dass es guttat, ihn zu sehen, seinem Rücken in der fremden Jacke zu folgen.

Schweigend liefen sie weiter den Abhang hinauf. Dann blieb Alex stehen und sah zurück aufs Meer. Ella nutzte die Gelegenheit zum Verschnaufen und war erleichtert zu hören, dass auch Alex' Atem schneller ging.

»Was ist das für eine Insel?«, fragte er.

»Raasay. Dort nisten die Seeadler.«

Er nickte nur und sah in die Ferne, schien das Bild aus Meer und Land in sich aufzunehmen. Dann gingen sie weiter.

Noch zweimal hielten sie schweigend an, um die Aussicht zu genießen. Schließlich wurde der Weg wieder flacher und eine Spur breiter. Er führte an einer Mauer entlang, hinter der Schafe grasten. Die wilde Einsamkeit der Landschaft hatten sie wohl hinter sich gelassen, stellte Ella bedauernd fest, als sie nicht allzu weit entfernt ein kleines Gebäude entdeckte.

Nun ging es leicht bergab, bis sie auf ein Tor stießen, ein Schwinggatter, das nur eine Person durchließ. Alex stoppte und drehte sich zu Ella um. Er wartete, bis sie die wenigen Schritte aufgeholt hatte, und räusperte sich.

»Weißt du, was das ist?«, fragte er.

Sie stand nun so nah bei ihm, dass sie die Wärme spürte, die von seinem Körper ausging – ein Gefühl, das Erinnerungen weckte.

»Ein Tor?«

»Aber was für ein Tor?«

»Eins aus Holz?«

Er lachte leise. »Ich werde es dir verraten«, sagte er. »Wir nennen es ein ›kissing gate‹, und wer hindurchgehen will, muss sich küssen. Sonst missfällt das den Feen.«

Ella bezweifelte seine Deutung des Begriffs, doch sie fühlte ihre Magengrube zittern und schloss kurz die Augen. Sie konnte doch nicht einfach ...

Dann spürte sie seine Hände auf ihren Schultern und öffnete die Augen wieder. Er lächelte nicht.

»Ich habe dich so vermisst«, flüsterte er.

Und sie konnte – sie konnte ihn sehr wohl küssen, ihre Arme um ihn schlingen, sich an ihn lehnen und vergessen, dass sie ihn eigentlich nicht so bald hatte wiedersehen wollen.

Erst nach einer ganzen Weile fragte sie: »Meinst du, das reicht, um durch das Tor zu gehen?«

Alex grinste. »Ich glaube schon. Wir werden sehen.«

Nachdem sie das Tor passiert hatten, gingen sie nebeneinander weiter, Hand in Hand auf dem eigentlich zu schmalen Pfad. Die Mauer wich einem Zaun, und nach einem letzten Anstieg konnten sie bereits wieder die ersten Häuser von Portree sehen. Nun ging es bergab, durch ein Metalltor, an dem sie sich sicherheitshalber auch küssten, wie Alex vorschlug, um die Feen nicht doch noch zu verärgern. Und als sie schließlich an einem Wäldchen erneut auf ein kissing gate stießen, lachte Ella nur und legte ihre Arme um Alex' Hals, bevor ihre Lippen seine suchten. Dann war der Weg wieder geteert, Hausdächer kamen in Sicht, und da war auch schon das Cuillin Hills Hotel.

Ella ließ Alex' Hand los. »Hier wohnst du also?«

Er nickte. »Und du?«

»Das ist eine lange Geschichte.« Sie grinste. »Und ich bin nicht sicher, ob ich sie dir erzählen möchte.«

Alex sah sie fragend an.

»Vielleicht später. Hast du heute Abend schon was vor?«

Er stutzte. »Äh, nein.«

»Merchant Bar um acht?«, schlug sie vor. »Oder um sieben?«

»Ja, okay. Aber ...«

»Ich muss noch ein bisschen arbeiten«, sagte Ella schnell. »Bis dann!«

»Apropos arbeiten ...«, setzte Alex an.

»Heute Abend«, rief Ella und eilte davon.

Kapitel 34

Es gelang Ella, sich nicht nach Alex umzudrehen. Erst als sie in Scorrybreac House in ihrem Zimmer angekommen war und die Tür hinter sich geschlossen hatte, ließ sie die Gedanken zu, die wild auf sie einstürmten.

Er hatte sie vermisst.

Er war gekommen.

Er hatte sie geküsst.

Und ja, sie hatte ihn ebenfalls geküsst, die Vertrautheit ihrer Körper gespürt, den Atem, der schneller wurde, den Rausch, der sie ergriff, wenn sie sich so berührten. Mist! Wie sollte sie da nachdenken und eine sachliche Entscheidung über ihre Zukunft treffen? Alex' Verhalten war deutlich: Er wollte sie zurück. Aber was wollte sie?

So konnte sie nicht arbeiten. Unmöglich, sich jetzt eine schottische Liebesgeschichte auszudenken, die natürlich ein traditionelles Happy End haben musste.

Wie gut, dass sie mit Finola erst morgen Abend verabredet war und heute Alex treffen konnte! Egal, wie ihre Entscheidung ausfallen würde, es wäre nicht richtig, ihn lange hinzuhalten. Sie beide brauchten Klarheit.

Aber was sollte sie anziehen?

Mit dieser Frage hatte Finola wohl keine Probleme. Ella hatte sie bisher nur in Schwarz gesehen – da passten alle Kleidungsstücke in ihrem Schrank farblich zusammen. Ansonsten wäre es sicher nicht ganz einfach für sie, Klamotten passend zu ihrer Haarfarbe auszusuchen.

Finola war schon eine seltsame junge Frau und schien einiges hinter sich zu haben. Sie war intelligent und hatte eine erstaunliche Beobachtungsgabe. Wie kam sie auf die Idee, dass Reginalds Tod verdächtig war? Erst hatte Flora diesen Gedanken geäußert, dann Peggy, und schließlich Finola. Wo Rauch war, war auch Feuer. Konnte Ella also davon ausgehen, dass der alte Herr tatsächlich ermordet worden war und sie dem Täter auf der Spur war? Das würde Alex nicht gefallen.

Verflixt, jetzt hatten ihre Gedanken sie doch glatt im Kreis und zurück zu ihrem Ausgangspunkt geführt: Alex, Detective Inspector Drake, Gegner aller ihrer Nachforschungen zu Verbrechen. Wie würde er reagieren, wenn sie ihm von ihrem hiesigen Auftrag erzählte? Vielleicht war damit ja ihre gemeinsame Zukunft schon besiegelt. Sie seufzte.

Als es an Ellas Zimmertür klopfte, schreckte sie aus dem Schlaf. Sie lag auf dem Bett, immer noch in ihrer Jacke. Ihre Füße in den Trekkingschuhen ragten aber ordentlich über den Bettrand hinaus, die helle Tagesdecke hatte keinen Fleck bekommen.

Erneut klopfte es.

»Ella?« Das war Floras Stimme.

»Moment!« Ella erhob sich, um die Tür zu öffnen.

»Oh, wollten Sie gerade rausgehen?«, fragte Flora. »Können wir uns dann für später verabreden?«

»Nein, nein. Ist schon okay.« Ella zog ihre Jacke aus und warf sie aufs Bett.

»Es ist nur, weil wir uns heute noch gar nicht gesehen haben, und mir ist da was aufgefallen.« Flora wirkte nervös.

»Dann komme ich in fünf Minuten zu Ihnen? In Ihr Zimmer?«

»Nein, lassen Sie uns unten Tee trinken! Bis auf Peggy ist gerade niemand im Haus, da können wir auch im Gelben Salon reden.«

»Gut, bis gleich!«

Nachdem Flora gegangen war, zog Ella die Schuhe aus und stellte sie auf die Matte neben dem Schrank. Dann ging sie hinüber ins Badezimmer. Sie wusch sich das Gesicht kalt ab und starrte in den Spiegel. Sah man ihr an, wie durcheinander sie war? Nein, es schien nicht so. Sie zog ein paar Grimassen, trocknete Gesicht und Hände ab und atmete tief durch.

Jetzt noch ein starker Tee, dann war sie wieder fit und konnte sich auf Floras neueste Erkenntnis konzentrieren. Worum es sich da wohl handelte?

Doch als sie kurz darauf die Treppe hinunterstieg, kreisten ihre Gedanken immer noch um eines: Alex war in Portree.

Flora hatte den Tisch für sie beide gedeckt. Oder war es Lydia Swanston gewesen? Auf jeden Fall schenkte Flora Ella Tee ein, fügte ein wenig Milch hinzu und schob die flache Schale mit den Chocolate Chip Cookies näher zu ihr hin. Ella bedankte sich, legte einen der großen Kekse auf ihren Teller und trank einen Schluck Tee. Ja, das war es, was sie jetzt brauchte.

»Ich habe etwas für Sie, Flora.« Ella zog die Papiertüte mit dem gelb-orangefarbenen Tuch hinter ihrem Rücken hervor.

»Ach, das ist doch nicht nötig – aber sehr nett!« Floras Augen strahlten, als sie in die Tüte schaute. »Das ist aber hübsch!« Sie nahm das Tuch heraus und drapierte es um ihren Hals. »Vielen Dank, meine Liebe!«

»Steht Ihnen gut«, erklärte Ella lächelnd. »Das hatte ich gehofft. Also, was wollten Sie mir erzählen?«

Floras Gesicht wurde auf einen Schlag ernst. »Ich habe in meiner Zeitschrift einen Artikel gelesen. Es geht um Medizin.« Sie machte eine kleine Pause. »Eigentlich interessiert mich so etwas ja wenig, aber irgendwie ... Also es geht um Paracetamol. Sie kennen das Mittel?«

Ella nickte. Paracetamol wirkte gegen Schmerzen und Fieber. Ihre Adoptivmutter hatte immer danach gegriffen, wenn ihre Schwester oder sie einen grippalen Infekt gehabt hatten.

»Wissen Sie, dass es sehr gefährlich ist?«, fragte Flora weiter.

»Tatsächlich?«

»Ja, schon zwanzig bis dreißig Tabletten können lebensgefährlich sein. Die gehen nämlich auf die Leber.«

»Na gut, aber wer nimmt zwanzig bis dreißig Tabletten auf einmal ein?«

Dunkel meinte Ella, sich daran zu erinnern, dass vor

einigen Jahren genau aus diesem Grund zumindest in Deutschland die Packungsgrößen für Paracetamol verkleinert worden waren. Wobei das natürlich bei einem frei verkäuflichen Medikament kein Hindernis war, sich einen größeren Vorrat zu beschaffen.

»Freiwillig wohl nur ein Selbstmörder«, gab Flora zu. »Aber wenn jemand die Tabletten auflöst und sie einem anderen ins Essen mischt?«

»Ich glaube, das würde derjenige merken. Wenn ich mich richtig erinnere, sind die Tabletten ganz schön bitter, wenn man sie nicht schnell genug runterschluckt. Ich fand sie immer furchtbar.«

Flora trank ihren Tee und knabberte an einem Cookie.

»Sie sehen nicht sehr zufrieden mit meiner Antwort aus«, stellte Ella fest.

»Ich weiß nicht. Doch, eigentlich schon. Aber ich habe einfach so ein ungutes Gefühl.«

»Und wieso das?«

Flora wischte sich über die Stirn. »Ich kenne eine Person, die einen großen Vorrat dieses Medikaments hortet.«

Ella sah sie überrascht an.

»Ich weiß nicht, wie sie Reg das gegeben haben könnte, aber ...«

Ella legte ihre Hand auf die der alten Dame. »Jetzt lassen Sie mal die Kirche im Dorf, Flora! Dann wäre Reginald ja an Leberversagen gestorben, wenn ich Sie richtig verstanden habe. Meinen Sie nicht, das wäre aufgefallen? Der Doktor hat aber doch nichts dergleichen festgestellt, oder?«

»Ach, was weiß ich? Der hat nur davon gesprochen, dass Reg ›eingeschlafen‹ sei. Ich bin mir nicht sicher, ob er sich bei so alten Leuten wie uns überhaupt noch um eine Autopsie bemühen würde.«

»Na, na! Lassen Sie uns beide mal genauer hinschauen«, versuchte Ella, sie zu beruhigen. »Sie lesen doch viele Kriminalromane, also wissen Sie Bescheid über Verbrechen. Wir brauchen nicht einfach nur die Mordmethode und die Gelegenheit, sondern vor allem ein Motiv.«

Flora nickte unglücklich.

»Und die Person, an die Sie denken, könnte ein Motiv haben?«

»Das weiß ich nicht. Ich kann mir nicht wirklich vorstellen, dass Margaret ...«

Ella zog überrascht die Luft ein. »Margaret?«

Flora biss sich auf die Lippen. Sie beugte sich näher zu Ella und fuhr leise fort: »Ich habe heute Morgen Peggy besucht. In ihrem Zimmer war es so stickig, und mein Kopf fing an zu pochen, da wollte ich mir bei Margaret eine Schmerztablette holen – sie hat nämlich immer welche da. Und dann hat sie die Schublade aufgemacht, und ich habe gesehen, wie viel Paracetamol sie hat. Sie hat mir eine gegeben, und ich bin schnell zurück in mein Zimmer, um den Artikel noch mal zu lesen. Jetzt habe ich zwar noch immer Kopfschmerzen, aber die Tablette werde ich auf keinen Fall nehmen.«

»Oh, Sie Arme! Ich habe ein Öl, das man in die Schläfen reiben kann, vielleicht hilft Ihnen das. Ich hol es Ihnen.«

»Nein, nein, bleiben Sie! Ich möchte von Ihnen wissen, ob Sie sich das vorstellen können – dass es Margaret war.« Flora sah Ella flehend an.

Ella schüttelte langsam den Kopf. »Nein, das kann ich

mir nicht vorstellen. Natürlich ist es überraschend, was hinter der Stirn mancher Menschen vorgeht. Aber warum hätte Margaret das tun sollen?«

»Sie wissen doch, wie sehr sie an die romantische Liebe glaubt. Und sie und Reg, das war immerhin eine Jugendliebe, auch wenn es schon lange her ist.«

Kapitel 35

Es war nicht leicht gewesen, Flora zu beruhigen und ihr zumindest halbwegs auszureden, dass ihre Freundin Margaret Reginald aus zurückgewiesener Liebe mit Medikamenten vergiftet hatte. Am logischsten war der alten Dame noch das Argument erschienen, dass in einem Fall von Eifersucht doch eher Peggy das Opfer hätte sein müssen.

Ella atmete auf, als sie Scorrybreac House verließ. Für ihre Verabredung mit Alex war es noch zu früh, aber sie konnte jetzt wirklich einen Drink vertragen. Der würde ihr hoffentlich helfen, sich von dem toten Reginald auf den lebendigen Alex einzustellen.

Sie betrat den Pub, der am Montag um diese Zeit recht leer war, und ging schnurstracks zur Bar. Dort bestellte sie einen Talisker Storm und suchte in ihrem Portemonnaie nach dem passenden Geldschein. Verflixt, warum hatten die Schotten ihre eigenen Scheine? Und dann noch von verschiedenen Banken?

»Slàinte!«, wünschte der junge Mann hinter dem Tresen.

Ella bedankte sich und nahm einen Schluck. Ah, das tat gut! Die Wärme, der rauchige Geschmack mit Noten von Salz und Seetang – sie stellte lächelnd fest, dass sie in Bezug auf Whisky einiges von ihrem Vater gelernt hatte.

»Musst du dir Mut antrinken?«, fragte Alex hinter ihr.

Ella zuckte zusammen und hätte beinahe ihr Getränk verschüttet. Sie drehte sich um.

»Was machst du denn schon hier? Wir sind doch erst um sieben verabredet.«

»Ich wollte vorher noch in Ruhe ein Pint trinken.«

Sein Lächeln löste altbekannte Gefühle in ihr aus. Als er auf einen kleinen Zweiertisch in der Ecke deutete, wusste sie nicht, ob sie erleichtert oder enttäuscht war, dass er sie nicht küsste.

Sie setzten sich einander gegenüber.

»Du hast heute schon mal entspannter ausgesehen.«

Alex' forschender Blick half Ella nicht. Sie zuckte mit den Achseln, sagte jedoch nichts. Auch Alex schien nicht so richtig zu wissen, wie er anfangen sollte.

»Wie kommst du überhaupt hierher?«, fragte Ella schließlich. »Und jetzt sag nicht: ›mit dem Auto‹!«

Alex lachte kurz auf. »Na ja, gestern bin ich nach Glasgow geflogen, dann hab ich heute Morgen einen Mietwagen genommen. Aber ich weiß, dass du das nicht meinst.«

Ella nickte und trank einen weiteren Schluck des goldenen Lebenswassers.

»Du willst wahrscheinlich eher wissen, wie ich herausgefunden habe, dass du in Portree bist.«

Wieder nickte Ella und sah ihn auffordernd an.

»Ich bin Polizist«, sagte er. »Und als solcher ist es manchmal meine Aufgabe, verschwundene Menschen zu finden.«

Ella riss die Augen auf. »Du hast mich doch nicht etwa polizeilich suchen lassen?«

Alex schüttelte den Kopf. »Nein, ganz so weit musste ich nicht gehen. Ich habe einfach ein paar Zeugen befragt.«

»Und wer hat mich verpetzt?«

»Verrat ich nicht.«

Ella stand auf.

Alex griff nach ihrem Handgelenk und hielt es fest. »Halt, bleib! Ich sag es dir.« Sein Blick wirkte ein wenig panisch.

»Lass mich los!«, sagte Ella ruhig. »Ich will mir nur noch einen Whisky holen. Dann kannst du dein Geständnis ablegen.«

»Bring mir einen mit!«, bat er und legte einen 20-Pfund-Schein auf den Tisch. Erst dann ließ er sie los.

Sie nahm das Geld und ging hinüber zur Bar. Als sie mit den beiden Gläsern zum Tisch zurückkam, atmete Alex erleichtert aus.

»Du hast doch nicht etwa gedacht, ich verdrücke mich durch die Hintertür? Mit zwei Whiskys?«, fragte Ella und grinste unwillkürlich.

»Bei dir weiß man nie.«

»Du weißt aber, dass ich neugierig bin. Und natürlich möchte ich unbedingt erfahren, wen du so unter Druck gesetzt hast, dass ich aufgeflogen bin.«

»Du gibst also zu, dass du nicht von mir gefunden werden wolltest?«

Ella stöhnte. »Ich hatte dir gesagt, dass ich allein sein will, um nachzudenken.«

Alex nickte. »Aber ich habe mir ...«

»Sorgen um mich gemacht? Das sollst du nicht!«

»Nein, ich habe mir gedacht, dass es besser ist, wenn wir uns aussprechen. Und Sylvia war am Telefon auch der Meinung, dass es nichts bringt, wenn du ›davonläufst‹, wie sie es nannte.«

»Du hast mit meiner Schwester in Deutschland gesprochen?«

»Ja. Ich dachte, du würdest nicht damit rechnen, dass ich mit ihr Kontakt aufnehme, und hättest ihr vielleicht gesagt, wo genau du bist.«

Ella wiegte den Kopf hin und her. »Gute Idee! Hab ich aber nicht.«

»Ich weiß. Dann habe ich es bei Mary Ann versucht. Die hat mich jedoch sofort weggeschickt. Sie wollte nicht mit mir sprechen, weil sie sich während der Schwangerschaft nicht aufregen dürfe.«

»Das ist Freundschaft!«

»Nun war es aber auch naheliegend, dass du, wenn du nach Schottland fährst, den einzigen unserer schottischen Bekannten um Rat fragen würdest. Also habe ich einige Zeit bei Canny an der Theke verbracht. Er hat nur vages Zeug von Edinburgh und den Highlands geschwafelt, doch ich war mir danach sicher, dass er mehr wusste.« Alex sah Ella prüfend an, und sie nickte. »Auf deinem Facebook-Profil hast du ewig keine Bilder gepostet, das half mir also auch nicht weiter.«

Ella lächelte.

»Meine beste Hoffnung war also immer noch Mary Ann, die ganz bestimmt informiert war. Nur ist es nicht meine Art, eine schwangere Frau unter Druck zu setzen. Allerdings gilt das nicht für den Ehemann dieser Frau.«

»Brian!«

Alex grinste. »Ich habe ihn in den White Swan eingeladen, so als Erinnerung an frühere Zeiten mit Tom und Dennis. Nach ein paar Pints und diskretem Lenken des Gesprächs auf Schottland ist ihm rausgerutscht, dass du ihm hoffentlich einen Talisker direkt aus der Destillerie mitbringst, wenn du schon in Portree bist. Ist ja schließlich nicht weit entfernt. Du siehst, dein kleiner Freund hier«, er hob sein Whiskyglas, »hat dich verraten.«

»Und du weißt natürlich auch, wo in Portree ich wohne.«

»Nicht in meinem Hotel. Leider!«

Ella hob auffordernd ihr Kinn.

»Nein«, sagte Alex leise. »Ich weiß nicht, wo genau du wohnst und was du hier machst, wenn du nicht spazieren gehst und dich vor fremden Männern erschreckst. Ich habe einfach ein paar Tage frei genommen, um meine Überstunden abzufeiern, und bin hierhergekommen. Natürlich hatte ich gehofft, dich in diesem kleinen Ort einigermaßen leicht zu finden. Und dann war ich kaum angekommen, da habe dich schon gesehen.«

»Und bist mir gefolgt.«

Er nickte. »Und jetzt sitzen wir hier.«

Einige Sekunden lang schwiegen beide.

»Ich habe dich vermisst«, sagte er schließlich.

Ella seufzte. »Das hättest du wahrscheinlich nicht, wenn du gewusst hättest, was ich hier mache.«

»Schreiben, recherchieren, spazieren gehen?«

Ella schüttelte den Kopf. »Viel schlimmer!« Sie atmete tief durch.

Alex sah sie abwartend an.

»Canny hat mich als Detektivin engagiert, um im Altenheim seiner Tante Diebstähle aufzuklären.«

Alex' Brauen hoben sich, aber der Rest seines Gesichts blieb ausdruckslos.

»Es kommt noch besser«, fügte Ella hinzu, bevor sie der Mut verlassen konnte. »Es sieht so aus, als hätte es einen Mord gegeben.«

Nun atmete Alex tief durch. »So etwas habe ich befürchtet«, sagte er. »Dann ist es ja gut, dass ich gekommen bin. Ich weiß, dass ich dich nicht vom Schnüffeln abhalten kann. Aber dieses Mal wirst du es wenigstens nicht allein tun. Ich werde dir helfen.«

Kapitel 36

Ella starrte Alex fassungslos an.

Er schmunzelte. »Guck nicht so verblüfft! Auch ich hatte Zeit zum Nachdenken. Und ich habe tatsächlich gemerkt, dass ich manchmal nicht ganz, na ja, weder besonders offen noch besonders verständnisvoll war. Aber du verhältst dich oft so, dass ich einfach nicht nachvollziehen kann, wie du denkst. Daran müssen wir noch arbeiten.«

»Müssen wir?«

»Ich finde schon. Und wir fangen jetzt gleich damit an, indem du mir mehr über deinen Fall erzählst.«

Ella zögerte. Alex schien es ernst zu meinen. Und außerdem – wenn sein Angebot nur Show war, würde sie es schnell merken. Und dann würde sie ganz sicher wissen, dass in ihrer Zukunft kein Platz mehr für ihn war. Also begann sie zu berichten: von Flora, dem gestohlenen Geld, den verschwundenen und wieder aufgetauchten Schmuckstücken, den unauffindbaren Gegenständen.

»Mhm«, sagte Alex nachdenklich. »Ich stimme dir zu: Das sieht aus, als sollten die Gelddiebstähle vertuscht werden. Oder es ging um diese Burns-Erstausgabe. Die bringt natürlich einiges mehr ein, vielleicht auch die Porzellanfigur, da kenne ich mich nicht aus. Aber du hast vorhin noch etwas von einem Mord gesagt.«

Ella nickte und berichtete über Reginalds Tod kurz vor ihrer Ankunft, der ihr zuerst nur traurig, dann aber zunehmend verdächtig erschienen war.

»Hast du was zum Schreiben?«, unterbrach Alex sie.

Ella kramte einen kleinen Notizblock und einen Kuli aus ihrem Rucksack. »Hast du schon mal eine Autorin ohne Schreibzeug gesehen?«

»Außer dir kenne ich keine – also nein.« Er nahm Block und Stift entgegen und sah sie aufmerksam an. »Schieß los!«

Nur einmal hatte er eine kurze Zwischenfrage, ansonsten gelang es Ella, alles, was sie bisher herausgefunden hatte, strukturiert und übersichtlich darzulegen. Sie war direkt ein bisschen stolz darauf.

»Okay«, sagte er schließlich. »Für die Diebstähle bzw. die versteckten Schmuckstücke hätte im Prinzip jeder der Bewohner die Gelegenheit gehabt, aber auch Mrs Swanston, die Reinigungskraft, die Krankenschwester und diese Finola.«

»Wobei ich bei genauerem Überlegen eher nicht auf die alten Leute tippe«, widersprach Ella. »Floras Ohrringe lagen so weit in der Ecke unter dem Bett, da muss man schon einigermaßen gelenkig sein, um sie dort hinzuschieben.«

»Oder man nimmt zum Beispiel einen Besen.«

Ella seufzte. »Ja, das ginge natürlich auch.«

»Gut. Für den Mord, wenn es denn einer war, könnte es verschiedene Motive geben. Fangen wir mit dem Geld an. Wer erbt? Mr Brewsters Kinder. Sein Sohn Matthew hat Probleme mit hohen Schulden. Aber auch die anderen Kinder können ihren Anteil am Vermögen gut gebrauchen. Und sie mussten befürchten, dass er zumindest etwas davon seiner Freundin Peggy vermachen würde.«

Ella nickte. »Mit den Diebstählen können sie aber kaum etwas zu tun haben. Sie waren ja nicht vor Ort.«

»Genau. Wer aus Scorrybreac House erbt noch?« Alex sah auf seine Notizen. »Schwester Brenda kriegt fünfhundert Pfund. Es ist nicht unüblich für alte Leute, ihren Pflegekräften etwas zukommen zu lassen, aber dieser Betrag lohnt nicht unbedingt einen Mord. Die fünftausend für die Physiotherapeutin schon eher.«

»Ich glaube allerdings nicht, dass es Finola war«, warf Ella ein. »Sie scheint auch gar nichts davon zu wissen, dass Reginald sie im Testament bedacht hat.«

»Hm, aber hundertprozentig sicher kannst du nicht sein. Und so ganz klar ist ja nicht, womit sie neben den Stunden im Altenheim ihren Lebensunterhalt verdient, oder?«

Nein, das war es nicht. Obwohl, hatte Ella nicht kürzlich gesehen, wie Finola dem jungen Mann aus dem Hostel etwas zugesteckt hatte? Vielleicht dealte sie? Aber dann hatte sie wahrscheinlich damit ihr Auskommen und war nicht darauf angewiesen, in Scorrybreac House ...

»Es könnte natürlich auch sein«, unterbrach Alex ihre Gedanken, »dass es nicht um Geld ging, sondern um Rache und enttäuschte Liebe. Dann sollten wir uns diese Margaret noch mal anschauen.«

Ella runzelte die Stirn. »Das finde ich allerdings sehr

weit hergeholt. Zwischen dieser Jugendliebe und jetzt liegen bestimmt sechzig Jahre!«

»Könnte wieder aufgeflammt sein. So was passiert.«

Unter Alex' Blick wurde Ella plötzlich heiß. Schnell fuhr sie fort: »Die verschwundene Burns-Erstausgabe dürfen wir nicht vergessen. Und Archibalds Kontakt mit dem Antiquariat.«

»Diese Version scheint dir auch nicht zuzusagen«, stellte Alex fest.

»Nicht wirklich.«

»Dennoch wäre es durchaus möglich, dass er seinen Diebstahl vertuschen wollte, indem er beim Tod des Mitbewohners nachhalf, der ihn entlarvt hatte.«

»Oder das hängt alles zusammen, und Reginald hatte herausgefunden, wer die anderen Sachen geklaut und versteckt hat«, schlug Ella vor. »Irgendjemand hat mir erzählt, dass er etwas entdeckt hatte. Leider weiß ich nicht mehr, wer das war. Wahrscheinlich Flora oder Peggy. Ich muss mal nachfragen.«

Auf Alex' Stirn erschien die senkrechte Falte, die seine Missbilligung ausdrückte. »Nicht ohne Absprache mit mir«, sagte er streng. »Bitte!«, fügte er etwas weicher hinzu. »Falls es sich hier tatsächlich um einen Mord handeln sollte, könnte der Täter Angst bekommen. Und das wäre für jeden gefährlich, der in die richtige Richtung denkt.«

»Okay.«

Alex sah ob ihrer schnellen Zustimmung erleichtert aus. »Willst du noch was trinken?«, fragte er.

»Ich glaube, einen könnte ich noch vertragen. Und du?«

Er stand auf. »Ich hole die Drinks.«

»Aber mit dieser Runde bin ich dran«, protestierte Ella.

Alex beugte sich über sie, und als sie zu ihm aufsah, gab er ihr einen kurzen Kuss. »Ich weiß. Aber ich möchte dich trotzdem einladen.«

»Willst du mich etwa betrunken machen und dann abschleppen?«, fragte Ella herausfordernd.

Alex lachte. Dann flüsterte er ihr ins Ohr: »Muss ich dich dafür wirklich betrunken machen?«

Von wegen Schmetterlinge im Bauch! Es fühlte sich wie ein ganzer Steinschlag an. Alex musste es in ihrem Blick gesehen haben, denn sein Lächeln vertiefte sich, und seine Augen schienen dunkler zu werden. Sie war froh, als er zur Bar ging und sie wieder Luft bekam.

Schon kurz darauf stellte er zwei neue Single Malts auf den Tisch und setzte sich ihr gegenüber. »Was mir noch nicht klar ist, ist die Sache mit dem Paracetamol«, begann er, nachdem sie einen Schluck genommen hatten. »Wo kommt die Idee deiner – äh – Klientin so plötzlich her?«

Gut, bei diesem Gesprächsstoff war sie sicher.

»Ich glaube eigentlich nicht, dass Floras Beobachtung irgendwie relevant ist«, sagte sie. »Viele Menschen haben Medikamentenvorräte oder abgelaufene Tabletten, die sie ewig nicht wegschmeißen. Ich denke auch immer noch, ein Leberversagen bei Reginald wäre Dr Beech aufgefallen. Und wie könnte der Arme so viele bittere Tabletten eingenommen haben, ohne es zu merken?«

Alex nickte. »Mir ist dazu aber was eingefallen. Wir hatten da tatsächlich mal einen Fall bei der Kent Police. Das muss in dem Jahr gewesen sein, bevor du nach Canterbury kamst. Da starb ein Mann an Leberversagen, und es stellte sich heraus, dass seine Frau ihm eine größere Menge Paracetamol eingeflößt hatte, obwohl er ohnehin schon eine geschädigte Leber hatte.«

»Aber Reginald hatte nichts an der Leber, sondern nur Diabetes.«

»Eben. Deshalb denke ich eigentlich, dass Paracetamol bei seinem Ableben keine Rolle gespielt haben kann. Die Ehefrau damals hat die Tabletten übrigens aufgelöst und ihrem Gatten mit einem Erkältungstrank verabreicht. Heiße Zitrone soll ja bei grippalen Infekten Wunder wirken. Nun, das hat sie auch in diesem Fall.«

Ella durchzuckte es brennend: Heiße Zitrone, Grippe? Joan Swanston!

»Was ist?« Alex beugte sich besorgt zu ihr und griff nach ihrer Hand.

»Es hat noch einen Todesfall gegeben, im letzten Winter.« Ella schluckte. »Da ist die Mutter von Mrs Swanston an der Grippe gestorben. Meinst du ...?«

Alex sah auf einmal sehr ernst aus. »Das eröffnet natürlich neue Perspektiven«, sagte er langsam.

Ella atmete tief durch, löste ihre Hand aus seiner und trank den Rest ihres Whiskys in einem Zug. »Mist!«, sagte sie dann. »Und jetzt soll ich alleine zurückgehen?«

»Das brauchst du nicht. Ich werde dich nämlich begleiten.« Er lächelte – vielversprechend, wie ihr schien.

»Ich glaube nicht, dass die Herrschaften in Scorrybreac House begeistert sind, wenn ich Herrenbesuch mitbringe.«

»Du wohnst ...?«

»Im Gästezimmer von Scorrybreac House, ja.« Sie zögerte, dann nahm sie ihren Mut zusammen. »Aber wenn es dir nichts ausmacht, würde ich heute Nacht gerne bei dir im Hotel bleiben. Meinst du, das geht?«

Alex nickte und erhob sich. Auch er leerte sein Glas.

»Komm!«, sagte er und breitete seinen rechten Arm aus.

Ella stand auf und lehnte sich an ihn. Seine Hand umfasste ihre Schulter. Es tat gut, seine Nähe zu spüren, mehr als gut.

»Wir gehen jetzt ins Hotel, und dann schauen wir in Ruhe, ob du die Nacht bei mir verbringen willst. Oder gar mit mir?«

Sein Blick schien sie zu streicheln, und sie lächelte. Im Grunde hatte sie schon den ganzen Abend gewusst, dass sie diese Nacht mit ihm verbringen würde.

Kapitel 37

Als Ella sich morgens die Treppe in Scorrybreac House hinaufschleichen wollte, kam ihr Peggy entgegen.

»Oh, Sie waren aber früh unterwegs«, sagte sie.

Ella nickte. Wie gut, dass sie sich gestern für den Pub nicht übermäßig gestylt hatte, sonst hätte Peggy sofort gesehen, dass sie die Nacht anderswo verbracht hatte. Selbst so musterte sie Ella kritisch.

»Guten Morgen, Peggy! Geht es Ihnen besser?«, erkundigte sich Ella.

»Ja. Ich habe allerdings gestern so viel geschlafen, dass ich es jetzt nicht mehr im Bett aushalte. Ich mach mir einen Tee, wollen Sie auch einen?«

»Gerne.« Ella folgte Peggy in die sonnendurchflutete Küche und sah ihr zu, wie sie den elektrischen Kessel füllte, ihn einschaltete und zwei dicke Teebeutel in die Kanne warf.

»Was haben Sie mit Ihrer Aura gemacht?«, fragte Peggy unvermittelt und musterte sie.

»Wie bitte?«

»Ihre Aura. Sie ist anders heute Morgen. Steht Ihnen gut.« Sie drehte sich wieder um, um den Tee aufzugießen.

Während Ella noch fieberhaft nach einer Antwort suchte, stellte Peggy zwei Teebecher auf den Tisch und schenkte ein.

»Milch? Zucker?«, fragte sie.

»Milch, kein Zucker.«

Sie setzten sich.

»Und was habe ich gestern hier im Haus so alles verpasst?«, wollte Peggy wissen.

»Ich glaube, nichts Wichtiges.«

War es sinnvoll, das Thema von Reginalds Tod noch einmal anzuschneiden? Nein, wahrscheinlich heute besser nicht.

»Ich habe mir überlegt, eine Weile nach Edinburgh zu fahren. Ich könnte dort eine alte Freundin besuchen. Waren Sie schon mal in Edinburgh?«, plauderte Peggy.

»Ja, aber leider nur kurz. Ich hoffe, ich kann auf meinem Rückweg noch einmal ein paar Tage dort bleiben.«

»Reg kannte die Stadt sehr gut, viel besser als ich. Es gibt dort wunderbare Spazierwege. Auch welche, die nicht ganz so überlaufen sind wie der nach Arthur's Seat: nach Dean Valley, Blackford Hill und Hermitage of Braid.« Peggy lächelte bei der Erinnerung.

»Sie sind im Winter dort hingefahren, als hier die Grippe ausgebrochen war, nicht wahr?«

»Ja, Reg hatte die Idee. Ich glaube, eigentlich war das nur ein Vorwand, um mit mir allein verreisen zu können. Er war schon eine Weile in mich verliebt, hatte sich unter den Augen aller hier aber nicht so richtig getraut, es mir zu gestehen.«

Ella stutzte. Hatte Margaret nicht erzählt, dass es

Peggy gewesen war, die von der Insel weggewollt hatte?

Peggy lächelte wieder, allerdings nur kurz, und fuhr dann mit ernstem Gesicht fort: »Die arme Joan war so krank, und das gar nicht lange nach ihrem Schwächeanfall. Wissen Sie, Schwester Brenda hatte sie bewusstlos gefunden und ihr zum Glück gleich mit einer Spritze helfen können. Joan war eben doch nicht mehr so fit, wie sie dachte. Und die Schwester war auch in der Grippezeit wundervoll. Als Lydia sich bei ihrer Mutter angesteckt hatte, hat Schwester Brenda sich ganz alleine um Joan gekümmert. Sie hat sogar ihre Hand gehalten, als sie starb. Wir sind ja leider erst danach zurückgekommen.« Sie seufzte.

Nun waren sie also doch wieder beim Thema Tod.

»Die gute Joan war im Grunde das Herz von Scorrybreac House. Ohne sie hätten wir alle uns nicht kennengelernt. Hat man Ihnen erzählt, dass sie und Margaret schon vor Jahren die Idee eines gemeinsamen Alterssitzes hatten?«

»Margaret und Joan waren also befreundet?«, fragte Ella erstaunt.

»Oh ja! Schon seit Ewigkeiten.«

»Dann muss sich Margaret eine Menge Sorgen gemacht haben, als Joan krank wurde.«

Peggy stutzte. »Das könnte ich nicht einmal sagen. Anfangs sah es ja überhaupt nicht lebensbedrohend aus. Wer konnte denn ahnen ...? Als es dann schlimmer wurde, waren Reg und ich nicht hier. Aber ja, Sie haben recht, für Margaret muss Joans Tod ein Schock gewesen sein.« Sie sah aus dem Küchenfenster und schien ihren Gedanken nachzuhängen.

Ein Schlüssel drehte sich im Haustürschloss, und kräftige Schritte kamen näher.

»Na, da ist ja unsere Patientin«, sagte Schwester Brenda, als sie die Küche betrat. »Und sie sieht heute ganz munter aus.«

Peggy nickte. »Ja, Schwester, und der Tee schmeckt auch wieder.«

»Gut!« Schwester Brenda stellte ihre Tasche neben der Tür ab und kam an den Tisch. »Wenn etwas übrig ist, würde ich glatt ein Tässchen mit Ihnen trinken.« Sie holte sich einen Becher vom Regal.

»Gerne, setzen Sie sich zu uns!«, bot Peggy an, und Schwester Brenda ließ sich nicht lange bitten.

»Sie sind früh dran heute«, stellte Peggy fest. »Ich glaube, die anderen schlafen alle noch.«

»Ich wollte auch nur mal schnell nach Ihnen sehen, bevor ich ein paar weitere Patienten besuche und nachher gegen zehn wiederkomme.« Schwester Brenda nahm Peggys Handgelenk und blickte auf ihre Armbanduhr. »Der Puls ist gut. Schauen wir doch mal nach dem Blutdruck! Wie haben Sie geschlafen?«

Während sie das Blutdruckmessgerät aus ihrer Tasche holte und es an Peggys Oberarm anlegte, erklärte Peggy, dass sie sich vollkommen ausgeschlafen fühlte.

»Aha, wunderbar, der Blutdruck ist auch wieder im Normbereich.« Schwester Brenda sah Peggy forschend an. »Haben Sie Ihre Medikamente genommen?«

»Die Schlaftablette gestern Abend habe ich weggelassen«, gab Peggy zu. »Das Mittel macht mich so benommen, dass ich das Gefühl habe, ich kann nicht mehr denken.«

»Genau das soll es bewirken«, erklärte Schwester Brenda. »Sie sollen ja schlafen und nicht denken. Aber gut, wenn es Ihnen besser geht, dann soll das wohl so sein.« Sie packte das Blutdruckmessgerät wieder in die Tasche, trank ihren Tee aus und erhob sich. Dann verließ sie mit einem kurzen Kopfnicken die Küche.

Ella lief ihr spontan in den Flur nach. »Ach, Schwester Brenda, kann ich ganz kurz was fragen?«

»Ja, bitte?«

»Ich habe einen Artikel über Paracetamol gelesen – darüber, wie gefährlich das Mittel sein kann, wenn die Leber geschädigt ist. Bei uns in Deutschland ist es in den Apotheken immer noch frei verkäuflich. Ist das hier in Großbritannien auch so?«

Schwester Brenda runzelte die Stirn und sah Ella forschend an. »Ja, natürlich. Paracetamol ist eigentlich ganz harmlos, sonst würde man es nicht Säuglingen und Schwangeren geben.«

»Dann ist der Artikel eher Panikmache?«

»Ja.« Trotz ihrer klaren Auskunft schien Schwester Brenda zu zögern. »Haben Sie einen besonderen Grund für diese Frage?«, erkundigte sie sich.

Ella schüttelte den Kopf. »Nein, nein. Es hat sich gestern im Pub nur zufällig ein Gespräch darüber ergeben, und wir waren uns nicht einig. Da dachte ich, ich frage mal die Fachfrau.«

Schwester Brenda starrte sie an, dann nickte sie langsam. »Aha.« Wahrscheinlich fragte sie sich, warum Ella nicht einfach gegoogelt hatte.

Die lächelte ein wenig verlegen.

»Übrigens wollte ich Ihnen noch anbieten, heute Mittag mit mir in die Cuillins zu fahren«, wechselte Schwester Brenda unvermittelt das Thema. »Ich kenne da eine Strecke, die nicht allzu schwer ist, da können Sie mit Ihrem Bergwandern anfangen. Vielleicht klappt es ja sogar mit Ihrem ersten Munro.«

»Sie haben heute frei? Ich dachte ...«

»Ja, es hat sich gerade alles etwas verschoben. Ich komme um zehn wieder her und nehme Sie um elf mit, wenn Sie möchten. Den Proviant bringe ich.«

Eigentlich passte Ella diese Verabredung überhaupt nicht, jetzt, wo Alex hier war. Aber die Möglichkeit, mit einer erfahrenen Wanderin in den Cuillin Hills unterwegs zu sein, war verlockend. Und sie konnte ihre Ermittlungen auch mal ein paar Stunden ruhen lassen, im Moment kam sie ohnehin nicht weiter. Alex würde sie ja abends wiedersehen, nach ihrer Verabredung mit Finola. Dann konnten sie zukünftige Schritte absprechen, und danach hatten sie noch die ganze Nacht.

»Abgemacht, Schwester Brenda.«

»Sagen Sie doch einfach nur Brenda – schließlich sind Sie nicht meine Patientin!«

Ella nickte. »Soll ich irgendwas Besonderes mitnehmen?«

»Nein, nein, das Wetter ist gut, und für alles Weitere sorge ich. Bis später!«

Schwungvoll fiel die Tür hinter Schwester Brenda – Brenda – ins Schloss.

Ella schaute kurz in die Küche. »Ich lege mich noch mal ein bisschen hin«, erklärte sie Peggy.

Die grinste und zwinkerte ihr zu. »Machen Sie das! Wenn ich Ihre Aura richtig deute, hatten Sie in der vergangenen Nacht äußerst wenig Zeit zum Schlafen.«

Kapitel 38

Als Ella aufwachte, war es bereits zwanzig vor elf. Verflixt, warum hatte sie sich keinen Wecker gestellt? Eigentlich hatte sie vor dem Ausflug mit Brenda noch etwas essen wollen; das Frühstück im Bett, das sie mit Alex geteilt hatte, war schließlich schon einige Zeit her. Aber nun war es zu spät dafür.

Egal. Rasch zog sie sich um, steckte für alle Fälle ein Fläschchen Wasser in den kleinen Rucksack und nach kurzem Zögern außerdem ein Päckchen Shortbread Fingers und zwei Schokoriegel. Wenn sie es wirklich auf einen Munro schaffte, würden sie sich damit belohnen.

Nach einem Blick auf die Uhr schrieb sie Alex eine Nachricht: »Gehe jetzt mit Brenda in den Cuillins wandern, melde mich, wenn ich meinen ersten Munro bezwungen habe. Dann können wir heute Abend feiern!« Sie fügte ein Küsschen hinzu und sandte die WhatsApp ab.

Alex war nicht online, aber er würde die Nachricht irgendwann lesen. Vielleicht war er dann enttäuscht, dass sie am Nachmittag keine Zeit für ihn hatte, aber schließlich waren sie nicht wirklich verabredet.

Es klopfte an der Zimmertür.

»Sind Sie fertig?«, rief Brenda.

»Ja, ich komme gleich. Muss nur noch schnell auf die Toilette.«

»Gut. Mein Wagen steht direkt vor der Tür. Ich warte dort auf Sie.«

Ella sauste ins Bad und wieder zurück, zog hastig ihre Trekkingschuhe an und griff nach ihrem Rucksack und ihrer roten Jacke. Die war sicher am geeignetsten, denn sie war wind- und wasserdicht und hatte ein kuscheliges Vliesfutter. In den Bergen würde es wahrscheinlich trotz des Sonnenscheins kühl sein und vielleicht windig.

»Oh, was haben Sie vor?«, hörte sie Flora fragen, als sie ihre Zimmertür abschloss. Die alte Dame kam gerade mit Finola die Treppe herauf. Sie blieb stehen, während Finola weiter in den zweiten Stock ging.

»Schwester Brenda hat heute Nachmittag frei, und wir wollen in den Cuillins eine kleine Wandertour machen«, erklärte Ella.

»Meinen Sie denn, das Wetter hält?«

»Sieht doch gut aus. Und ich bin ja schließlich mit einer erfahrenen Frau unterwegs.«

»Dann wünsche ich Ihnen viel Spaß. Vielleicht können wir heute Abend noch mal sprechen?« Flora sah sich vorsichtig um und fügte leiser hinzu: »Über Ihren Auftrag hier. Oder morgen Vormittag, wenn es Ihnen besser passt.«

»Gerne!«, sagte Ella. »Ich melde mich, wenn ich zurück bin.«

»Ihren Rucksack werden Sie nicht brauchen«, sagte Brenda mit einem Seitenblick, als Ella in ihr Auto stieg. »Ich habe alles, was notwendig ist.«

»Ach, da ist fast nichts drin«, behauptete Ella. »Taschentücher, Sonnenbrille und meine Kamera.« Die eingepackten Süßigkeiten waren ihr plötzlich peinlich. »Und vielleicht will ich mir auf dem Rückweg einen Stein aus den Cuillins als Andenken mitnehmen.«

Brenda nickte langsam und startete den Wagen. Sie fuhr zügig, fast ein wenig zu schnell für Ellas Empfinden, und sagte während der Fahrt so gut wie nichts. Ella hielt sich am Griff über der Beifahrertür fest und nahm die Gelegenheit wahr, sich in Ruhe die wunderschöne Landschaft anzuschauen und zu überlegen, was sie über die Cuillin Hills wusste. Es gab die Red Cuillins und die Black Cuillins, das hatte schon der Busfahrer erzählt, als sie von Kyle of Lochalsh aus auf die Insel gekommen war. Die Black Cuillins bestanden aus Basalt und Gabbro, einem dunklen magmatischen Gestein, die Red Cuillins aus Granit, der je nach Lichteinfall leicht rötlich aussah. Beide Bergzüge wurden durch ein Tal voneinander getrennt. Der Busfahrer hatte den Namen des Tals und auch einige Gipfel benannt, aber natürlich hatte Ella sich die gälischen Wörter nicht merken können. Letzten Endes war es ausreichend, wenn sie sich den Namen des Berges einprägte, den sie besteigen würden.

Sie passierten einen Parkplatz, auf dem gerade einige asiatische Touristen aus einem Kleinbus stiegen.

»Was gibt es denn hier zu sehen?«, fragte Ella. »So viele

Autos wie hier habe ich auf der ganzen Strecke noch nicht gesehen.«

»Die Fairy Pools«, antwortete Brenda kurz. »Aber wir fahren noch ein Stück weiter.«

Fairy Pools, die Schwimmbecken der Feen, dachte Ella amüsiert. Die musste sie unbedingt mit Alex besuchen.

Als sie schließlich in einer kleinen Ausweichbucht irgendwo im Nirgendwo hielten, war Ella ein wenig die Lust an dem Ausflug vergangen. Brenda hatte fast die ganze Fahrt über geschwiegen.

»Sind Sie sich sicher, dass Sie nicht lieber allein gehen wollen?«, fragte Ella. »Sie könnten mich zu dem Parkplatz bei den Fairy Pools zurückbringen, von da aus nimmt mich bestimmt jemand mit. Oder ich laufe einfach die Straße entlang dorthin zurück. Weiter als zwei Meilen dürften es nicht sein, oder?«

Brenda runzelte die Stirn. »Unsinn!«

»Ich dachte nur – Sie waren so still.«

»Es fällt mir leider schwer, auf diesen schmalen Straßen Auto zu fahren und dabei noch Konversation zu betreiben. Aber jetzt geht es los, kommen Sie!«

Sie stiegen aus. Brenda öffnete den Kofferraum und holte ihren großen, wohlgerundeten Rucksack heraus. Dann wechselte sie ihre Schuhe. Zweifelnd verglich Ella die Bergstiefel mit ihren eigenen doch sehr leichten Wanderschuhen.

Brenda musste ihren Blick bemerkt haben. »Machen Sie sich keine Gedanken, ich leite Sie schon so, dass Sie ankommen!«

Der Weg begann recht bequem. Es gab tatsächlich einen richtigen Pfad. Er schlängelte sich an einer kleinen Schlucht entlang, in der das Wasser eines Baches in mehreren Kaskaden herabstürzte. Ella blieb stehen, um den Anblick zu bewundern, aber Brenda drängte sie weiterzugehen. An einer Abzweigung wählte sie einen leicht matschigen Pfad, der um einen Felsen führte und dann über das Hochmoor anstieg. Anschließend passierten sie einen kleinen Bergrücken, hinter dem der weitere Weg deutlich zu erkennen war: über ein Geröllfeld in einer Mulde, die links von steilen Felsen und rechts von einem Bergkamm begrenzt wurde. Jenseits des Gerölls zeichnete sich ein grasbewachsener Bergrücken ab.

Mit langsamen, gleichmäßigen Schritten ging Brenda voran. Ella folgte ihr bedächtig und bemühte sich, ruhig zu atmen und auf dieselben Stellen zu treten wie Brenda. Es machte ihr nun nichts mehr aus, dass Brenda schwieg. Sie hatte weder Luft noch Konzentration zum Reden übrig.

Einen Bach überquerten sie mühelos, der zweite war nicht so ohne, da er nur ein kleines Stückchen weiter unten in eine Klamm stürzte. Der grasige Untergrund wurde steiniger – und steiler. Ella schnaufte. Einen Pfad konnte sie nun nicht mehr sehen.

»Können wir ein Päuschen machen?«, keuchte sie.

»Von mir aus.« Brenda blieb stehen. »Aber essen werden wir erst, wenn wir oben sind.«

Wieso bestimmte sie plötzlich so einfach über Ella? Da kam wohl die Krankenschwester durch, die es gewohnt war, für ihre Patienten zu entscheiden. Nun war es allerdings ein wenig zu spät festzustellen, dass Brenda ihr im Grunde nicht besonders sympathisch war.

Ella drehte sich um und blickte zurück. Weit unten, dort, wo sie hergekommen waren, bewegte sich etwas Dunkles. Gab es hier Steinböcke oder ähnliche Bergtiere? Sie war schon drauf und dran, danach zu fragen, als ihr auffiel, dass die Sonne hinter den Wolken verschwunden war. Die waren vorhin aber noch nicht da gewesen.

»Wird das Wetter jetzt doch schlechter?«, wollte sie wissen. »Sollten wir dann nicht besser zurückgehen?«

Brenda schüttelte den Kopf. »Das hat nichts zu sagen«, beruhigte sie Ella. »Das ändert sich gleich wieder.« Sie setzte sich erneut in Bewegung, und Ella blieb nichts übrig, als ihr zu folgen.

Es wurde erneut ein wenig einfacher, bis sie über eine weitere kleine Geröllhalde an eine schroffe Felswand gelangten. Von dort aus schien es nur einen Weg zu geben – rechts hinauf und dann den Grat entlang.

Ella sog überrascht die Luft ein, als sie die Höhe erreichten. Die Aussicht war unglaublich: Meile um Meile zerklüfteter Felslandschaft und zwischen den schroffen Bergen grünlich schimmernde Täler. Und am Himmel eine ganze Menge dunkelgrauer Wolken, die einige Bergspitzen bereits umhüllten.

Brenda musste Ellas entsetzten Blick wahrgenommen haben. Sie lächelte.

»Komm schon! Wir gehen nur noch ein Stück, dann haben wir es geschafft.«

Sie marschierte nun schneller, und es fiel Ella schwer, ihr zu folgen, vor allem, weil sie ständig zum Himmel schaute. Irgendwas war hier nicht in Ordnung. Sollte das eine Mutprobe werden?

Der Untergrund bestand mittlerweile nur noch aus Steinen und kleineren und größeren Felsbrocken. Und mit einem Mal war Brenda im Nebel verschwunden. Ella blieb stocksteif stehen. Nebel? Wo kam der plötzlich her? Nein, das mussten die Wolken sein! Hatte sie nicht schon ein paar Mal von den gefährlichen Wetterumschwüngen in den Cuillins gelesen? Warum nur hatte sie Brenda vertraut? Sie hätte beim ersten Anzeichen von Wolken zurückgehen sollen. Dann hätte sie den Weg wahrscheinlich auch allein noch finden können.

»Brenda!«, rief sie. »Brenda, wo sind Sie?«

Keine Antwort.

Mit winzigen Schritten bewegte sie sich weiter, ihre Hand stützte sie an dem großen Felsbrocken zu ihrer Linken ab. Plötzlich konnte sie jemanden atmen hören.

Sie blieb stehen und lauschte. »Brenda? Wo stecken Sie? Ist was passiert? Sind Sie verletzt?«

Ein leises Stöhnen ertönte. Vorsichtig ging Ella weiter. Ihre Füße stießen an etwas Weiches – Brendas Rucksack. Sie ließ sich auf die Knie nieder und tastete den Weg vor sich ab, der kaum zu erkennen war. War Brenda gestürzt? Aber wieso hatte sie den Rucksack abgelegt?

Halt, da war kein Weg mehr! Hier ging es steil abwärts.

Schnell zog sich Ella wieder zurück. Sie glaubte, ein Lachen zu hören.

»Brenda?«

»Na, nun mach schon, vorwärts!«, spottete die Stimme aus dem Nebel. »Ich kann nicht ewig warten. Ein paar

Schritte noch, dann lernst du die Cuillins so richtig kennen, mit all ihren Abgründen.« Wieder lachte sie.

»Was soll das?«, schrie Ella. »Sind Sie verrückt geworden?«

Wenn sie sich nicht täuschte, befand sich Brenda hinter dem großen Felsbrocken direkt neben dem Abgrund, in den sie Ella hatte locken wollen. Wahrscheinlich gab es da einen schmalen Felsvorsprung, auf dem sie stehen konnte, und sie hatte deshalb ihren Rucksack abgenommen.

»Warum machen Sie das?« Ella hörte die Panik in ihrer eigenen Stimme.

»Ach, Kindchen, warum wohl? Meinst du, ich will mir alles, was ich mir erarbeitet habe, wegen so einer dahergelaufenen ausländischen Schnüfflerin mit altmodischen Besitzvorstellungen wegnehmen lassen? Nein, nein, kommt nicht in Frage.«

»Altmodische Besitzvorstellungen?« Auf einmal verstand Ella. »Sie waren das also in Scorrybreac House! Haben Sie nur die Sachen geklaut oder auch Reginald Brewster getötet?«

»Hab ich mir doch gedacht, dass du früher oder später dahinterkommst. Gut, dass es später ist. Jetzt kannst du es niemandem mehr erzählen.« Brenda lachte wieder. »Die alten Leute brauchen ihren Kram doch ohnehin bald nicht mehr. Da stehen Werte einfach so auf der Kommode oder im Bücherregal und helfen keinem. Und wenn die weg sind, merken sie es zum Teil nicht einmal. Nur Mr Reginald war ein misstrauischer Geizhals.«

Ella hielt die Luft an.

»Es hat aber keiner mitgekriegt, dass er in der Nacht

mehrfach sein Insulin gekriegt hat – bis der Pen leer war. Auch er nicht. Ich kenne ein wirklich gutes Schlafmittel. Ich würde es dir empfehlen, aber du wirst es nicht mehr brauchen.«

Ella schob sich noch ein Stück weiter zurück, weg vom Abgrund. Wenn es ihr gelang, sich leise zu entfernen, hatte sie vielleicht eine Chance. Nicht um zu fliehen – in dem bergigen Gelände, das sie nicht kannte, war sie Brenda hoffnungslos unterlegen. Nein, sie musste sich verstecken. Vielleicht hinter einem der Felsbrocken? In dieser Milchsuppe würde Brenda sie nicht so leicht finden. Vor allem nicht, wenn sie ihre Ausrüstung nicht mehr hatte.

Vorsichtig nahm Ella Brendas Rucksack. Hoffentlich war nichts darin, was klapperte und sie verriet.

»Du hättest mich nicht nach dem Paracetamol fragen sollen«, rief Brenda nun, und ihre Stimme klang hysterisch. »So habe ich gemerkt, dass du mir auf der Spur bist. Ja, mit dem einfachen, harmlosen Paracetamol konnte ich der lieben Joan Swanston hinüberhelfen. Diese Grippe war ein Segen! Natürlich für mich und nicht für die alte Schnüfflerin.«

»Aber Sie hatten sie doch kurz zuvor gerettet!« Endlich war es Ella gelungen, Brendas Rucksack ohne ein Geräusch über ihren eigenen zu ziehen.

»Das war, bevor sie an mein Krankenhaus in Manchester geschrieben hatte. Und außerdem: Ich bestimme über Leben und Tod! Ich allein!«

Plötzlich hörte Ella Steine fallen und dann einen fürchterlichen Schrei.

»Brenda?«

Sie bekam keine Antwort.

»Brenda, was ist passiert?«

Aber alles blieb still, und Ella spürte deutlich, dass niemand mehr hinter dem Felsen stand.

In diesem Moment begann es heftig zu schneien.

Kapitel 39

Im Nu bildete sich eine dünne weiße Schicht auf dem steinigen Untergrund. Die Sicht wurde noch schlechter, und Wind kam auf. Ella setzte ihre Kapuze auf und schnürte sie fest. Wie gut, dass sie für die Bergtour die dicke Jacke angezogen hatte.

Sie schloss kurz die Augen und versuchte, sich an den Weg zu erinnern, den sie gekommen waren. Zunächst konnte sie sich an diesem Felsen zurücktasten, dann musste sie irgendwie abwärts über den steinigen Teil zu dem Bergrücken, von dem aus sie das näher kommende Unwetter entdeckt hatte. Dann den schmalen Grat entlang. Oder war es umgekehrt gewesen?

Wie sollte sie das schaffen? Was, wenn sie auf der Schneeschicht ausrutschte und stürzte? Niemand konnte sie hier finden. Niemand wusste, wo sie war. Zwar hatte sie Flora gesagt, dass sie mit Brenda zum Wandern in die Cuillins fuhr, aber die Cuillin Hills umfassten ein riesiges Gebiet!

Sie hatte es auch Alex geschrieben. Alex, der ihr ihren Leichtsinn nie verzeihen würde. Alex, der heute Abend vergeblich auf sie warten würde, wenn sie es nicht schaffte, trotz allem einen Rückweg zu finden. Alex, der sie betrauern würde, nach ihr rufen würde. Fast glaubte sie, seine Stimme zu hören.

»Ella!«

Sie musste es versuchen. Bedächtig setzte sie ihre Füße auf und tastete sich ein paar Schritte vorwärts. Machte eine Pause und ging einen weiteren Schritt. Rutschte ein wenig aus, konnte sich aber fangen. Sie würde Stunden brauchen – wenn sie überhaupt den Weg fand und nicht stürzte und sich verletzte.

Da hörte sie es wieder: »Ella!«

Sie blieb stehen. Drehte sie jetzt völlig durch?

»Ella! Ms Cordier!«

»Alex!«, schrie sie. Wenn sie hier in der Einsamkeit einer akustischen Fata Morgana entgegenbrüllte, war es schließlich egal.

»Ella! Wo bist du, verdammt noch mal?«, hörte sie nun, ein wenig deutlicher als zuvor.

Wie war das möglich?

»Alex! Hier, neben dem Felsen«, rief sie, so laut sie konnte. »Obwohl, hier sind ja lauter Felsen.«

»Das merke ich«, hörte sie, dazu das Geräusch rollender Steine.

War dies doch keine Halluzination in Todesnähe? Alex' Stimme klang gehetzt, atemlos, panisch, aber sehr lebendig.

»Ella!«, rief er wieder. Er schien nun sehr nah zu sein.

Ella stand völlig still und hielt den Atem an. Sie starrte in den Nebel. Wurde er nicht ein wenig lichter? Und bewegte sich da nicht tatsächlich etwas?

»Alex!«

Aus der weißen Suppe schälte sich eine dunkle Gestalt. »Ella! Oh mein Gott, was bin ich froh, dass ich dich gefunden habe!«

Plötzlich war sie in seinen Armen.

»Wo ist Brenda Cordier?«, fragte er leise und drückte sie an sich. »Sie ist gefährlich, wir müssen vorsichtig sein.«

»Nicht mehr.« Ellas Hals fühlte sich rau an. »Ich glaube, sie ist abgestürzt. Da ging es ins Nichts, und ...«

»Und du, bist du heil?« Er schob sie ein wenig von sich, um sie zu betrachten. Dann zog er sie weiter in den Windschatten des großen Felsblocks.

»Ich bin okay. Ich hatte Glück. Sie muss gehofft haben, dass ich den Abgrund nicht sehe. Oder sie wollte mich runterstoßen.« Ella fühlte Tränen über ihre Wangen laufen.

Sie waren überraschend warm. Alex wischte sie vorsichtig mit dem Daumen weg. Seine Hände waren so kalt wie Ellas Gesicht.

»Ich bin fast verrückt geworden, als ich erfahren habe, dass du mit ihr allein bist«, sagte er. »Sie ist eine Mörderin.«

»Ich weiß. Sie hat gestanden, dass sie Reginald Brewster und auch Joan Swanston umgebracht hat.«

»Wahrscheinlich nicht nur die. Schwester Brenda stand in den Krankenhäusern, in denen sie gearbeitet hat, unter Verdacht, ein ›Todesengel‹ zu sein. Man konnte ihr nur nichts beweisen.«

»Woher weißt du das?«

»Ich bin bei der Polizei, Liebes, schon vergessen?«

Ella legte ihren Kopf an seine Schulter, und er drückte sie an sich.

»Ich habe alle Namen, die du als Verdächtige genannt hast, von einer Kollegin überprüfen lassen. Und kaum hatte ich das Telefonat mit ihr beendet, kam deine WhatsApp. Deshalb bin ich dir gefolgt. Aber jetzt müssen wir los, bevor der Rückweg noch schwieriger wird.«

Der Rückweg! Einen Moment lang hatte Ella tatsächlich vergessen, wo sie waren. Nur eines war wichtig: Alex war da. Er war ihr gefolgt. Aber wie hatte er sie gefunden? Nun, weitere Antworten würden warten müssen.

»Sollten wir nicht die Bergwacht rufen?«, fragte sie. »Vielleicht lebt Brenda ja noch.«

»Ohne Handynetz? Und bei dem Wetter nützt auch ein Hubschrauber nichts. Das müssen wir verschieben. Jetzt müssen wir erst mal weg hier.« Alex schaute an ihr herab. »Deine Schuhe.« Seine Stimme klang skeptisch. Er selbst trug Bergstiefel, die sie noch nie an ihm gesehen hatte.

»Hast du keine Kapuze?«, erwiderte sie im Gegenzug. »Und besonders wasserfest sieht deine Jacke auch nicht aus.«

»Ich hatte es eilig.«

»Vielleicht ist was in Brendas Rucksack?«

Tatsächlich – der Rucksack erwies sich als Glücksgriff. Neben Regenzeug und einer dicken lila Mütze enthielt er sogar ein Paar Steigeisen. Dazu einen Flachmann, dessen Inhalt sich als wunderbar wärmender Whisky herausstellte. Sie nahmen beide einen kräftigen Schluck. Ellas Magen knurrte.

»Zu essen ist nichts da«, sagte Alex bedauernd.

»Warte!« Ella zog aus ihrem eigenen Rucksack die Packung Shortbread und die beiden Schokoriegel. Einen davon gab sie Alex. »Hast du sehr großen Hunger?«, fragte sie vorsichtig.

»Nein, die Kekse kannst du alleine essen. Das hier reicht mir.« Er schmunzelte kurz und biss in seinen Riegel, dann wurde sein Gesicht wieder ernst. »Aber beeil dich ein bisschen!«

Hastig aß Ella drei Shortbread Fingers, steckte die restliche Packung griffbereit in ihre Jackentasche und setzte ihren Rucksack auf. Vielleicht konnten sie später, weiter unten, noch mal stehen bleiben.

Sie beschlossen, Brendas geplünderten Rucksack zurückzulassen. Mit den Steigeisen an ihren Schuhen fühlte sich Ella nun wesentlich sicherer. Alex ging voran. Er wirkte, als hätte er Bergerfahrung, und seine Ruhe und Gelassenheit gegenüber Nebel, Schnee und Wind übertrugen sich auf sie. Wie lange sie unterwegs waren, konnte sie nicht einschätzen, vielleicht eine Stunde, vielleicht zwei, vielleicht auch eine Ewigkeit.

Auf einmal blieb Alex stehen und drehte sich nach ihr um. »Scheiße!«, fluchte er. »Ich erkenne hier nichts mehr. Es könnte sein, dass ich uns in die Irre geführt habe. Dieser verdammte Nebel!«

Ella trat zu ihm und griff nach seiner Hand. »Jetzt im Schnee sieht sowieso alles völlig anders aus«, sagte sie. »Ohne dich wüsste ich überhaupt nicht, in welche Richtung ich gehen muss.«

»Na, dann haben wir jetzt ein ernstes Problem. Ich weiß

nämlich auch nicht mehr, in welche Richtung wir gehen müssen.«

»Können wir uns nicht einfach bergab orientieren?«, fragte Ella, antwortete sich aber gleich selbst: »Allerdings könnten wir auch in einem völlig anderen Tal landen, wo wir dann erst recht festsitzen.«

Alex nahm sie in die Arme. »Es ist meine Schuld. Ich bin so hastig losgestürmt, dass ich nicht für die notwendige Ausrüstung gesorgt habe. Es tut mir leid, Ella.«

»Du bist mir bis in die Cuillins gefolgt, um mich zu retten«, murmelte Ella. »Und ich bin einfach nur froh, dass wir zusammen sind.«

»Selbst wenn wir orientierungslos herumirren?«

Ella durchzuckte eine Erinnerung. Sie machte sich abrupt von ihm los.

»Moment!«, sagte sie. »Ich habe noch ein Geschenk für dich. Sollte ein Mitbringsel werden, aber ich glaube, der augenblickliche Zeitpunkt ist günstiger.«

»Jetzt verfall nicht in Endzeitstimmung! Wir werden es schon schaffen.«

»Sicher werden wir das!« Ella nahm ihren Rucksack ab und zog den Reißverschluss der Seitentasche auf. Triumphierend holte sie das lederne Täschchen heraus und überreichte es Alex.

Mit grimmigem Ausdruck und einer tiefen Falte zwischen den Brauen klappte er das Täschchen auf und nahm sein Geschenk heraus. Er öffnete den Deckel.

»Ein Kompass!«

Ella strahlte ihn an.

»Du bist voller Überraschungen!«, sagte er. »Jetzt hoffe

ich nur noch, du hast keinen Bügel-BH an, und auch dein persönlicher Magnetismus wirkt nicht ablenkend.«

Ella lachte und schüttelte den Kopf.

Alex beobachtete die Nadel und richtete den Kompass so aus, dass sie nach Norden wies. »Hier entlang!« Er zeigte schräg nach links. »Ich hoffe, wir sind nicht zu weit vom Weg abgekommen.« Dann gab er Ella einen schnellen Kuss, und sie setzten sich wieder in Bewegung.

Kapitel 40

Sie hielten sich westlich, so gut es ging, kamen allerdings in dem unwegsamen und zerklüfteten Gelände nur langsam vorwärts. Irgendwann wurde es leichter. Es hörte auf zu schneien, und je tiefer sie gelangten, desto besser wurde auch die Sicht. Außerdem lag fast kein Schnee mehr. Undeutlich wurde eine Art Weg erkennbar, dem sie folgen konnten.

»Wir haben es geschafft, nicht wahr?«, sagte Ella, als sie an einen Bach gelangten, der ihren Pfad kreuzte, und blieb neben Alex stehen. »Meinst du, das ist der Bach, über den man auf dem Hinweg rüber musste? Allerdings erinnere ich mich an einen kleinen Abgrund mit Wasserfall ...«

»Von einem Abgrund weiß ich nichts. Aber vielleicht habe ich den Bach an einer anderen Stelle überquert – oder es ist ein anderer.« Alex griff in seine Jacke, um Brendas Flachmann herauszuziehen. Er reichte ihn Ella. »Auf jeden Fall geht der Pfad da drüben weiter bergab. Und er dürfte in Richtung Zivilisation führen.«

Ella nahm einen kräftigen Schluck Whisky und gab Alex die Flasche zurück. »Ist noch ein bisschen für dich drin«, sagte sie. »Und ich kann dir dazu ein letztes Shortbread anbieten.«

Er lachte und nahm beides an. Eine Weile standen sie einfach nur da und knabberten ihre Kekse. Das Wasser aus Ellas Flasche war eiskalt, aber es spülte die letzten Krümel hinunter.

Ella schnallte die Steigeisen ab. »Ich glaube, die brauche ich jetzt nicht mehr.« Sie sah sie nachdenklich an und packte sie dann sicherheitshalber in ihren Rucksack.

Am Ende waren sie doch noch nicht so weit, wie sie dachten, oder das Wetter wurde wieder schlechter. Sie schaute sich um. Es war definitiv ein anderer Bach, einer, der weder Wasserfälle noch Felsbecken bildete. Aber die Richtung des Weges stimmte.

Sie setzten sich wieder in Bewegung. Nach der Kletterei in Schnee und Nebel, immer in Gefahr auszurutschen, war es jetzt ein Kinderspiel. Sie gingen Hand in Hand, schweigend, die Schrittlänge einander angepasst. An den wenigen schwierigeren Stellen, an denen sie sich loslassen mussten, warteten sie aufeinander und fassten sich gleich wieder an.

»Da!«, sagte Ella plötzlich und blieb stehen.

In der Ferne, doch deutlich zu erkennen, durchschnitt eine Art Linie die Landschaft.

»Die Straße!« Alex drehte sich zu ihr und nahm sie in die Arme.

Sie hielten einander, küssten sich, lachten.

»Wir haben es geschafft«, flüsterte Alex ihr ins Ohr. »Dank dir.«

»Dank dir! Ohne dich wäre ich nie heil hier runtergekommen.«

Er lachte leise. »Wir arbeiten gut zusammen, meinst du nicht? Ich finde, das sollten wir fortsetzen.«

»Unbedingt!« Jeglicher Zweifel, den sie gehabt hatte, war verschwunden. Sie gehörte zu diesem Mann.

Als sie schließlich an der schmalen Straße ankamen, waren sie beide völlig erschöpft. Ella sank auf einen Stein nieder, während Alex erneut den Handyempfang überprüfte – leider vergeblich.

Er schüttelte den Kopf. »Wir können nicht einfach hier sitzen bleiben, sonst holen wir uns noch eine Unterkühlung.«

Ella nickte. »In welcher Richtung steht wohl dein Auto?«

Alex blickte die Straße entlang, zuerst zur einen, dann zur anderen Seite. »Ich weiß es nicht«, gestand er. »Ich bin mir nicht sicher, wo wir runtergekommen sind.«

Ella atmete tief durch und versuchte sich hochzuhieven. »Dann müssen wir uns wohl den Feen anvertrauen«, sagte sie. »Weißt du noch, wie man sie beschwört?«

Alex reichte ihr die Hand, zog sie auf die Beine und nahm sie in die Arme. »Aber ja!«

Ob es nun wirklich die Feen waren oder doch einfach der Zufall – kaum hatten sich ihre Lippen wieder voneinander gelöst, hörten sie das Motorengeräusch eines nahenden Kleinbusses.

Kapitel 41

Der Fahrer des Touristenbusses, der sie aufgelesen hatte, hatte darauf bestanden, sie bis zu einem Souvenirladen mitzunehmen. Der stand zwar einsam in der Landschaft, verfügte aber neben karierten Schals und Plaids, Strickpullovern und Heideschmuck über ein kleines Café mit offenem Kamin. Nicht nur Ella, sondern auch Alex war sichtlich erschöpft; um seinen Mietwagen würden sie sich später kümmern.

Während Ella in einem Sessel nah am Feuer einen heißen, starken English Breakfast Tea genoss und auf die bestellten Mac and Cheese wartete, ging Alex noch einmal hinaus, um zu telefonieren. Den Inhalt der Gespräche sollte weder die Kellnerin noch das Pärchen am Fenster hören. Er brauchte ziemlich lange, fand Ella. Doch er war zurück, bevor das Essen kam.

»Alles so weit klar«, sagte er und ließ sich schwerfällig in den zweiten Sessel sinken. »Polizei und Bergwacht sind informiert, und Ms MacTavish weiß auch Bescheid.«

»Finola? Was hat die denn damit zu tun?«

Alex lächelte und legte seine kalte Hand auf ihre inzwischen gewärmte. »Ohne sie hätte ich dich nicht gefunden.«

In diesem Moment brachte die Kellnerin das Essen. Ella wartete ungeduldig, bis sie wieder gegangen war, nahm hastig eine Gabel voll Käsenudeln, kaute sie genüsslich und schluckte.

Dann sagte sie: »Jetzt dürfte der richtige Zeitpunkt sein, um mich aufzuklären. Wie konntest du uns verfolgen, und wie hast du mich gefunden?«

»Darf ich vorher noch ein paar Bissen essen?«

»Wenn's sein muss.« Sie grinste.

»Muss sein.« Er steckte eine Gabel der wunderbaren, heißen Nudeln in den Mund.

Erst nachdem sie beide etwa die halbe Portion aufgegessen hatten, begann Alex zu berichten.

»Also, ich habe dir ja schon erzählt, dass ich anhand deiner Verdächtigenliste die Leute routinemäßig überprüfen ließ. Alle waren sauber, außer Archibald Bond, der wohl die Angewohnheit hat, viel zu schnell Auto zu fahren, und Brenda Cordier. Da hatte es in Birmingham eine Anzeige gegeben, die dann allerdings im Nichts verlief: Die Krankenschwester stand im Verdacht, Medikamente falsch dosiert und so zum Tod eines Patienten beigetragen zu haben. Nachweisbar war nichts, aber sie wechselte danach das Krankenhaus und arbeitete zwei Jahre lang in Manchester. Dort wurde sie wegen Diebstahls angezeigt. Die Geschädigte war eine Achtzigjährige, die auf Schwester Brendas Station lag. Sie starb allerdings kurz darauf, und so verlief auch diese Anzeige im Sande. Doch der Krankenhausleitung war das alles suspekt, und Schwester Brenda suchte sich wieder einen neuen Posten.« Er machte eine Pause, um ein paar Happen zu essen.

»Darauf wäre ich nie gekommen«, sagte Ella. »Sie wirkte immer so aufrichtig und kompetent.«

Alex nickte und fuhr fort: »Ich wollte dich gerade anrufen, um dir zu erzählen, was ich rausgefunden hatte, da kam deine WhatsApp. Kannst du dir vorstellen, wie ich mich gefühlt habe, als ich las, dass du mit einer mutmaßlichen Verbrecherin allein in die Berge willst? Ich bin sofort los zu Scorrybreac House, weil ich dachte, ich erwische dich dort noch. Aber ihr wart schon weg. Mrs Swanston wusste von nichts, und auch die alten Herrschaften waren ratlos, wo genau ihr beiden hingefahren sein könntet.«

»Warum hast du mir nicht einfach eine Nachricht geschickt?«

»Hab ich doch! Aber du hast nicht geantwortet.«

Überrascht holte Ella ihr Handy aus dem Rucksack. Tatsächlich, da war eine Nachricht eingegangen, allerdings erst vor ein paar Minuten.

»Warte auf mich!«, stand da. »Unbedingt! Wichtig!!! Neue Info!!!«

»Jetzt ist sie angekommen. Mit einer ganzen Menge Ausrufezeichen.« Ella seufzte. »Das mit dem Handynetz ist hier irgendwie nicht so einfach.«

Alex ging nicht darauf ein. »Ich wollte niemanden beunruhigen«, erzählte er weiter, »also habe ich nicht gesagt, warum ich dich so dringend suche. Nur dass ich dich besuchen wollte. Aber dann war da diese junge Frau mit dem blauen Haar, die hat mich wie absichtslos vor die Tür begleitet, als ich verzweifelt zum Auto stürzen wollte.«

»Finola.«

Er nickte. »Sie hatte gemerkt, dass ich nicht nur ein verschmähter Lover war ...«

Ella kicherte.

»... sondern dass es um etwas Ernstes ging. Also hat sie mir erklärt, wo Brenda Cordier meistens parkt, wenn sie eine kleine Tour machen will. Und sie meinte, wenn du unerfahren wärst, würde die Schwester sich nicht unnötig anstrengen.«

»Da hat sie recht gehabt. Und oben auf dem Berg hat Brenda eine wunderbar passende Stelle gewusst, um mich loszuwerden.«

»Ich glaube, Ms MacTavish hat gemerkt, was los ist, obwohl ich nichts gesagt habe. Denn sie hat mir ihre Handynummer aufgeschrieben und mich gebeten, sie anzurufen, wenn ich dich heil gefunden habe.«

»Sie muss gehört haben, wie ich mit Flora gesprochen habe.«

»Wahrscheinlich. Und sie schien der Krankenschwester nicht gerade freundschaftlich verbunden. Außerdem hat sie vorausgesagt, dass das Wetter umschlagen würde. Aber inzwischen wart ihr schon so lange unterwegs, dass ich es nicht gewagt habe, noch einmal ins Hotel zu fahren. Immerhin hatte ich die Bergstiefel im Kofferraum. Und ich hab zu dem Zeitpunkt noch gehofft, euch einzuholen. Aber ich kenne mich ja hier nicht aus, und diese Brenda muss ziemlich gerast sein. Als ich nämlich endlich an dem Platz ankam, wo tatsächlich der Wagen stand, den Ms MacTavish mir beschrieben hatte, war von euch nichts zu sehen.«

»Also bist du uns nachgegangen. Woher wusstest du, welche Richtung wir eingeschlagen hatten?«

»Ich wusste gar nichts. Aber es gab dort nur einen einzigen erkennbaren Pfad, also habe ich den genommen. Von wegen ›kleine Tour‹! Nach einer Weile kam ich jedenfalls an eine Stelle, von der aus man eine gute Sicht auf die Berghänge hat. Da habe ich einen roten Fleck entdeckt, der sich bewegte. Das musstest du in deiner roten Jacke sein.«

»Ich glaube, ich habe dich auch gesehen. Ich dachte, es wäre vielleicht ein Steinbock.«

»Kein Steinbock – ein Schütze!«

Ella grinste.

»Danach war es nicht mehr so schwierig«, fuhr Alex fort, »weil ich immer mal wieder den roten Punkt sehen konnte. Und langsam schien er auch größer zu werden.«

»Bis die Wolken kamen.«

»Genau«, bestätigte Alex. »Die Wolken und dann der Schnee und der Wind. Da habe ich angefangen zu rufen. Ich dachte, wenn sie weiß, dass jemand anderes in der Nähe ist, wird sie dir nichts tun.«

»Ich habe dich erst gehört, als sie schon abgestürzt war. Und dann habe ich geglaubt, ich halluziniere.«

Alex lächelte. »Das nehm ich jetzt mal als Kompliment, dass du in einer Gefahrensituation ausgerechnet mich für eine wahrscheinliche Halluzination gehalten hast.«

Ella begann zu lachen, und Alex stimmte ein. Sie lachten so laut, dass das Paar am Fenster stirnrunzelnd zu ihnen herüberschaute. Auch der Mann, der das Café gerade betreten hatte und an der Tür stand, sah sie an. Er war schwarz gekleidet und hielt eine Uniformmütze mit einem Band in schwarz-weißem Schachbrettmuster in der Hand – ein Polizist.

»Ich glaube, der will zu dir, Alex.« Ella bemühte sich, wieder ernst zu werden, was ihr jedoch nur schlecht gelang. Zu groß war ihre Erleichterung, hier mit Alex im Warmen zu sitzen, den Magen gut gefüllt und jetzt nach dem Essen angenehm müde.

Alex drehte sich zu dem Polizisten um, stand auf und ging zur Tür, um ihn zu begrüßen. Er wechselte leise ein paar Worte mit ihm und kam schließlich zu Ella an den Tisch zurück.

»Bist du so weit, Liebes? Der Kollege von der Highland and Islands Police fährt uns nach Portree.«

Ella nickte, nahm ihre Sachen und erhob sich. Dann folgte sie den Männern nach draußen zum Auto. Sie stieg hinten ein und gab Alex so die Möglichkeit, vorne »Polizeikram« zu besprechen, wie sie es nannte. Im Moment war sie glücklich, sich einfach zurücklehnen zu können und ihm alles Weitere zu überlassen. Als der Wagen vom Parkplatz fuhr, war sie schon fast eingeschlafen.

Einmal wachte sie kurz auf, ließ sich schlaftrunken von Alex in sein Hotelzimmer führen und aufs Bett fallen. Sie fühlte, wie er ihr die Jacke und die Schuhe auszog. Dann versank die Welt wieder in warme Dunkelheit.

Kapitel 42

Sie trafen sich am nächsten Morgen im Gelben Salon: die Bewohner von Scorrybreac House, Lydia Swanston, Ella und Alex. Schließlich, als eigentlich schon alle saßen und gespannt auf Ella und Alex schauten, schlüpfte auch Finola noch zur Tür herein und setzte sich auf den letzten freien Stuhl.

Alex nickte ihr zu und begann zu sprechen: »Mein Name ist Alex Drake. Sie haben mich ja gestern schon kurz kennengelernt, als ich nach Ella gesucht habe. Ich wollte Sie nicht beunruhigen, aber die Sache war ernst.«

»Es war sehr rücksichtsvoll von Ihnen, Bescheid zu sagen, dass Sie Ella wohlbehalten gefunden hatten.« Floras Stimme zitterte leicht. »Als das Unwetter kam, habe ich mir doch große Sorgen gemacht, auch wenn sie mit Schwester Brenda unterwegs war. Die hat die Gefahr sicher rechtzeitig erkannt.«

»Leider war es ein wenig anders«, erwiderte Alex. »Sehen Sie, das Problem war nicht so sehr das Wetter, sondern Ihre Schwester Brenda. Die hatte nämlich nicht wirklich die Absicht, Ella einen schönen Tag zu bereiten.«

»Was hat er gesagt?«, wandte sich Gordon an Sue, die neben ihm saß.

»Schalt dein Hörgerät ein!«, forderte Sue laut und gestikulierte dabei. »Ich glaube, es ist wichtig.«

Gordon gehorchte und bedeutete Alex mit einer Geste fortzufahren.

»Ella, möchtest du selbst erzählen, was dich eigentlich hierhergebracht hat?«, fragte Alex.

»Ja.« Sie räusperte sich und sah in die Runde. »Sie wissen, dass ich hergekommen bin, weil sich Floras Neffe Sorgen um sie gemacht hat.«

Mehrere der Anwesenden nickten.

»Das war aber nicht alles. Er hat mich nämlich außerdem für sie als Detektivin engagiert.«

»Nein!« Lydia Swanston wirkte geschockt. »Das hätte ich nie gedacht, dass Sie Detektivin sind.«

»Ist sie auch nicht«, mischte sich Margaret ein. »Sie ist Schriftstellerin. Sie schreibt Liebesromane, und zwar sehr gute.«

Finola gab ein seltsames Geräusch von sich, das sie geschickt in ein Husten verwandelte. Ella warf ihr einen Blick zu. Die Physiotherapeutin schien sich zu amüsieren.

»Ich hatte in der Vergangenheit ein paar Mal mit Verbrechen zu tun, und da dachte Canny ...« Ella stockte. »Also, ich kam her, um zu schauen, was es mit den Diebstählen auf sich hatte«, fuhr sie fort.

»Und, was haben Sie herausgefunden?«, wollte Lydia Swanston wissen.

»Zunächst einmal nichts. Aber dann war da noch der

Tod von Reginald Brewster, der Flora komisch vorkam und auch Peggy.«

»Wirklich?« Archibald runzelte die Stirn und schüttelte ungläubig den Kopf.

»Als Ella ein wenig herumgestochert hat, um zu klären, wer die Gelegenheit und ein Motiv gehabt haben könnte, Mr Brewster zu töten«, mischte Alex sich ein, »hat sie Brenda Cordier aufgeschreckt, die einiges zu verbergen hatte.«

Es war still geworden, und alle Augen waren auf ihn gerichtet.

»Ich darf Ihnen keine Einzelheiten nennen, die Polizei wird Sie noch alle vernehmen, aber ein paar Dinge habe ich heute Morgen auf der Polizeistation schon abgesprochen, als Ella und ich unsere Aussagen zu Protokoll gegeben haben.«

»Ich hab Schwester Brenda nie gemocht. Sie konnte nicht gut Blut abnehmen. Ich hatte immer einen blauen Arm hinterher«, erklärte Gordon.

»Wen interessiert schon dein Arm?«, sagte Archibald. »Lass den jungen Mann weiterreden!«

»Soll ich Tee kochen?«, fragte Lydia Swanston, doch alle schüttelten den Kopf.

»Es sieht so aus, als hätte Brenda Cordier immer wieder kleinere Diebstähle begangen, auch schon an ihren früheren Arbeitsplätzen«, fuhr Alex fort. »Und gelegentlich hat sie das Leben ihrer Patienten beendet, wenn diese misstrauisch wurden.«

»Ein Todesengel«, flüsterte Flora.

»Mein Reg!« Peggy schlug die Hände vors Gesicht.

»Ja«, bestätigte Alex. »Reginald Brewster hat von ihr in der Nacht, in der sie ihm ein starkes Schlafmittel gegeben hat, mehrere Dosen Insulin bekommen und ist daran gestorben.«

»Woher wissen Sie das?«, fragte Peggy. »Hat sie gestanden? Ich hoffe, sie wird bis an ihr Lebensende eingesperrt!«

Alex räusperte sich. »Das wird leider nicht möglich sein. Sie ist gestern in den Bergen abgestürzt. Die Bergwacht hat sie inzwischen gefunden – sie hat sich das Genick gebrochen.«

»Ella, Sie waren doch ...«, hauchte Flora entsetzt.

Ella nickte. »Ich war mit ihr wandern. Allerdings wollte sie mir in Wirklichkeit nicht die schöne Landschaft zeigen, sondern mich in einen Abgrund fallen lassen, weil sie sich von meinen Nachforschungen bedroht fühlte. Dabei hatte ich sie überhaupt nicht in Verdacht.«

»Aber das Wetter ...«, begann Flora wieder.

»Das war ein wenig unglücklich«, erklärte Ella mit britischem Understatement. »Doch es ist ja alles gut gegangen.«

»Warum um alles in der Welt hat sie Reg getötet?«, fragte Peggy. Ihre Augen schimmerten feucht.

»Er hatte wohl den Verdacht, dass sie es war, die seine Burns-Erstausgabe gestohlen hatte. Oder aber auch, dass Joan Swanston nicht an der Grippe gestorben ist.«

»Meine Mutter?« Lydia Swanston sprang auf.

»Schwester Brenda hat ihr einen Erkältungstrunk mit jeder Menge Paracetamol gegeben, sodass ihre Leber versagt hat.«

»Woher wollen Sie das wissen? Das kann ich nicht glauben! Die Schwester hatte ihr doch erst kurz zuvor das Leben gerettet.«

»So sah es zumindest aus«, sagte Ella.

Lydia Swanston ließ sich zurück auf ihren Stuhl fallen. Nachdenklich blickte sie auf ihre gefalteten Hände.

»Obwohl Mutter sie nicht mochte. Die beiden sind irgendwie mal aneinandergeraten. Und Mutter hat sich geärgert, dass Schwester Brenda uns keine Referenzen ihrer früheren Arbeitgeber vorgelegt hat. Sie hat mich gedrängt, mich mit den Krankenhäusern in Verbindung zu setzen und nachzufragen. Aber ich dachte, das hätte die Arztpraxis, für die Schwester Brenda ja auch arbeitete, sicher alles überprüft. Und nachdem sie Mutter gerettet hatte, war nie wieder die Rede davon. Meinen Sie, das war Absicht?«

»Wahrscheinlich«, antwortete Ella. »Sie hat Ihre Mutter als ›Schnüfflerin‹ bezeichnet. Und wenn sie wirklich etwas zu verbergen hatte, war es ein Leichtes, ein Medikament zu verabreichten, das zu einer Ohnmacht führte – Insulin zum Beispiel. Damit kannte sie sich ja gut aus. Dann musste sie Ihre Mutter nur noch ›rechtzeitig finden‹ und ihr ein Gegenmittel spritzen.«

»Und wir waren ihr alle so dankbar!« Floras Stimme klang rau. »Dann war ihre Pflege während der Grippeepidemie wohl auch nicht so selbstlos, wie sie tat. Sie muss sich als Herrin über Leben und Tod gesehen haben.«

Ella nickte. »So hat sie es gesagt, kurz bevor sie abstürzte.« Sie räusperte sich. »Die Polizei wird dazu noch ein paar Fragen an Sie haben.«

Nun begannen alle durcheinanderzureden. Nur Lydia Swanston saß zusammengesunken auf ihrem Stuhl und schwieg. Ella stand auf und ging zu ihr.

»Ich glaube, jetzt würde uns ein Tee guttun. Soll ich ihn kochen oder wollen Sie?«, fragte sie und legte die Hand auf ihre Schulter.

Lydia Swanston fuhr zusammen. »Ich mach das schon«, sagte sie und erhob sich. Sie war sichtlich erleichtert, hinausgehen zu können und etwas zu tun zu haben.

»Das ist ja hier wie bei Agatha Christie, wenn Miss Marple allen Anwesenden erklärt, wie und von wem das Verbrechen begangen wurde«, kommentierte Flora. »Nur dass unsere Miss Marple Ella Martin heißt!«

Alex lachte.

»Und Sie, sind Sie auch Detektiv?«, wandte sich Flora an ihn.

Alex schüttelte den Kopf. »Nein, aber Sie haben recht nachzufragen. Ich habe versäumt, mich korrekt vorzustellen: Ich bin Detective Inspector Alex Drake von der Kent Police.«

»Und der Freund von Ella«, fügte Peggy hinzu und schmunzelte.

Alex nickte.

»Ihre Auren passen wunderbar zusammen«, erklärte Peggy.

Bis Lydia Swanston mit dem Tee kam, hatten Sue und Margaret den Tisch gedeckt, und es hatten sich mehrere Gespräche entsponnen. Alex wurde von Flora und Margaret mit Beschlag belegt. Er warf Ella einen leicht verzweifelten Blick zu. Wahrscheinlich wollte Flora alles über die Verbrechensbekämpfung wissen und Margaret alles darüber, wie Ella und Alex zueinandergefunden hatten.

Finola war unauffällig aufgestanden und dabei, den Raum zu verlassen. Ella fing sie an der Tür ab.

»Musst du schon gehen? Hast du einen Termin?«, fragte sie.

»Nein, aber ich gehöre hier nicht dazu.« Finola legte ihre Hand auf den Türknopf.

»Quatsch! Du bist einer der wichtigsten Menschen hier. Ohne dich hätte Alex mich nie gefunden. Und ich weiß nicht, ob ich es allein geschafft hätte, aus den Cuillins zurückzukommen.«

»Ich glaube, das hättest du. Du bist stark«, sagte Finola mit einem kleinen Lächeln.

Ella lächelte zurück. »Nun ja, beinahe wäre es schiefgegangen. Ich wäre nie darauf gekommen, dass Schwester Brenda die Schuldige ist. Sie schien so hilfsbereit und kompetent.«

»Sie war aber auch ganz schön machtbesessen«, erwiderte Finola. »Nur ihre eigene Meinung zählte.«

»Du mochtest sie nicht«, stellte Ella fest.

»Nein, aber man kann ja nicht alle mögen.« Finola zuckte mit den Schultern. »Ich hätte trotzdem nicht gedacht, dass sie Mr Reginald ...« Sie schluckte.

»Ihn mochtest du.«

Finola nickte. »Er war ein sehr netter Mensch, freundlich und verständnisvoll. Hatte immer ein offenes Ohr für mich. Irgendwie hat er mich sogar dazu gebracht, über meine Probleme zu sprechen. Und er wollte mich unterstützen, wenn ich nach Edinburgh gehe.«

»Du verlässt die Isle of Skye?«

»Ja. Ich habe hier festgestellt, dass dieser Beruf letztlich nichts für mich ist. Ich möchte was anderes machen. Allerdings habe ich noch keine Ahnung, was.«

»Und du sagst, Reginald wollte dich unterstützen?«

»Es half mir immer, meine Gedanken zu klären, wenn ich mit ihm sprach.«

»Hm. Ich weiß nicht, ob er da nicht auch noch was anderes im Sinn hatte.«

Finola runzelte die Stirn. »Wie meinst du das?«

»Warte mal ab! Wenn sein Nachlass geregelt ist ...«

»Denkst du, er hat mir was vererbt?«

»Da bin ich mir ziemlich sicher«, sagte Ella.

Nachdem Finola gegangen war, kehrte Ella zu ihrem Platz neben Alex zurück. Flora saß inzwischen wieder in ihrem Ohrensessel und nippte an ihrem Tee. Sie lächelte Ella zu und nickte zufrieden.

Margaret stand immer noch bei Alex. »Sie können aber auch gerne hierher zu Ella ziehen«, bot sie ihm gerade an. »Ich glaube nicht, dass jemand etwas dagegen hat. Oder?« Sie hatte die Stimme erhoben und sah sich Zustimmung heischend um.

Ella biss sich auf die Lippen, um ein Grinsen zu unterdrücken. Sie hier im Gästezimmer mit Alex? Mit einem hellhörigen Badezimmer gleich nebenan? Bevor Alex in seiner Unkenntnis auf diesen Vorschlag falsch antworten konnte, lehnte sie dankend ab.

»Ich habe sehr gerne hier bei Ihnen gewohnt. Es war schön, Sie alle näher kennenzulernen. Aber jetzt werden wir noch ein paar Tage Urlaub machen und uns Skye anschauen. Da passen unsere Tagesabläufe nicht so gut mit Ihren zusammen. Und Alex hat ja ohnehin ein Doppelzimmer, also bietet es sich an, dass ich zu ihm ins Hotel ziehe.«

»Sie müssen unbedingt das Fairy Glen besuchen«, empfahl Archibald. »Und die Talisker Destillerie natürlich.«

»Das steht beides auf unserer Liste.«

»Ich kann Sie gerne chauffieren und Ihnen von der Geschichte der Insel erzählen«, bot Archibald an.

»Vielen Dank, aber ich habe einen Mietwagen, und wir möchten Sie nicht zu sehr beanspruchen«, sagte Alex todernst.

Ella musste sich beherrschen, um nicht laut loszulachen. Sie konnte Alex ansehen, dass er an Archibalds zahlreiche Strafzettel wegen Geschwindigkeitsüberschreitung dachte.

»Wir kommen aber sicher noch mal her, bevor wir nach Hause fahren.«

»Ich kann dann Piroggen machen«, bot Sue an. »Die haben Ihrer Ella so gut geschmeckt.«

»Ja, kommen Sie doch in den nächsten Tagen einfach zum Essen vorbei!«, rief Flora, und diesem Wunsch schlossen sich alle an.

Es dauerte eine ziemliche Weile, bis sich Ella und Alex von allen verabschiedet hatten. Als die Haustür von Scorrybreac House hinter ihnen ins Schloss fiel, schien das Ella wie der Startschuss in ein neues Leben.

»Und, sollen wir ins Fairy Glen fahren, das Tal der Feen?«, fragte Alex.

Sein Blick ging Ella durch und durch.

»Das klingt gut. Aber ich würde vorher gerne noch mal mit dir ins Hotel gehen.«

Er sah sie prüfend an. »Du meinst ...?«

»Ja, ich finde, wir sollten den Feen für unsere Rettung danken. Ganz in Ruhe und sehr ausführlich.« Ihr Gesicht war todernst, doch ihre Augen lachten.

Alex legte seinen Arm um ihre Taille, zog sie an sich und flüsterte ihr ins Ohr: »Ella Martin, für diese Idee könnte ich dich glatt heiraten.«

A Canterbury Song

Fünf Monate später

»Ella! Was machst du denn in Canterbury? Ich dachte, du bist schon ewig wieder in Deutschland.« Die Augen des Jungen, der plötzlich neben ihr stand, strahlten.

»George! Meine Güte, bist du gewachsen! Wie geht es dir?« Ella sprang von der Picknickbank vor dem Pub in der High Street auf. Beinahe hätte sie George umarmt, doch gerade noch rechtzeitig spürte sie, dass eine solche Bezeugung ihrer Zuneigung ihn sicher in Verlegenheit bringen würde. So beschränkte sie sich darauf, ihm kurz auf die Schulter zu klopfen.

Er nickte eifrig. »Gut, es geht uns allen gut. Keine Leichen mehr in den Gärten!«

Ella schmunzelte, als sie an das tote Eichhörnchen dachte, das George gefunden hatte, als sie noch gegenüber von seiner Familie im Windmill Close gewohnt hatte. »Das beruhigt mich.«

»Machst du in Canterbury Urlaub?«, hakte George nach.

»Nicht wirklich«, antwortete Ella. »Ich lebe jetzt hier.«

»Echt? Warum?«

»Es gefällt mir, mein Vater ist auch in Canterbury, und ich habe viele Freunde.«

Georges Augenbrauen zuckten nach oben. »Auch einen besonderen Freund?«

Ella nickte und bemühte sich, ihr Grinsen zu unterdrücken. George war mit zunehmendem Alter nicht weniger neugierig geworden.

»Aha. Und schreibst du noch Bücher?«

Ella nickte wieder.

»Wenn da nicht zu viel Herzschmerz und Geknutsche drin ist, würde ich gern mal eins lesen«, erklärte George.

»Ich werde mich bemühen«, versprach Ella.

»Du könntest uns mal besuchen.«

»Ja, das könnte ich. Warte!« Ella griff nach ihrem Rucksack und nahm ihr Portemonnaie heraus. Aus einem Einschubfach zog sie eine Visitenkarte und reichte sie George. »Du bist der Erste, der meine Karte kriegt, ich bin gerade erst ins neue Haus gezogen. Ruft mich an, wann ihr Zeit habt, dann komm ich gerne.«

»Okay.« George warf einen Blick auf die Karte und steckte sie in die Gesäßtasche seiner Jeans. »Auf Wiedersehen, Ella!«, sagte er dann fast akzentfrei auf Deutsch.

»Auf Wiedersehen, George!«

Ella hatte sich kaum wieder gesetzt, als Mary Ann mit dem Kinderwagen auf sie zueilte.

»Wartest du schon lange? Ich wollte gerade los, als Mia noch einmal ihre Windeln gefüllt hat ...« Mary Ann stellte die Bremse des Kinderwagens fest und ließ sich gegenüber von Ella auf die Bank fallen. »Ich brauche einen Drink.«

»Bleib sitzen, ich geh rein und hol ihn dir! Was möchtest du?«

»Gin Tonic ohne Gin bitte. Wenn das Raubtier mich eines Tages nicht mehr aussaugt, trinke ich den Gin Tonic dafür ohne Tonic.«

Ella konnte sich eines Grinsens nicht erwehren, während sie ihrer Freundin ihr Getränk holte. Das Baby hatte Mary Ann und Brian gut im Griff.

»Und, habt ihr euch schon eingewöhnt im neuen Haus?«, fragte Mary Ann, als Ella zurückkam.

»Ja, es ist toll, so viel Platz zu haben. Mein Arbeitszimmer ist noch nicht ganz fertig, aber ich habe trotzdem schon eine Kurzgeschichte darin geschrieben.«

Mary Ann nickte anerkennend. »Fleißig, fleißig. Und was macht dein neuer Roman?«

»Der ziert sich. Ich hab durch den Umzug und alles noch keine richtige Ruhe dafür gefunden.« Ella zuckte mit den Achseln.

»Na, das wird schon.«

Hoffentlich, dachte Ella. Diesen Roman zu plotten, war ihr ungewöhnlich schwergefallen, und auch beim Schreiben war sie längst nicht so weit, wie sie eigentlich sein wollte. Aber wenn nach der Housewarming-Party am Wochenende alles ruhiger war, würde sie den Rückstand aufholen. Noch lag der Abgabetermin fern.

»Und was macht mein Patenkind?«, wechselte sie das Thema.

»Was wohl? Schlafen, schreien, trinken und – na ja,

das Übliche eben.« Mary Anns Tonfall und der Stolz in ihren Augen straften ihre nüchternen Worte Lügen. »Und mit ihrem Daddy macht Mia, was sie will.«

Ella sah das schlafende Baby im Wagen liebevoll an.

»Na, kriegst du da nicht auch Lust ...?«, fragte Mary Ann forschend.

»Wieso? Ich kann mir doch Mia jederzeit ausleihen – und sie zurückgeben, wenn ich genug von ihr habe. Was will man mehr?«

Mary Ann lächelte wissend.

Ella bog in ihre Straße ein und steuerte auf die rote Tür mit dem bunten Glasmosaik im Oberlicht zu. Sie griff zum Türklopfer und ließ den Ring zweimal gegen den darunterliegenden Metallknopf fallen.

James Appleton öffnete überraschend schnell. »Ach, du bist es«, sagte er und trat zur Seite, um sie einzulassen.

»Wen hast du denn erwartet, Dad?«

»Äh ... den Paketboten«, antwortete James. »Du hast doch Schlüssel und bist hier zu Hause.«

»Ich bin aber höflich«, erklärte Ella und folgte ihm in die Küche, wo er sofort den Wasserkocher einschaltete. Ella sah unter den Tisch, bevor sie sich setzte. »Ist Mr Potts nicht da?«

»Der Gute hält im Garten Wache. Seit die Sandersons diese Katze haben, die überall herumschleicht, muss er sein Revier verteidigen.«

»Ist das die kleine weiße?«

James nickte und stellte die Teebecher bereit. »Wirklich

klein ist die aber nicht. Das scheint nur so gegen unseren Mr Potts.«

»Und wie war dein Tag?«

»Anstrengend. Ich habe einen Teil der Hecke entfernt.«

»Im Garten?«

»Wo sonst? Bin ja kein Parkgärtner.«

»Darf ich das sehen?«

»Natürlich – geh schon mal raus, ich bring gleich den Tee mit.«

Ella trat auf James' Terrasse. Tatsächlich, ein paar Meter weiter klaffte in der hohen Ligusterhecke eine bogenförmige Lücke, die in den Nachbargarten führte. Sie ging darauf zu und begutachtete die Arbeit ihres Vaters aus der Nähe.

»Zufrieden?«, rief er ihr von der Tür aus zu.

»Ja, hast du toll hingekriegt! Ich bin beeindruckt.«

»Beeindruckt? Von wem?«, fragte eine Männerstimme aus dem anderen Garten, und Ellas Herz hüpfte kurz auf.

»Du bist schon da?« Sie wollte eilig das Heckentor durchqueren, stieß jedoch genau dort mit Alex zusammen.

»Mhm.« Er beugte sich zu ihr, um sie zu küssen.

Ella legte die Arme um ihn und zog ihn an sich. Eng umschlungen gaben sie sich ihrem Begrüßungskuss hin, bis James sich räusperte.

»Schön, dass ihr das Tor einweiht, aber der Tee wird kalt.«

Hand in Hand schlenderten Ella und Alex zu James' kleinem Gartentisch, auf dem jetzt ein Tablett mit einer Teekanne, drei Bechern und einem Teller voller Shortbreads stand. Sie setzten sich, und noch bevor Ella den ersten Keks gegessen hatte, strich Mr Potts ihr um die Beine.

»Er ist schon ein paar Mal durch das Tor hin und her spaziert«, erzählte James. »Scheint ihm deutlich besser zu gefallen, als sich unter der Hecke durchzuquetschen.«

Ella lachte und kraulte den schwarzen Kater, der mit lautem Schnurren antwortete. »Lynn Crayford hat mir geschrieben«, sagte sie dann. »Sie freut sich, dass gerade wir das Haus gekauft haben, nachdem es ewig leer stand.«

»Ja, ein unnatürlicher Todesfall drückt ganz schön auf die Verkäuflichkeit. Andererseits eben auch auf den Hauspreis«, erwiderte James. »Aber ohne Aileen hättet ihr euch vielleicht nie kennengelernt, so passt das doch alles wirklich gut.«

»Auf jeden Fall wäre Ella nicht auf die Idee gekommen, Detektivin zu spielen, und es wäre uns einiges erspart geblieben.« Alex' Stimme war ernst, doch er zwinkerte ihr zu.

»Diese Zeiten sind aus und vorbei«, erklärte Ella.

»Oh weh! Beruf's nicht!« Alex lachte.

»Hast du etwa eben auf Holz geklopft?«, fragte Ella.

»Nein, ich glaube, das Klopfen war vorne an der Tür.« James stand auf und eilte ins Haus.

»Erwartet Dad jemanden? Er ist irgendwie unruhig.«

Alex lehnte sich zurück und nahm einen Schluck Tee. Er machte ein so unwissendes Gesicht, dass Ella die Stirn runzelte. Sie sah zur Terrassentür.

»Wer ...? Sylvia!« Ella sprang auf und umarmte ihre Schwester. »Wo kommst du denn her?«

»Aus Bonn, woher wohl sonst.« Sylvia lachte und drückte Ella fest. »Ich habe Freigang. Mann und Kinder glauben, alleine zurechtzukommen, und das nutze ich schamlos aus.«

»Ach, wie wunderbar! Setz dich, nein, komm mit, ich zeig dir das Haus! Wo ist dein Gepäck?«

»In deinem alten Zimmer«, erklärte James. »Sylvia ist nämlich mein Gast.«

»Oh, gut.«

»Aber ich möchte natürlich trotzdem euer Haus sehen«, sagte Sylvia und folgte Ella durch den Bogen in der Hecke nach nebenan.

Als sie durch den kleinen Wintergarten das Wohnzimmer betraten, sauste ein weißes Etwas zwischen ihren Beinen hindurch.

Ella schüttelte den Kopf. »Sandersons Katze wird immer frecher. Das wird Mr Potts gar nicht gefallen, wenn sie bis in sein Haus kommt.«

»Ich dachte, der Kater gehört James.«

»Da hast du was missverstanden. Dad und ich und daher auch die Orte, an denen wir wohnen, gehören Mr Potts.« Ella lachte.

»Und Alex?«

»Der wird geduldet oder ignoriert.«

»Der Arme! Oh, was ist denn das?« Sylvia nahm vorsichtig eine kleine Bronzeplastik vom Kaminsims: zwei abstrahierte Figuren, die durch drei kräftige Metallfäden miteinander verbunden waren. »Jonathan Akintola – The Couple«, las sie die Gravur auf dem Boden der Plastik vor.

»Von Lucas.« Ella lächelte. »Er hat sie, als er hier war, in London gekauft. Eigentlich wollte er sie sich direkt nach Australien schicken lassen, aber dann war ihm das doch zu teuer. Auf jeden Fall hat Alex sie später in seiner Wohnung entdeckt, und als er sie Lucas nachschicken wollte, meinte der, sie würde so gut zu uns passen, wir sollten sie behalten.«

Sylvia sah sie forschend an. »Bist du glücklich?«

»Ja«, antwortete Ella. »Ja, das bin ich.«

Zwei Tage später war sie sich dessen nicht mehr so sicher. Haus und Garten waren voller Gäste. Zwar kümmerten sich Dennis und Brian um den Grill und Sylvia und James um die Getränke, aber irgendwie wurde es immer beengter, hektischer und anstrengender. Alex' Schwester Kathy war mit ihrer neuen Freundin gekommen, die zwei Kinder mitgebracht hatte. Jay Patil, Alex' Kollege, versuchte, seinem Vorgesetzten DCI O'Brien aus dem Weg zu gehen. Doch der schien mit seiner frischgebackenen Ehefrau überall gleichzeitig zu sein und sich bestens zu amüsieren. Charly, Alex' Cousine, war schon wieder auf der Suche nach ihrem William, und Finola saß mit Agatha auf der Bank hinten am Gartenschuppen und winkte Ella gelegentlich fröhlich zu.

»Das ist wie bei einer Hochzeit«, versuchte Sylvia, sie zu trösten, »von der hat auch das Brautpaar am wenigsten.«

Ella atmete tief durch.

»Hast du überhaupt schon was gegessen?«

»Keine Zeit.«

»Hey, Dennis!«, rief Sylvia. »Unsere Gastgeberin braucht

Nahrung.« Sie gab Ella einen sanften Stoß in die Richtung, wo der Grill aufgebaut war.

Auch Alex wartete bei Dennis und kehrte ihr den Rücken zu. Neben ihm stand eine fremde Frau mit langen dunkelbraunen Haaren und einer großen Sonnenbrille. Mit wem sie wohl gekommen war? Und warum hatte Alex sich umgezogen? Das blaue Shirt von vorhin hatte Ella besser gefallen, aber vielleicht war es in dem Trubel schmutzig geworden.

Sie nickte der Fremden freundlich zu, trat zu Alex und legte den Arm um seine Taille. »Was hat der Grillmeister denn für uns beide fertig?«, fragte sie mit einem abschätzenden Blick auf Fleisch und Gemüse.

Er lachte. »Für uns beide? Meinst du das ernst?«

Die Stimme! Unwillkürlich ließ Ella den Mann los und sah ihm ins Gesicht.

»Tom!«

»Ella-Bella!«

»Wie ...? Wo ...?«

»Nachdem ihr nun endlich aus meinem Haus ausgezogen seid, bin ich gestern aus Kanada zurückgekommen«, erklärte Tom grinsend. Er schien Ellas Verlegenheit zu genießen. »Und ich hab jemanden mitgebracht. Ella-Bella, das ist Isabella«, stellte er ihr die Fremde vor. »Isabella – Ella-Bella.«

Die Frauen gaben sich die Hand und lächelten.

»Weiß Alex, dass du hier bist?«, wandte sich Ella wieder an Tom.

»Klar!«

»Er hat mir gar nichts gesagt.«

»Muss er dir denn alles erzählen?«

»Nicht wirklich. Aber er macht es inzwischen meistens.«

»Also, wer will jetzt?«, fragte Dennis und hielt mit der Grillzange ein Stück Fleisch hoch.

»Wir«, antwortete Tom. »Und nimm dir gleich auch eins und lass dich ablösen! Hier kriegen wir ja kein ruhiges Gespräch hin.«

»Wo ist Brian?«, wollte Dennis wissen.

»Wer braucht Brian, wenn ich da bin?« Tamlin schob Dennis zur Seite. »Lasst mal 'ne Frau ran!«

Lachend verzogen sich Dennis, Tom und Isabella.

Tamlin griff nach der Grillzange und wollte eine Wurst umdrehen, zog aber schnell die Hand zurück. »Heiß!« Sie entfernte die dünnen silbernen Armreifen von ihrem Handgelenk und platzierte sie auf dem frisch gemähten Rasen unter dem Grill. Dann nahm sie einen Teller, legte ein Stück Hähnchenbrust darauf und reichte ihn Ella. »Beeil dich, wenn du noch was von deinem ausgezeichneten deutschen Kartoffelsalat haben willst!«, riet sie ihr.

Ella nickte und holte sich ein bisschen Salat und Brot. Sie sah sich um. Im Augenblick schienen alle zufrieden und beschäftigt. Vielleicht konnte sie für einen Moment ganz ruhig im Haus verschwinden?

In ihrer Küche saßen Sylvia und Mary Ann, die das Baby stillte. Sylvia erzählte von ihrer Zwillingsschwangerschaft, und die beiden schienen sich bestens zu verstehen.

Leise stieg Ella die Treppe hinauf und öffnete die Schlafzimmertür.

»Ah, zwei Seelen, ein Gedanke!« Alex grinste ihr entgegen. Er saß im Schneidersitz auf dem Bett, einen Teller in der einen, eine Gabel in der anderen Hand. »Ich brauche mal ein paar Minuten ohne Gäste.«

»Ich auch.« Ella seufzte, schloss die Tür und setzte sich neben ihn.

Schweigend aßen sie, dann stellte erst Alex, danach Ella ihren Teller zur Seite. Sie sahen sich an. Ein Lächeln umspielte Ellas Lippen, als er sie zu sich zog.

»Nachtisch?«, flüsterte er.

Ihre Gäste schienen sie nicht vermisst zu haben. Gut gelaunt unterhielten sie sich, aßen – die meisten waren inzwischen bei Mary Anns Früchtekuchen angelangt – oder beobachteten amüsiert, wie die Kinder von Kathys Freundin versuchten, Federball zu spielen. Vor lauter Lachen war keiner der beiden imstande, den Ball zu treffen, und einer ließ sich sogar auf den Rasen plumpsen und hielt sich den Bauch. Hinten am Gartenschuppen verschwand die kleine weiße Katze durch den Spalt unter der Tür, und Ella fragte sich, wo eigentlich Mr Potts steckte. Sie schlenderte weiter.

»Soll ich dich mal ablösen?« Sie trat neben Tamlin, die immer noch am Grill stand, der allerdings inzwischen ziemlich leer war.

Tamlin schüttelte den Kopf. »Nicht nötig, denke ich, die Bande scheint satt zu sein.«

»Dann hast du ja jetzt auch Zeit für den Nachtisch.«

Tamlin zog eine Grimasse. »Darauf verzichte ich heute besser. Mein Kleid ist eng genug.«

Ella sah sie fragend an.

»Ich habe nachher noch eine Verabredung«, gab Tamlin

zu und schien ein wenig zu erröten. Sie ging in die Hocke. »Das gibt es doch nicht!« Sie tastete den Rasen zuerst unter, dann neben dem Grill ab.

»Suchst du was?«

»Ich hab hier doch meine Armreifen abgelegt. Die wurden durch den Grill so unangenehm heiß. Und jetzt finde ich sie nicht mehr.«

»Ja, ich erinnere mich.« Auch Ella bückte sich nun, um Tamlin suchen zu helfen.

Eigentlich war das frisch gemähte Gras so kurz, dass die Armreifen nicht zwischen den Halmen verschwinden konnten.

»Bist du dir sicher, dass du sie nicht später woanders hingelegt hast?«

»Wieso sollte ich?«

Noch einmal tasteten beide den Bereich rund um den Grill und darunter ab, doch ohne Erfolg. Tamlin fluchte leise.

»Sie sind nicht so wahnsinnig wertvoll, aber sie passen ideal zu meinen Ohrringen. Ach, wie doof!«

»Die finden sich bestimmt wieder. Sie können sich ja nicht in Luft aufgelöst haben. Vielleicht hat jemand sie im Gras liegen sehen und da drüben auf den Tisch gelegt oder ins Haus gebracht. Ich frag mal rum.«

Tamlin nickte. »Und ich besuche mal dein Badezimmer.«

Während Tamlin im Haus verschwand, machte Ella eine Runde und fragte ihre Gäste nach den Armreifen. Niemand schien den Schmuck gesehen zu haben.

»Oh, vielleicht ein Verbrechen im eigenen Garten«, kommentierte Tom, der sich mit Alex unterhalten hatte. »Aber das wird bestimmt schnell aufgeklärt, entweder von unserem Detective Inspector hier«, er schlug Alex kräftig auf die Schulter, »oder von unserer süßen Detektivin. Also mein Geld setz ich auf Ella.«

Ella schüttelte den Kopf. »Du hast es vielleicht noch nicht gehört, Tom, weil es sich bis Kanada nicht herumgesprochen hat: Ich kläre keine Verbrechen mehr auf. Ich habe die Detektivarbeit an den Nagel gehängt.«

»Echt jetzt?«

»Hat sie gesagt – und zwar ganz freiwillig«, bestätigte Alex, legte den Arm um Ellas Schultern und sah sie an.

Sie erwiderte seinen Blick und lächelte.

»Puh«, stöhnte Tom. »Wenn jetzt die Zeit gekommen ist, jemanden anzuhimmeln, sollte ich mich auf die Suche nach meiner schönen Kanadierin machen.«

»Ist das was Ernstes?«, erkundigte sich Alex.

Tom zuckte mit den Schultern und grinste, dann ließ er Ella und Alex stehen.

»Immerhin hat er sie mit hergebracht«, bemerkte Ella, als sie Alex' kritischen Blick sah.

»Wir werden sehen.«

Nach einem leider viel zu kurzen Kuss ging Alex ins Haus, um mehr Getränke zu holen, während Ella ihre Runde fortsetzte.

»Hi, Finola! Alles gut? Ich freue mich so, dass du gekommen bist. Morgen habe ich dann auch ein wenig mehr Zeit für dich.«

»Kein Problem! Du weißt doch, wie gerne ich Menschen beobachte.«

Ah, sie stand wohl freiwillig ein wenig abseits.

»Dann kannst du mir vielleicht helfen? Tamlins Armreifen sind verschwunden. Sie hatte sie auf den Boden unter den Grill gelegt. Hast du gesehen, dass jemand sie aufgehoben und irgendwo anders hingelegt hat?«

Finola schloss einen Moment lang konzentriert die Augen, dann schüttelte sie den Kopf. »Tut mir leid. Da ist mir nichts aufgefallen. Ich habe mich ziemlich lange mit deiner Freundin Agatha unterhalten. Interessante Frau!«

Ella nickte.

»Und deinen Vater finde ich auch klasse«, ergänzte Finola. »Ich kann mir vorstellen, dass er früher mit seinem Charme so mancher Studentin den Kopf verdreht hat.«

»Als ich ihn kennengelernt habe, war von diesem Charme nichts zu spüren – ich hatte selten zuvor einen missmutigeren Menschen getroffen.«

Finola lächelte wissend. Sie sah mit ihren glatten, aschblonden Haaren, relativ dezent geschminkt und in einem rot geblümten Kleid völlig fremd aus.

»Was ist das eigentlich für ein neuer Job, den du nächste Woche in Edinburgh antrittst?«, fragte Ella.

Ob das der Grund war, warum sich Finola so umgestylt hatte? Mit der schwarz gekleideten, türkishaarigen Physiotherapeutin, die Ella auf Skye kennengelernt hatte, schien sie nichts mehr gemein zu haben. Auf den ersten Blick hatte Ella sie tatsächlich nicht erkannt, als sie gestern angekommen war; erst ihr schottischer Akzent hatte sie verraten, und sie hatten beide sehr darüber gelacht.

Finola hob die Brauen und spitzte den Mund.

»Ist das ein Geheimnis?«, wollte Ella wissen.

Finola nickte.

Ella kannte sie inzwischen gut genug, um nicht zu bohren. »Ich schau mal weiter«, sagte sie. »Vielleicht hat ja doch jemand was gesehen.«

Ein wenig fuchste sie die Sache. Der Schmuck konnte sich ja nicht einfach in Luft aufgelöst haben. Doch niemand schien etwas zu wissen.

»So, nach den O'Briens seid ihr beiden nun die Letzten, die ich noch nicht gefragt habe: Habt ihr die Armreifen gesehen, die Tamlin am Grill abgelegt hatte?«

Mary Ann und Sylvia, die inzwischen wieder im Garten neben dem Kinderwagen mit dem schlafenden Baby saßen, sahen Ella überrascht an.

»Ich weiß von nichts«, erklärte Sylvia.

»Ich auch nicht«, fügte Mary Ann hinzu und griff sich an den Hals. »Aber ich merke gerade, dass ich meine Kette nicht mehr habe.«

»Die hast du doch in der Küche abgelegt«, sagte Sylvia, »als du Mia gestillt hast.«

»Stimmt! Sie muss noch auf dem Tisch liegen. Oder auf dem Schrank. Kein Wunder, dass ich mir eben so unangezogen vorkam.« Mary Ann erhob sich und ging ins Haus. Es dauerte eine ganze Weile, bis sie zurückkam. Ihre Stirn war gerunzelt, und sie trug noch immer keine Kette. »Ich kann sie nicht finden«, sagte sie. »Zuerst dachte ich, sie ist vielleicht runtergefallen, aber auf dem Boden lag sie auch nicht. Also, Ella, wenn du eine silberne Kette mit einem Perlmuttanhänger aufstöberst …«

»Ich halte die Augen offen«, versprach Ella und atmete tief durch.

Hatten sie wirklich einen Dieb in ihrer Mitte?

Sie warf einen Blick auf die Gäste. Ob die Kinder von Kathys Freundin etwas mit dem verschwundenen Schmuck zu tun hatten? Vielleicht hatten sie damit gespielt? Nein – wohl kaum. Die beiden Jungen hatten, soweit sie das gesehen hatte, ihr Haus nie betreten, kamen also im Fall von Mary Anns Kette keinesfalls in Betracht.

Eine heimliche Kleptomanin? Sie kannte schließlich nicht alle. Die frischgebackene Mrs O'Brien hatte sie nur bei der Hochzeit gesehen, und natürlich war Toms kanadische Freundin ihr völlig fremd. Aber die erste war immerhin die Frau eines Detective Chief Inspector, und die zweite hing, so kam es ihr zumindest vor, praktisch ständig an Toms Arm.

Auf einmal sauste ein weißer Blitz, gefolgt von einem schwarzen, durch die Terrassentür aus dem Haus und streifte ihr Bein. Aha, Mr Potts machte Sandersons Katze klar, wer hier das Sagen hatte. Ella schmunzelte. Noch bevor sie sich wieder unter ihre Freunde mischen konnte, war Mr Potts zurück und maunzte verärgert.

»Was ist los?«, fragte Ella ihn.

Noch einmal maunzte er, dann stolzierte er ins Haus, sah sich um und maunzte erneut.

»Soll ich mitkommen?«, fragte Ella.

Ja, das sollte sie. Mr Potts sah sich alle paar Schritte um, ob sie ihm folgte. Er führte sie die Treppe hinauf. Die Tür zum Schlafzimmer stand einen Spaltbreit offen, und Mr Potts verschwand hindurch. Als Ella das Zimmer betrat, hatte er sich auf dem Bett postiert und maunzte wieder.

»Was willst du mir zeigen?«, fragte Ella. Dann entdeckte

sie auch schon die weißen Katzenhaare auf dem blauen Bettüberwurf. »Oje, die Kleine kommt dir ja ganz schön ins Gehege!« Sie setzte sich auf den Bettrand und streichelte Mr Potts, der sich nur langsam zu beruhigen schien. »Willst du hierbleiben oder kommst du wieder mit runter?«, fragte sie schließlich, woraufhin er auf ihren Schoß kletterte und sich dort zusammenrollte. »Tut mir leid, mein Lieber! Ich muss mich auch um meine Gäste kümmern.« Sie strich dem Kater noch ein paar Mal über den Kopf und kraulte ihn kurz unter dem Kinn, dann schob sie ihn sanft, aber bestimmt zur Seite. Dabei fiel ihr Blick auf das Schmuckkästchen im Regal, das sie wohl vergessen hatte zu schließen.

Moment, aber so durchwühlt hatte sie den Schmuck doch nicht! Und warum lag das silberne Bettelarmband, das sie zu ihrem zehnten Geburtstag von ihren Adoptiveltern bekommen hatte, auf dem Boden? Auf einmal schlug ihr Herz deutlich schneller. Jemand war an ihrer Schatulle gewesen!

Sie sprang auf und untersuchte die Schmuckstücke. Fehlte etwas? Nein. Doch! Ihr Gagatring aus Whitby! Das durfte nicht wahr sein. Alex hatte ihn ihr geschenkt, und er passte wunderbar zu dem keltischen Knotenring, den sie trug. Warum nur hatte sie ihn heute nicht angesteckt?

Sie schaute sich noch einmal um. Nein, er war nirgends zu sehen.

»Scheiße!«, fluchte Ella auf Deutsch. »Mr Potts, du hast tatsächlich einen Diebstahl entdeckt. Komm, wir informieren die Polizei!«

Da ihr engster Polizeikontakt Alex war, der sich gerade

mit Finola im Garten unterhielt, war es nicht schwer, ihm die Diebstähle zur Kenntnis zu bringen.

Finola hob die Augenbrauen, als sie von den verschwundenen Schmuckstücken hörte. »Das alles klingt nicht gerade professionell«, sagte sie leise. »Soll ich mich mal umschauen? Oder willst du, Ella?«

»Ich mach keine Detektivspielchen mehr«, erklärte Ella.

Alex lächelte und legte den Arm um sie. »Nun, im Bereich des eigenen Hauses und Gartens könnt ihr beide ruhig mal zusammen losziehen.« Er gab Ella ein Küsschen auf die Wange. »Ich bin für Diebstähle ohnehin nicht zuständig. Nur falls ihr einen unerklärlichen Todesfall feststellt, sagt mir noch mal Bescheid!« Er ließ Ella los und machte sich auf den Weg ins Haus. Wollte er sich doch die Tatorte in Küche und Schlafzimmer ansehen?

»Gut, dann gucken wir mal, ob wir den Fall lösen können. Team ELFI.« Finola grinste. »Und du willst wirklich nicht weiter als Detektivin arbeiten?«

Ella schüttelte den Kopf.

»Ich schon«, sagte Finola. »Mich hat die Geschichte aus Portree nicht losgelassen. Wenn ich damals meinen Instinkten gefolgt wäre ... Also, ich fange nächste Woche an. Hab einen Job in Edinburgh bekommen. Die zahlen gar nicht schlecht.«

Ella atmete tief durch.

»Du siehst so erleichtert aus«, bemerkte Finola und runzelte die Stirn.

»Ich hoffe, du brauchst jetzt deinen Zweitjob nicht mehr«, gab Ella zu.

»Zweitjob? Was weißt du von meinem Zweitjob?« Finola musterte sie misstrauisch.

»Ich habe damals gesehen, wie du dem jungen Mann aus dem Hostel heimlich was zugesteckt hast.«

»Ah!« Finola nickte. »Und daraus hast du geschlossen, dass ich deale?«

»Äh, nein, also ...«, begann Ella zu stottern.

»Immerhin hast du mich nicht verpfiffen, dafür sollte ich dir eigentlich dankbar sein.«

Einen Moment lang herrschte Schweigen zwischen den beiden Frauen. Dann begann Finola zu lachen.

»Du solltest jetzt mal dein Gesicht sehen!«, sagte sie, bevor sie wieder losprustete. »Hast du echt geglaubt, ich verticke Drogen oder so?«

Ella zuckte mit den Achseln.

»Na ja, ganz so falsch ist das nicht – ich helfe tatsächlich manchmal meiner Tante beim Vertrieb ihrer Pflanzenextrakte. Die sind zwar keine Drogen im kriminellen Sinne, aber sie haben schon ihre Wirkung. Der arme Antônio im Hostel hatte zum Beispiel ganz fürchterliche Probleme mit Verstopfung, weil er mit dem schottischen Essen nicht zurechtkam.«

»Du hast ihm Abführmittel zugesteckt?«, fragte Ella fassungslos.

Finola begann erneut zu lachen. »Ein sehr wirkungsvolles«, erklärte sie schließlich.

»Da bin ich aber ehrlich froh«, gab Ella zu. »Und was ist das für ein Job in Edinburgh?«

»Na, was wohl?« Finola sah sie erwartungsvoll an.

»Detektivin?«, fragte Ella zögernd.

»Volle Punktzahl!«

»Wirklich?«

Finola strahlte. »Ja, ein bisschen Büroarbeit ist dabei, aber ich werde hauptsächlich für Beschattungen eingesetzt.«

»Ach, deshalb«, rutschte es Ella heraus.

Finola sah sie fragend an.

»Ich hab mich gewundert, wieso du so seriöse Klamotten anhast und kein türkis gefärbtes Haar mehr.«

»Natürlich weil ich so viel unauffälliger bin! Wenn ich's drauf anlege, erinnert sich kein Mensch an mich graue Maus. Oder wenn ich mich verkleide und schminke, achten alle nur auf diese Äußerlichkeiten und erkennen mich nicht wieder, wenn ich sie beobachte.« Finola lächelte zufrieden.

Ella lachte. »Cool! Dann darfst du ja all die Rollen spielen, die du willst, und deine Beobachtungsgabe einsetzen. Und von mir aus kannst du gleich anfangen. Ich erteile dir hiermit den Auftrag, den Schmuckdieb zu finden.«

»Okay. Dann erzähl mir erst mal, was du alles gehört und gesehen hast!«

Es dauerte eine ganze Weile, bis Ella Finola informiert hatte. Immer wieder fiel ihr noch eine Kleinigkeit ein, die sie beobachtet hatte.

»Schade, dass Mr Potts nicht allzu gut Menschisch spricht, er wäre ein guter Zeuge«, sagte sie schließlich. »Aber wahrscheinlich war er sowieso viel zu sehr damit beschäftigt, die weiße Katze aus seinem Revier zu jagen.«

»Weiße Katze?«, wiederholte Finola.

»Ja, ein paar Häuser weiter sind neue Nachbarn eingezogen, und die haben eine Katze, die hier überall rumstromert. Sie muss sich sogar bis in unser Schlafzimmer gewagt haben, denn Mr Potts hat mir ihre Haare auf unserem Bett gezeigt.«

Finola legte den Kopf schief. »Ich glaube, ich habe diese Katze gesehen, als sie heimlich in euren Gartenschuppen eingedrungen ist. Eine Einbrecherin haben wir also schon mal identifiziert.«

»Jetzt fehlt uns nur noch der Dieb ...«, setzte Ella an, dann stockte sie.

»Ich kann es nicht beschwören, aber ich glaube, die Katze trug etwas im Maul«, fuhr Finola fort.

»Und sie war an allen Orten, wo ein Schmuckstück verschwunden ist.«

»Brauchen wir einen Durchsuchungsbeschluss, um euren Schuppen zu durchforschen?«

»Nein, die Eigentümerin ist völlig einverstanden.«

Gezielt marschierten Ella und Finola auf den Gartenschuppen zu. Ella schob den Riegel der Tür auf. Nach dem Sonnenschein draußen war es drinnen ziemlich dunkel, und ihre Augen mussten sich erst an das Dämmerlicht gewöhnen. Zunächst fiel Ella nichts Besonderes auf, doch dann entdeckte sie hinter den Umzugskartons mit Büchern, die sie noch nicht ausgepackt hatten, auf einem kleinen Schränkchen die Picknickdecken. Die oberste, blau-grün karierte war zu einem bequemen Nest geformt, in dem etwas zu glänzen schien.

Ella beugte sich darüber. »Das ist doch ...!«

Finola trat neben sie und zeigte auf die weißen Katzenhaare neben dem Schmuck. »Mein Verdacht hat sich also bestätigt«, sagte sie ernst. »Wie es mit einer Verhaftung aussieht, weiß ich zwar nicht, aber immerhin haben wir die Beute. Und nicht nur die von heute.« Sie hob ihre Hand, und Ella klatschte ab.

Gemeinsam sortierten sie die Schmuckstücke. Ella streifte ihren Ring über den Finger und nahm Mary Anns Kette und Tamlins Armreifen in die Hand. Als sie den Schuppen verließen, stand Alex davor.

»Fall gelöst«, meldete Finola, und Ella streckte ihm ihre Hand mit dem Schmuck entgegen.

Alex sah sie fragend an.

»Sandersons Katze«, erklärte Ella. »Es scheint sich um eine Elster-Katze zu handeln.«

»Wie seid ihr denn darauf gekommen?« Alex schüttelte den Kopf.

»Gute Beobachtungsgabe und – ich hatte auch mal eine Katze, die alles Glitzernde geklaut hat.« Finola schien mit sich zufrieden.

»Hm«, machte Alex und wandte sich an Ella: »Und wirst du nach diesem Fahndungserfolg nun deine Detektivarbeit wieder aufnehmen?«

Ella lachte und umarmte ihn. »Nein. Du weißt doch, was ich vorhabe.«

Alex küsste sie.

»Wenn ihr fertig seid, verrätst du mir dann auch, was du vorhast? Oder muss ich mir die Erkenntnisse selbst erarbeiten?« Finolas Stimme brachte Ella dazu, den Kuss zu beenden.

»Okay. Weil du es sowieso rauskriegst«, sagte sie, ohne

sich aus Alex' Armen zu lösen. »Du weißt ja, dass ich Liebesromane geschrieben habe und im echten Leben oft Detektivin war. Nun werde ich das umdrehen. Mein nächster Roman ist ein Krimi. Und deshalb kann ich mich privat ganz der Liebe widmen.«

»Puh, damit hab ich jetzt nicht gerechnet!« Finola sah von Ella zu Alex und zurück. »Ich dachte, du würdest mir verraten, wann ihr öffentlich macht, dass ihr verheiratet seid.«

Ella wurde heiß. »Wie kommst du darauf?«

Finola zeigte auf den keltischen Knotenring an Ellas linkem Ringfinger. Dann deutete sie auf Alex.

»Darf ich?«

Auf sein kurzes Nicken hin schob sie die Öffnung seines Shirts ein wenig zur Seite. Zum Vorschein kam eine dünne Silberkette, an der ebenfalls ein keltischer Knotenring hing.

»Ich mag nichts an den Fingern haben«, erklärte Alex.

»Tatsächlich wollten wir es euch nachher sagen«, gab Ella zu. »Das hier ist sozusagen unsere Hochzeitsfeier.«

»Aha. Und warum habt ihr mich nicht als Trauzeugin genommen, wenn ihr schon in Schottland geheiratet habt?«

»Woher ...?«

Finola lächelte. »Dieses Mal hab ich geraten. Das Design der Ringe sagt einiges, und als ihr letzten Monat zum Festival in Edinburgh wart, na ja, ich habe euch zwar nur kurz gesehen, aber ich fand, dass ihr besonders glücklich gewirkt habt.«

Alex und Ella sahen sich an.

»Sie ist gut«, sagte Alex leise. »Wirklich gut.«

»Mhm«, bestätigte Ella. »Ich glaube, wir müssen jetzt den Champagner holen und allen anderen auch die Wahrheit sagen, bevor sie noch mehr herausfindet.«

»Wird uns wohl nichts weiter übrig bleiben.« Alex hielt Ella immer noch im Arm.

»Ich lass euch jetzt ein paar Minuten alleine«, sagte Finola großzügig. »Mal sehen, ob meine Spürnase inzwischen schon den Champagner findet.«